Veröffentlicht von
DREAMSPINNER PRESS

5032 Capital Circle SW, Suite 2, PMB# 279, Tallahassee, FL 32305-7886 USA
www.dreamspinnerpress.com

Worte
Urheberrecht der deutschen Ausgabe © 2018 Dreamspinner Press.
Originaltitel: Words
Urheberrecht © 2018 John Inman.
Original Erstausgabe. Juni 2018
Übersetzt von Teresa Simons.

Umschlagillustration
© 2018 Aaron Anderson.
aaronbydesign55@gmail.com

Deutsche ISBN. 978-1-64405-079-8
Deutsche eBook Ausgabe. 978-1-64405-078-1
Deutsche Erstausgabe. Oktober 2018
v 1.0

Gedruckt in den Vereinigten Staaten von Amerika.

WORTE

JOHN INMAN

PROLOG

et ostende incipit… und die Show beginnt

DER WASHINGTON Square Park war an diesem hereinbrechenden Sonntagmorgen mit kniehohem Schnee bedeckt. Der Park in Lower Manhatten zählte für die Bewohner von Greenwich Village zu den beliebtesten Treffpunkten. An einem Ende stand ein hoher Eingangsbogen aus Marmor, der an George Washingtons Amtseinführung im Jahre 1789 erinnerte, und die zehn Morgen aus Grasflächen und Bäumen stellten für die New Yorker zu jeder Jahreszeit einen seltenen und vielgeliebten Luxus dar.

Dem Arc de Triomphe in Paris nachempfunden, ragte der prachtvolle, imposante Washington Square Arch am Ende der Fifth Avenue über dreiundzwanzig Meter in die Höhe. Das Wasser im Becken des hinter dem Bogen liegenden Springbrunnens war im Augenblick so hart gefroren wie der Marmor.

Die Luft war kalt genug, um einen Obdachlosen in sechs Stunden umzubringen und selbst die unerschrockensten Jogger davon abzuhalten, sich vor die Tür zu wagen. Für die beiden entgegengesetzten Enden des sozialen Spektrums bedeutete dieser Tag das Obdachlosenheim und das heimische Laufband. Dagegen hielt sich die absolute Elite gut isoliert weit oben in den umliegenden Hochhäusern auf, trank aus feinem Porzellan kenianischen Kaffee und sah durch die vereisten Scheiben der fünfzigsten Etage unantastbar wie Götter auf die kalte Stadt hinab.

Obwohl New Yorker ein tapferes, robustes Völkchen sind, wurden selbst sie von einem solchen Wetter mattgesetzt, was vielleicht erklärte, weshalb sich die einsame Gestalt am Rand des Washington Square Park an diesem eisigen Januarmorgen überhaupt dort befand: Diese Person war kein New Yorker.

Möglicherweise spüren Menschen mit Mordgelüsten die Kälte auch nicht so sehr wie der Rest von uns. Aber das müssen die Experten entscheiden.

Die Gestalt im Schatten war groß und schlank. Hätte man durch den Schal sehen können, der fest um ihr Gesicht geschlungen war, hätte man sie vielleicht auch als gut aussehend bezeichnet. Oder vielleicht auch nicht. Warme Wollhandschuhe schützten die Hände, während ein langer, schwerer Mantel, der bis zu den Knöcheln reichte, den Rest des Körpers gegen die Kälte abschirmte – ein prätentiös wirkendes Kleidungsstück bei jedem anderen Wetter als dem, bei welchem die Gestalt nun dort stand. Ihr Haar mochte blond oder dunkel sein, rot oder grau, kurz oder lang, denn im Augenblick war es unter einer tief ins Gesicht gezogenen Wollmütze verborgen. Auch die Ohren befanden sich warm und sicher darunter. Im Grunde

1

erreichte die Kälte lediglich die Augen der Person, und diese waren selbst eisblau, weshalb ihnen der eisige Winter möglicherweise nichts anhaben konnte.

Der Wind peitschte durch den Park, während die schattenhafte Gestalt unter einem der größten Bäume stand und das Hotel auf der anderen Straßenseite musterte.

Bei dem hoch aufragenden Baum handelte es sich um eine mehr als dreihundert Jahre alte Englische Ulme, deren lange Äste wegen der Jahreszeit kein Laub trugen. Im Sommer streckte sie ihre mit Blättern bedeckten Zweige weit aus und lud Spaziergänger in ihren kühlenden Schatten ein. Unter Historikern war der Baum als „Henkerulme" bekannt. Dabei entstammte der Name nicht allein einer verrückten New-York-Fantasie, sondern beruhte auf der Legende, die von Verrätern erzählte, welche angeblich während der Amerikanischen Revolution an ihren Ästen gehängt worden waren.

Da es sich bei ihr um eine Art Henker handelte, war es also vielleicht nicht unpassend, dass unsere schlanke Person an diesem Januarmorgen unter den nackten Ästen der Henkerulme stand und mit den Fingern das sechzig Zentimeter lange Stück Wäscheleine in ihrer Manteltasche berührte. Man hätte es als Garrotte bezeichnen können und die Person, die wir beobachten, wusste besser damit umzugehen als die meisten. Genau genommen zählte die Waffe in diesem Augenblick zu ihren liebsten Besitztümern.

Schlanke Finger strichen über die samtweiche Schnur und schlangen sie sanft um eine behandschuhte Hand. Die verborgene Kraft der Leine wirkte beruhigend, obwohl sie die Wut der Gestalt zugleich nährte und linderte. Ein beinahe erregtes Zittern erfasste kurz den Körper, während sich die Augen über dem Schal vor Verlangen oder Wut verengten. Vielleicht war es beides.

Diese stählernen, kalten Augen konzentrierten sich wieder auf die Umgebung, als ein Taxi an der Vorderseite des Washington Square Hotel an der angrenzenden Ecke hielt. Ein Mann und eine Frau stiegen aus den hinteren Türen. Der Taxifahrer entriegelte den Kofferraum. Griesgrämig und unglücklich wirkend stieß er die Fahrertür auf und sprang aus dem Auto, um das Gepäck des Paares aus dem Kofferraum zu heben. Er wartete nicht auf Dankesworte, sondern ließ es schlicht vor den Füßen des Paares auf den Boden fallen, um sich dann schnell wieder in das warme Taxi zu stürzen. Als er mit Schildkrötengeschwindigkeit davonfuhr, keine zehn Stundenkilometer schnell, knirschten seine Schneeketten über den Asphalt und hinterließen zwei raue Narben im zuvor unberührten Schnee.

Das Paar ergriff sein Gepäck, während ihr Atem um ihre Köpfe herum Wolken bildete, und eilte durch die Eingangstür des Hotels, um der Kälte zu entkommen.

Die Gestalt unter dem Baum lächelte, denn Geduld wurde stets belohnt.

Mit einem Blick auf die Überwachungskamera zog sich die einsame Gestalt die Mütze tiefer ins Gesicht und legte den Schal noch fester um Nase und Mund, sodass wirklich nur die Augen zu sehen waren.

2

Mit der ersten Bewegung seit dreißig Minuten strich sich die Gestalt Schnee von den langen Ärmeln und entfernte sich von der Henkerulme, um mit durch den Schnee unbeholfen schweren Schritten die Straße zu überqueren. Aus der Ferne wurde durch die eisige Luft das Geräusch von Schneepflügen herangetragen. Die anspruchsvolle Aufgabe, die Straßen der Stadt zu räumen, hatte begonnen. Bald würde man dabei auch diese Seite von Greenwich Village erreichen und sämtliche Fußspuren ausradieren. Unter ihrem Schal lächelte die Gestalt erneut, da ihr damit eine Sorge abgenommen worden war.

Die schlanke Gestalt stampfte mit den Füßen auf die Stufen vor dem Hoteleingang, um das Pulver von Schuhen und Hosensaum zu entfernen, und klopfte die letzten Flocken vom langen Mantel, bevor sie kühn hineinging.

Der Rezeptionist hob kaum den Kopf, als sie eintrat, da er die so gut vor der Kälte geschützte Person für einen der Gäste hielt, der an diesem scheußlichen Wintermorgen keine Erfrierungen erleiden wollte. Auch der Page, der neben dem Gepäck der Neuankömmlinge darauf wartete, es zu ihrem Zimmer zu bringen und ihnen mit der Anstrengung hoffentlich ein Trinkgeld zu entlocken, beachtete die eintretende Person nicht. Er erzitterte lediglich, als die sich öffnende Tür für einen plötzlich durch die Lobby ziehenden Schwall kalter Luft sorgte. Ungeduldig wippte er mit dem Fuß, während der Rezeptionist die Reservierung überprüfte und dem Paar die obligatorischen Touristenbroschüren reichte, als ob er es tatsächlich für möglich hielte, dass jemand während eines Schneesturms die Stadt besichtigen wollte.

Der Besucher durchschritt zielstrebig die Lobby. Nachdem sich die Gestalt in den winzigen Aufzug mit Messing und Spiegeln geschoben hatte – den einzigen, der den Gästen im Gebäude zur Verfügung stand –, drückte sie mit einem behandschuhten Finger den Knopf mit der Ziffer 2. Nach einem endlos wirkenden Moment erwachte der alte Aufzug endlich mit einem Ruck und begann seinen Aufstieg. Währenddessen stand der Passagier entspannt in seinem Innern und summte unter dem Schal mit bemerkenswert lieblicher Stimme eine sanfte Melodie. Eine Hand streichelte noch immer das Stück Wäscheleine in der Manteltasche.

Im dritten Stock, nach einem weiteren endlosen Moment des Wartens, bis sich die Aufzugtür öffnete, trat die Gestalt in den Flur hinaus, wobei sie aufmerksam den Geräuschen des schlafenden Hotels lauschte. Da sich die Tür des Aufzugs nicht schloss, wusste der Besucher, dass sich die Neuankömmlinge noch nicht auf dem Weg zu ihrem Zimmer befanden, das sich durchaus in derselben Etage befinden mochte. So bestand kaum Grund zur Eile.

Der Flur war schmal und knickte in ungewöhnliche Richtungen ab. Nachdem sie sich zügig einen Überblick verschafft hatte, machte sich die Gestalt auf die Suche nach Zimmer 311. Es befand sich ganz am Ende des Flurs, gleich hinter der Treppe, die nicht nur zur Lobby führte, sondern auch zu einem Hinterausgang des Hotels an der MacDougal Street. Auch wenn man das Hotel durch diese Tür nicht betreten konnte, konnte man es doch leicht verlassen und über die Straßen der Stadt davonschleichen wie ein Lufthauch in einen U-Bahn-Schacht.

Der Besucher überprüfte, ob die Tür zum Treppenhaus unverschlossen war. Dann suchte der Blick im Schatten liegender Augen die Flurdecke ab, wo er, ob man es glaubt oder nicht, keine Überwachungskameras fand. Die Gestalt lächelte zufrieden und näherte sich ohne weiteres Zögern Zimmer 311.

Durch die Tür war nichts zu hören, genauso wenig wie aus den umliegenden Räumen. Auch vom Aufzug her drangen keine Geräusche durch den Flur. Der Aufzug hing lediglich still an seinem Platz und seine offene Tür ähnelte einem weit aufgerissenen Schlund, der etwas fressen wollte.

Abgesehen von der noch immer durch den Schal dringenden sanften Melodie, war absolut nichts zu hören. Das Washington Square Hotel war still wie der Tod.

Nachdem er die Garrotte aus der Manteltasche gezogen und fest mit den Fingern umschlossen hatte, klopfte der Besucher sanft an die Tür zu Zimmer 311. Keine Reaktion. Und als sich die Gestalt näherte und ein Ohr an das kühle Holz presste, war nichts zu hören. Der Besucher klopfte ein zweites Mal.

Diesmal drang erst ein Murmeln durch die Tür, dann ein dumpfes Geräusch, als hätte die Person im Innern auf dem Nachttisch nach einem Lichtschalter getastet.

„Ja?", rief eine schläfrige weibliche Stimme. „Wer ist da?"

Zum ersten Mal schob sich die schlanke Gestalt den Schal vom Mund, sodass ihre gedämpfte Stimme zu hören sein würde. „Hotelpersonal, Ma'am. Leider gibt es einen kleinen Notfall. Es tut mir leid, Sie beim Schlafen zu stören."

Das sollte ausreichen, dachte der Besucher. Gerade beunruhigend genug, um sie zum Aufstehen zu bringen, jedoch nicht so sehr, dass es sie zu Tode erschreckt oder dazu gebracht hätte, die Rezeption anzurufen, um herauszufinden, was vor sich ging.

„Einen Moment", rief die Frau. Ihrer Stimme folgten das Rascheln einer Bettdecke und schlurfende Schritte auf dem Teppich. Dann wackelte der Türknauf und die Tür öffnete sich einen Spalt. Durch die Öffnung war ein müdes Auge zu sehen. „Ja?", fragte die Frau erneut.

Ein kräftiger Stoß mit der Schulter zerriss die Sicherheitskette und schlug der Frau die Tür ins Gesicht. Sie stieß einen Schmerzenslaut aus, dann einen verängstigten. Bevor sie in ihrem Schrecken einen Schrei finden konnte, hatte sich der Eindringling ins Zimmer geschoben und eilig die Tür geschlossen, sie von der Außenwelt abgeschnitten. Die schlanke Gestalt packte grob die vor ihr fliehende Frau und presste ihr von hinten eine behandschuhte Hand auf den Mund, um sie zum Schweigen zu bringen. Ihre Augen waren nicht länger schläfrig, sondern vor Furcht geweitet, als sie verängstigt über ihre Schulter nach hinten starrte. Offensichtlich war sie nicht in der Lage zu sprechen, begriff noch nicht ganz, was geschah. Doch das würde sie bald genug.

4

Ihr nur in ein Nachthemd gehüllter Körper roch schläfrig-warm und hefig, was ihren Angreifer anwiderte. Ihr Atem roch säuerlich vor Angst. Sie murmelte etwas und versuchte, in die Hand vor ihrem Mund zu beißen, was ihr einen kräftigen Ruck an ihrem Haar durch die freie Hand des Angreifers einbrachte.

Beinahe hätten ihre Knie nachgegeben, doch der Eindringling bemühte sich darum, sie auf den Beinen zu halten. Dann entschied er sich für einen leichteren Weg, das Ganze zu erledigen, und schob sie bis zum Bett, wo er sich auf sie warf, als sie auf der Matratze landete.

Selbst mit der Hand auf ihrem Mund drehte die Frau den Kopf zur Seite und versuchte zu schreien. Ein schneller Faustschlag ins Gesicht ließ sie verstummen.

Während der Angreifer sie mit seinem Körpergewicht am Entkommen hinderte, legte er der Frau die Wäscheleine um den Hals und zog, schnürte ihr die Luft ab.

Ihre Augen wurden groß vor Angst und Tränen tropften auf das Bett.

Die Schnur zog sich fester um ihren Hals zusammen. Der Geruch ihrer Angst wurde ranzig. Plötzlich erfüllte Uringestank den Raum, was den Eindringling noch heftiger anwiderte.

Während das gerötete Gesicht des Opfers anschwoll wie ein Ballon, während sich die bereits durch Sauerstoffmangel schwarz verfärbte Zunge zwischen den Lippen zeigte, näherte sich die schattenhafte Gestalt mit dem Mund dem Ohr der Frau und sprach mit der letzten menschlichen Stimme, die sie je hören würde.

„Dein Stift ist Gift", flüsterte der Angreifer. „Deine Worte sind Schmutz."

Die Frau versuchte, sich umzudrehen, die Person zu sehen, die sie tötete, die Bedeutung der Worte zu begreifen und warum dieser Mensch das tat. Was sie selbst getan haben konnte, um derartigen Hass, derartige Wut auszulösen.

„Nein", brachte sie undeutlich hervor. „Bitte." Doch die Gestalt über ihr zog die Schnur nur noch fester zu und lächelte zu ihr hinab, mit Augen so eiskalt wie die Winterdämmerung vor dem Fenster.

Ein weiteres Mal beugte sich der Eindringling vor, um ihr etwas ins Ohr zu flüstern. Lippen streiften weiche Haut wie der Kuss eines Liebhabers, als die Schnur über ihre Speiseröhre schabte, ihren Kehlkopf zerdrückte und das Zungenbein brach, das Leben aus ihr herauspresste.

„Dein Stift ist Gift", wiederholte die verhüllte Gestalt. Noch bevor die Worte ganz ausgesprochen waren, war das Leben aus den Augen der Frau gewichen. Nun starrten sie leer die Schneeflocken an, die das Hotelfenster streiften, den im Osten heller werdenden Himmel, der eine Dämmerung ankündigte, welche sie nicht mehr erleben würde.

Der Angreifer hielt die Leine weitere dreißig Sekunden fest um ihren Hals gezogen, bevor er sich vom Bett erhob und auf die Frau hinabblickte. Auf ihrem Nachthemd war ein Fleck zu sehen, wo sie es in den letzten Augenblicken ihres Lebens durchnässt hatte. Ihr Schweigen, dachte der Mörder, war deutlich angenehmer als die Geräusche, die sie noch lebend von sich gegeben hatte.

Kurz verharrte die Gestalt an der Tür. Im Zimmer war es nun still und die Furcht darin schwand, kühlte ab wie eine vergessene Tasse Kaffee. Doch etwas von der Angst der letzten Augenblicke konnte der Mörder noch spüren. Es war ein befriedigendes Gefühl.

„Ekelhafte Schlampe", murmelte der Eindringling. Fünf Sekunden später entfernten sich nahezu geräuschlose Schritte über die Treppe zum Hinterausgang, drei Treppenläufe hinab durch das alte Gebäude und endlich wie eine Rauchfahne zur Tür hinaus auf die MacDougal Street.

Unter den Vordächern entlang, wo weniger Schnee lag, entfernte sich die schlanke Gestalt zu Fuß in Richtung des oberen Stadtteils, ohne dabei auf andere Fußgänger zu treffen. Zwei Häuserblöcke weiter verschwand die Mordwaffe in einem Kanalgitter. Da der Mörder wusste, wie sehr die Polizei von Spurenmaterial angezogen wurde – Fasern, Fusseln, Haare –, landeten Handschuhe, Mantel und Wollmütze in einer Mülltonne an der Ecke Fifth Avenue und Twelfth Street, wo sie vermutlich niemals gefunden werden würden. Dagegen würde der Schal, der eng um das Gesicht des Mörders geschlungen war, an seinem Platz bleiben. Schließlich handelte es sich dabei um ein Lieblingsstück.

Nun zitternd eilte die Gestalt die eisige Straße entlang, während die Kälte in ihren Augen und ihrer Lunge brannte.

Mehrere Straßen weiter, als die Dämmerung endlich in hellen Tag überging, tat sie es mit der Klarheit von reinem, kaltem Glas. Unser flüchtender Mörder hastete die leere Straße entlang, schob sich durch den eisigen Wind, eilig und mit klappernden Zähnen, während Schneeflocken den noch fest um das Gesicht geschlungenen Schal sprenkelten und die tränenden Augen darüber glücklich strahlten.

Die Welt war nun reiner. Weniger schmutzig. Ein kleines Stück näher an gut.

Zum Schutz vor der Kälte leicht geduckt schlich die Gestalt durch die Schatten der Häuser und lächelte in den bitteren Wind.

Nur noch wenige kleine Stücke.

1

MILO COOK saß an einem langen Holztisch im Eingangsbereich der Buchhandlung Andiron, welche sich im kalifornischen Coronado befand, um sich jeden einzelnen von der Straße hereinspazierenden Buchkäufer angeln zu können. Das Problem war, dass niemand hereinspazierte.

Zugegeben, Coronado war eine Marinestadt, doch es galt wegen seiner noch ursprünglichen Strände auch als Touristenmekka. Gegenüber von der San Diego Bay lag Coronado mit dem Rücken zum Meer auf einer Halbinsel, die durch einen unter dem Namen Silver Strand bekannten Tombolo mit dem Festland verbunden war. Trotz ihrer Schönheit kam Milo jedoch allmählich der Verdacht, dass die Stadt von Analphabeten bewohnt wurde. Wollte hier niemand lesen? Wünschte sich niemand eine gute Geschichte, die einen von seinem eintönigen Leben losreißen konnte? In der Eisdiele an der Ecke verschlangen sie tonnenweise Eiscreme. Sehnte sich niemand von ihnen nach etwas Geistigerem, das nicht so dick machte? Wie zum Beispiel etwas Belletristik? Mal ehrlich.

Es war Milos Handwerkszeug. Geschichten. Fiktion. Und wenn das niemand lesen wollte, würde Milo möglicherweise schon sehr bald in einem Pappkarton hinter einem Müllcontainer wohnen müssen. Keine angenehme Vorstellung, wie man es auch betrachtete. Milo gefielen seine alltäglichen Annehmlichkeiten – wie zum Beispiel ein Dach über dem Kopf, Essen auf dem Tisch und das Hundefutter für seinen Mischling Spanky, der vermutlich gerade in Milos Haus in San Diego saß, Däumchen drehte (so gut das ohne Daumen eben ging) und wie Milo darauf wartete, dass dieser langweilige, einsame Tag endlich enden würde.

Auf dem zerkratzten Eichentisch, an dem Milo saß (auf einem Stuhl, der sich hart wie Granit anfühlte und ziemlich beunruhigend quietschte, sobald er sich bewegte), lagen Exemplare seines neuesten Romans. Neben den Büchern befand sich ein Plakat mit einem Foto, Milos Namen und einigen Auszügen aus schmeichelhaften Rezensionen, die ihm das Buch eingebracht hatte. Das Wort Bescheidenheit existierte für Autoren nicht, wenn es darum ging, der ahnungslosen Öffentlichkeit ihre Bücher aufzudrängen, um die Verkaufszahlen anzukurbeln. In einer etwas morbiden Laune war Milo einmal der Gedanke gekommen, dass Schriftsteller nach demselben Prinzip wie Serienmörder arbeiteten: Je mehr Opfer sie fanden, desto bekannter wurden sie. Schließlich gab es auf der Welt nur eine bestimmte Anzahl von Lesern, während überall Autoren waren, die jedem nur möglichen Leser – und anderen Autoren – ihr neustes Meisterwerk vor die Nase hielten.

Eine Frau betrat das Geschäft, woraufhin Milo seine Lippen sofort in die Form seines bewährten Schriftstellerlächelns brachte – einladend, bescheiden, weise. Der Blick der Frau streifte ihn lediglich, als wäre er nur eine weitere Parkuhr oder ein Feuerhydrant oder ein anderer lebloser Gegenstand, und richtete sich auf das Innere des Ladens. *Eine anspruchsvolle Leserin? Auf der Suche nach dem neusten Grisham, Brown oder – bitte, Gott – Cook?* Jedoch wurde seine stumme Frage schnell beantwortet, als die Frau ein lautes „Aha!" ausstieß und in Richtung der Toiletten im hinteren Teil des Ladens verschwand.

Milo erhielt das Lächeln aufrecht, bis sie einige Minuten später zurückkehrte. Auch diesmal überging sie ihn auf dem Weg zur Tür mit ihrem Blick, als existierte er nicht. Da sie jedoch sehr erleichtert darüber wirkte, eine öffentliche Toilette gefunden zu haben, freute Milo sich für sie. Außerdem freute er sich wie ein Schneekönig, dass sie ein ein Meter langes Stück Toilettenpapier hinter sich herzog, das an ihrem Absatz hängen geblieben war.

Er zog einen Streifen Juicy-Fruit-Kaugummi aus der Tasche seines Jacketts, entfernte leise das Papier und schob ihn sich in den Mund. Dann lehnte er sich wieder auf dem Stuhl zurück, um zu warten, wobei er die Verkäuferin ignorierte, die ihm immer wieder Blicke zuwarf, entweder aus Mitleid mit dem armen Autor, der kaum Snacks bekommen hatte oder aus Verärgerung darüber, dass der Autor sinnloserweise so viel Platz beanspruchte. Milo war nicht sicher.

Es gab kaum etwas Aufregenderes für einen Autor, überlegte Milo, als in einer Buchhandlung platziert zu werden, um sich den Massen für ihre überschäumende Bewunderung anzubieten und ihnen die Gelegenheit zu geben, eines seiner Bücher zu kaufen und signieren zu lassen. Und es gab kaum etwas Erniedrigenderes, als festzustellen, dass die Massen ihre Zeit lieber mit anderen Dingen verbrachten und ein gutes Buch – oder einen weltberühmten Autor – offensichtlich nicht einmal dann erkannt hätten, wenn sie direkt vor ihm stünden.

Obwohl Milo Cook erst achtundzwanzig Jahre alt war, schrieb er schon seit Jahren. Die Verkaufszahlen seines ersten Buchs waren in Ordnung gewesen. Die des zweiten etwas höher. Die des dritten hatten die der ersten beiden deutlich übertroffen. Um den Erfolg seiner neuesten Bemühungen einschätzen zu können, war es noch zu früh, doch die Rezensionen waren bisher wohlwollend gewesen. Vielleicht nicht überschwänglich, aber wohlwollend. Und dafür war Milo dankbar. Nichts brachte einen Autor schneller um als schlechte Kritiken. Manchmal wortwörtlich. Milo hatte eine arme Seele gekannt, die nach einer besonders grausamen Kritik Abflussreiniger getrunken hatte, was es selbst Milos Meinung nach mit der künstlerischen Sensibilität etwas zu weit trieb.

Milo warf einen Blick auf seine Armbanduhr. Er saß mittlerweile seit drei Stunden an diesem Tisch und hatte in dieser Zeit zwei Bücher signiert. Diese Bücher waren an einem anderen Ort gekauft worden und ihrem Aussehen nach zu urteilen, bereits vor längerer Zeit. Tatsächlich waren die Bücher vermutlich irgendwann in einen Kofferraum geworfen und vergessen worden, vielleicht nicht einmal gelesen, bis die Besitzer ein Plakat mit der Werbung für Milo Cooks Signierstunde gesehen und gedacht hatten: Tja, warum eigentlich nicht? Ich habe nichts Besseres zu tun, also kann ich mir auch ein Autogramm von diesem Schreiberling holen. Vielleicht bringt das Buch dann bei eBay mehr Geld.

Milo schob sich einen weiteren Streifen Kaugummi in den Mund, um den nachlassenden Geschmack zu verstärken. Der Gestank von Juicy Fruit hüllte seinen Kopf ein wie Sumpfgas. Er wippte unter dem Tisch mit den Füßen und vertrieb sich die Zeit mit einer spontanen Stepptanz-Einlage – natürlich leise, damit er sich nicht lächerlich machte. Durch das Schaufenster der Buchhandlung sah er der Vielzahl von Menschen zu, die an diesem traumhaften kalifornischen Sonnennachmittag vorbeigingen. Keiner der Passanten sah in seine Richtung oder war sich auch nur seiner Existenz bewusst. Irgendwann seufzte er auf und erhob sich von seinem Stuhl, um ein Buch aus dem Regal auf der anderen Seite des Ganges zu nehmen. Er hatte es bereits seit zwei Stunden angestarrt. An der Kasse warf er es mit seiner Kreditkarte auf den Ladentisch. Die Verkäuferin bemühte sich beim Kassieren, ein Lächeln zu unterdrücken, was ihr jedoch nicht ganz gelang.

Letztendlich konnte sie ihre Schlagfertigkeit nicht länger unterdrücken. Während sie seinen Einkauf in einer Tüte der Buchhandlung verstaute und ihm seine Kreditkarte zurückgab, bemerkte sie in freundlichem, grenzenlos mitleidigem Tonfall: „Ich glaube, Sie haben das falsch verstanden: Die Leute sollen *Ihre* Bücher kaufen, nicht Sie die Bücher anderer Leute."

„Sehr witzig", antwortete Milo zähneknirschend lächelnd und kehrte zu seinem einsamen Tisch am Eingang zurück, um sich weiter in tragischer Demütigung zu üben.

Nachdem er sich an den Eichentisch gesetzt hatte, den er allmählich zu hassen begann, sah er wieder aus dem Fenster. Auf der anderen Straßenseite befand sich ein Copyshop. Vielleicht hatte er genug Zeit, um schnell hinüberzulaufen und ein drei Meter langes Transparent drucken zu lassen. Ein Transparent, das man vor dem Laden anbringen konnte und auf dem, nur möglicherweise, stünde: „Na gut! Dann kommt eben *nicht* und lernt den Autor kennen!" Oder wäre das zu kindisch gewesen? Kichernd stopfte er sich einen dritten Streifen Juicy Fruit in den Mund.

Seltsamerweise war das der Moment, in dem sich der Tag zum Besseren wendete.

Ein Schatten fiel durch die Glastür der Buchhandlung. Dann verkündete die kleine Glocke über ihr mit ihrem fröhlichen Läuten, dass tatsächlich ein lebendes Wesen das Geschäft betrat. Als Milo den Kopf hob, erblickte er einen gut aussehenden Mann, vermutlich ähnlich alt wie er selbst, der sich das gleißende Sonnenlicht aus den Augen blinzelte, bevor er den Blick direkt auf den unglückseligen, einsamen Autor hinter seinem schäbigen Holztisch richtete.

Da es sich bei dem unglückseligen Autor um ihn selbst handelte, richtete sich Milo etwas auf, erweckte sein bewährtes Schriftstellerlächeln zum Leben und bereute sogleich, dass er einen Klumpen Juicy Fruit im Mund hatte, der groß genug gewesen wäre, um ein Flusspferd zu ersticken.

Da er eine Vorliebe für große Männer besaß – und *wie* er die besaß –, sah er sprachlos vor Bewunderung zu, wie der Mann den Kopf senken musste, um das Geschäft zu betreten. Er hatte sich eindeutig oft genug die Stirn gestoßen, um darauf zu achten, es zu vermeiden. Mann, wie *sexy*. Im Innern der Buchhandlung strich sich der Mann das dichte, dunkle Haar aus der Stirn. Es glänzte kastanienbraun im Sonnenlicht und kräuselte sich leicht um seine Ohren. Im Nacken war es so lang, dass sein Kragen es bei jeder Bewegung zerzauste. Sein Gesicht war schmal, aber freundlich wirkend und seine Wangen wurden von leichten Stoppeln verdunkelt. Er machte einen sympathischen Eindruck, zeigte ein ungekünsteltes Lächeln. Das Lächeln schien sich in seinem Gesicht zu Hause zu fühlen, als hätte es dort einen festen Platz. Seine Augen waren haselnussbraun, seine Lippen üppig und ausdrucksvoll, sein Körper sportlich. Er trug Tenniskleidung – ein weißes Polohemd, weiße Shorts, Tennisschuhe und Socken – und das viele Weiß betonte perfekt seine sonnengebräunten Arme und Beine sowie das sichtbare Stückchen bronzefarbener Brust unter seinem Hals. Außerdem war um sein linkes Handgelenk ein schlichtes Armband in Regenbogenfarben geschlungen.

Einfacher ausgedrückt: Der Typ sah umwerfend aus und das Armband deutete darauf hin, dass er schwul war. Da Milo ebenfalls schwul war, außerdem single, es vielleicht mal wieder nötig gehabt hätte und lange, haarige, sonnengebräunte Beine mochte, genau wie die Männer, an denen sie sich befanden, war er vom ersten Moment an gefesselt.

Der Blick des Fremden schweifte durch das Geschäft, bevor er sich wieder auf Milos Gesicht richtete. Als er das tat, verzogen sich seine Lippen zu einem noch strahlenderen Lächeln, das schneeweiße Zähne enthüllte. Der Mann strich mit der Hand über sein Polohemd, als wolle er es glätten, um sich von seiner besten Seite zu zeigen – als hätte es einem solchen Mann gelingen können, *nicht* gut auszusehen – und es war dieses kleine Zeichen von Unsicherheit, das endgültig Milos Interesse weckte, nachdem sein Filmstar-Äußeres einen ausgesprochen guten Anfang gemacht hatte.

Diese schönen langen Beine trugen ihn direkt zu Milos Tisch und Milos Nacken knackte, als er den Blick zum Gesicht des hoch aufragenden Mannes hob, um das Lächeln zu erwidern.

Er bemühte sich, nicht an seinem Kaugummi zu ersticken, als er fragte: „Eins fünfundneunzig?" Und schon bereute er es. *Verdammt. Warum plappere ich immer einfach los, ohne erst mein Gehirn einzuschalten?* Diese Frage stellte er sich häufig. Vor allem, wenn er besonders attraktiven Männern begegnete, zu denen dieser Typ eindeutig gehörte.

Besagter attraktiver Mann errötete, schien jedoch kein Problem mit der Frage zu haben. „Genau genommen eins sechsundneunzig. Oder etwas darüber."

„Tja, es passt zu Ihnen. Und wie ich sehe, sind Sie auch Tennisfan."

„Ja. Sie auch?"

„Na ja, ich sehe mir den Männerwettbewerb im Fernsehen an." *Aber nur wegen der Beine.* Der letzte Gedanke blieb unausgesprochen. Ganz so dämlich war Milo nicht.

Der Mann errötete heftiger und strich mit den Fingern über eines der Exemplare von Milos neustem Buch, die den Tisch zierten. Er riss seinen Blick von Milo los, um den Deckel zu betrachten. Dann drehte er es um, sah sich Milos Foto auf der Rückseite an und hob den Blick, um wieder Milos echtes Gesicht anzusehen, wobei ihm sicher nicht entging, dass dieses nicht annähernd so seidig makellos aussah wie das bearbeitete Foto.

„Ich nehme es", sagte der Mann.

„Sie meinen das Buch?"

„Ja. Das Buch."

Das machte Milo überraschend zufrieden. Er war nicht sicher, warum – schließlich verkaufte er nicht zum ersten Mal ein Buch, auch wenn die in seinem Herzen aufwallende Dankbarkeit es so wirken ließ. „Wundervoll", sagte er um den Klumpen Juicy Fruit herum. „Soll ich es für Sie signieren?"

„Bitte", antwortete der Mann und reichte es ihm pflichtbewusst.

Während Milo „Lust auf Tennis?" auf die Titelseite schrieb, um dann wie ein wichtigtuerischer Affe mit extravaganten Schnörkeln seine Unterschrift hinzuzufügen, streckte der Mann eine Hand aus und tippte auf das Schild mit den Auszügen aus den besten Rezensionen.

„Das bin ich", sagte der Mann. „BookHunter. Das ist ein Zitat meiner Rezension in der Huffington Post."

Milo unterbrach sein Kritzeln, um mit dem Blick dem Finger des Mannes zu folgen. Dann sah er ihn an. Er bemühte sich, den Kaugummiklumpen in seinem Mund an eine Stelle zu schieben, an der er ihn nicht beim Sprechen stören würde, denn das hier war wichtig.

„Sie sind BookHunter.com?", fragte Milo. „Der Kritiker?"

Der umwerfende Typ zuckte mit den Schultern. „Höchstpersönlich."

Milo starrte das von ihm signierte Buch an. „Aber dann besitzen Sie doch sicher schon ein Exemplar. Warum sollten Sie noch eins kaufen? Und es ist mir übrigens eine Ehre, Sie kennenzulernen. Wirklich."

Er schob seinen quietschenden Stuhl nach hinten, stand auf und streckte eine Hand aus. Als der Mann ihm die Hand schüttelte, kam Milo nicht umhin zu bemerken, wie gut seine Hand in die andere passte.

„Ich habe ein kleines Problem", sagte Milo, während er widerstrebend seine Hand aus der des Mannes löste. „Sie wissen meinen Namen, aber ich weiß Ihren nicht."

Der Mann blinzelte. „Ich bin Logan Hunter", sagte er und seine Ohren waren nun so rot wie seine Wangen. Er tippte erneut auf das Schild. „BookHunter.com, wie gesagt. Ich habe vor einigen Jahren die Rezensionsseite gegründet."

„Und Sie haben mein Buch rezensiert.“

Die Röte nahm zu. „Das habe ich. Ich liebe Ihre Bücher.“

Milo blinzelte. Komplimente zu seiner Arbeit trafen ihn immer mitten ins Herz. „Vielen Dank, ähm …“

„Nennen Sie mich Logan.“

„Logan.“ Er keuchte, als der Klumpen Juicy Fruit versuchte, in seine Kehle zu rutschen.

Von einer Sekunde zur nächsten verwandelte sich Logan Hunters verlegenes Lächeln in ein neckendes. „Sie sollten das ausspucken, bevor Sie daran ersticken.“

Milo nickte mit Tränen in den Augen und sah sich nach etwas um, in das er sein Kaugummi spucken konnte. Doch es war kein Abfalleimer zu sehen.

Logan zog ein Stück Papier aus seiner Gesäßtasche. „Hier. Nehmen Sie das.“

„Oh, nein, das geht nicht. Es ist doch sicher etwas Wichtiges.“

Logan wedelte damit vor seinem Gesicht. „Ich habe mir darauf nur notiert, wann und wo ich Sie finde. Da ich jetzt hier bin, brauche ich es nicht mehr. Nehmen Sie es.“

Also tat er es. Nachdem er den gigantischen Klumpen Kaugummi losgeworden war, fiel ihm das Sprechen wesentlich leichter. Während er das eingewickelte Kaugummi ablegte, da er noch immer nicht genau wusste, was er damit tun sollte, nahm Logan ihm das Buch aus der Hand und las die Widmung. Sein Grinsen zeigte Milo, dass sie passabel war.

„Warum kaufen Sie das Buch, wenn Sie es bereits haben?“, fragte Milo noch einmal.

„Ich habe nur das E-Book, weil Ihr Verlag es mir als Rezensionsexemplar geschickt hat“, antwortete Logan. „Um eine Kritik zu schreiben, reicht das vollkommen aus, aber wenn ich ein Buch wirklich liebe, möchte ich ein Papierexemplar für mein Bücherregal haben.“

Wieder blinzelte Milo überrascht. „Verstehe. Mir geht es nämlich genauso.“ Sein Blick huschte über das Buch in Logans Hand. Obwohl sie ihm unangenehm war, gelang es ihm nicht, seine nächste Frage zu unterdrücken. „Sie lieben das Buch also wirklich?“

Der sanfte Blick, mit dem Logan ihn ansah, wirkte auf Milo wie eine warme Decke. „Haben Sie meine ganze Rezension gelesen?“

„J-ja.“

„Dann wissen Sie, dass ich es liebe. Ich liebe jedes Ihrer Bücher. Zu den anderen habe ich übrigens auch Rezensionen geschrieben.“

„Ja. Ich weiß. Noch mal danke.“

Als Logan diesmal mit den Schultern zuckte, wirkte es auf liebenswerte Weise bescheiden. „Ich rezensiere Bücher. Dafür müssen Sie mir nicht danken. Es ist mein Beruf.“

Ein einigermaßen angenehmes Schweigen breitete sich zwischen ihnen aus, während Milo sich wieder setzte. Er hatte leichte Schuldgefühle, weil er Logan keinen Stuhl anbieten konnte. Andererseits befand sich sein Kopf dadurch wieder auf einer Höhe mit Logans Schritt, worüber er sich nicht beschweren konnte.

Mann, ich hab es wirklich nötig.

„Wie wäre es mit einem Happen zu essen?", fragte Logan und lächelte auf Milo herab. „Wo es nicht so fein ist. Ich bin nicht gerade für das Ritz gekleidet."

„Wirklich? Sie möchten, dass ich mit Ihnen essen gehe?"

„Wenn Sie das so ausdrücken wollen. Sie essen doch, oder?"

„Na ja, klar."

„Wo liegt dann das Problem?"

Milos Blick senkte sich zum bunten Armband an Logans Handgelenk.

Logan bemerkte den Blick und grinste. „Lassen Sie sich nicht von Ihrer schriftstellerischen Fantasie mitreißen. Das ist kein Date. Nur eine Kleinigkeit zu essen."

„Nein, ich … ich weiß …"

„Wenn Sie nichts gegen eine Unterhaltung hätten, könnten wir über Ihre Bücher reden. Ich habe noch nie einen Autor kennengelernt, der bei *so* einer Einladung nein gesagt hätte."

„Und das haben Sie auch jetzt nicht", sagte Milo, womit er sie beide zum Lachen brachte. „Aber sollten Sie mich wirklich zum Essen einladen? Woher wollen Sie wissen, dass ich mich nicht in einer Beziehung befinde?"

Logans Grübchen wurden tiefer. „Erstens bitte ich Sie nur darum, mit mir zu essen, nicht um ein Schäferstündchen. Und zweitens leben Sie laut Ihrer Biografie mit einem Hund namens Spanky zusammen. Hätten Sie eine bessere Hälfte, eine menschliche, meine ich, hätten Sie das vermutlich erwähnt."

„Oh." Milo schluckte so kräftig, dass es beinahe hörbar war. Es faszinierte ihn, wie unglaublich sexy es wirkte, diesen Mann über „Schäferstündchen" reden zu hören. Für seine Autorenfantasie war es höchst anregend. Mit allem Drum und Dran und dem vollen Programm. *Mannomann.*

Logan, der von Milos seltsamen Gedankengängen glücklicherweise nichts wusste, sah sich auf der Suche nach einem Angestellten im Laden um. „Ich bezahle das Buch und vielleicht können wir dann gehen. Es ist schon fast fünf Uhr und Sie langweilen sich doch sicher. Es sieht nicht gerade aus, als wären viele Leser gekommen, um sich in Ihrem Ruhm zu sonnen."

Milo stieß ein kurzes Lachen aus. Kein besonders fröhliches. „Nein, Sie sind der Erste, der ein Buch kauft."

„In diesem Fall kaufe ich zwei." Er schnappte sich ein zweites Buch, schlug es auf und legte es vor Milo auf den Tisch. „Schreiben Sie etwas allgemein Literarisches. Es wird ein Weihnachtsgeschenk für meine Mutter."

Milo tat wie geheißen und schrieb „Viel Spaß beim Lesen!" über seine Unterschrift.

Logan warf einen Blick darauf, bevor er es sich mit dem anderen Buch unter den Arm klemmte. „Gut. Dann bezahle ich die, während Sie einpacken. Ist Ihnen das recht?"

Ohne einen Hauch von Schüchternheit antwortete Milo: „Es ist mit Abstand das beste Angebot, das ich heute hatte. Geben Sie mir zwei Minuten."

Er sah zu, wie sich Logan Hunter alias BookHunter.com alias umwerfender Mann alias liebender Sohn seiner alten Mutter (und war das nicht *süß*?) in Richtung der Kasse im hinteren Teil der Buchhandlung entfernte. Nachdem es ihm gelungen war, seinen Blick von den langen, behaarten Beinen abzuwenden, *mit* denen Logan sich entfernte, begann er mit dem Packen.

Er versuchte gar nicht erst, das Lächeln auf seinem Gesicht zu verbergen, als er die nicht verkauften Bücher wieder in ihre Kisten warf. Wie versprochen war er nach zwei Minuten aufbruchsbereit.

„ICH HABE noch nicht viele Kritiker kennengelernt", sagte Milo.

Logan grinste. „Da haben Sie wahrscheinlich nicht viel verpasst. Wir sind ein mürrischer Haufen."

Milo verdrehte die Augen, jedoch ohne echten Spott. „Das glaube ich nicht."

Logan runzelte kurz die Stirn, doch lächelte dann ebenso schnell wieder. „Ich auch nicht. Die meisten, die ich kenne, sind nette Leute. Sie lieben, was sie tun."

Milo erwiderte das Lächeln. „Da stimme ich Ihnen absolut zu."

Obwohl er die Worte zu schätzen wusste, glaubte Logan, ein leichtes Zögern herauszuhören. Er wusste ganz genau, dass einige Rezensenten verletzende Dinge schrieben. Milos argwöhnischer Gesichtsausdruck ließ ihn vermuten, dass er selbst schon zu ihrem Opfer geworden war. Logan war froh, als Milo den Moment der gedrückten Stimmung mit einem Lächeln vertrieb. Obwohl er Milo Cook erst seit einigen Minuten kannte, hatte er bereits den Eindruck, dass dieser Schriftsteller zu offenem Optimismus und guter Stimmung neigte. Das stellte eine willkommene Abwechslung dar. Einige der Autoren, denen Logan begegnete, waren nicht nur unbeholfen im Umgang mit Menschen, sondern auch ungefähr so erheiternd wie Zahnschmerzen.

Logan hatte Milo geholfen, seine Signierstunden-Ausrüstung und zwei Kartons mit nicht verkauften Büchern zu seinem Auto nicht weit von der Buchhandlung zu tragen. Der Imbiss, in dem sie nun auf ihr Essen warteten, befand sich nicht weit von der Buchhandlung entfernt, in der Milo den langweiligsten und sinnlosesten Nachmittag seines Lebens hatte verbringen müssen – zumindest hatte er das Logan mitgeteilt und sich anschließend den größten Hamburger auf der Karte bestellt.

Logan richtete ein Lächeln auf die andere Seite des Tisches. Er musste zugeben, dass dieser Autor ihn interessierte. Und ihn interessierten nicht nur Milos Bücher.

Das war für Logan die größte Überraschung seit langem.

Milo Cook war vielleicht einen Meter achtundsiebzig groß, mindestens einen Kopf kleiner als Logan. Seine Hände waren ausdrucksvoll, sein Lächeln bereitwillig, seine Augen so grün wie frisch aus einem Zweig sprießende Blätter. Und diese wunderschönen grünen Augen blickten unter den längsten Wimpern hervor, die Logan je gesehen hatte. Milos unbändiges rötliches Haar war von blonden Strähnen durchzogen, jedoch stammten diese von der Sonne und nicht vom Wundermittel eines Friseurs. Das war offensichtlich. Seine Haut war noch gebräunter als Logans, und obwohl er nicht ganz so muskulös wirkte, besaß er den schlanken, durchtrainierten Körper eines Läufers oder vielleicht Schwimmers.

So betrachtete Logan den Mann möglichst unauffällig, während sie auf ihre Bestellung warteten. „Sie scheinen viel in der Sonne zu sein. Laufen Sie?"

„Ich surfe, schwimme und bin allgemein sehr strandverrückt", antwortete Milo. „Na ja, wenn ich nicht gerade in meinem Arbeitszimmer vor meinem Computer festsitze und mich bemühe, Wörter aneinanderzureihen, damit ich genug Geld für Hundefutter verdiene."

„Ach ja. Für den schon erwähnten Spanky."

„Genau."

Logan lehnte sich auf seinem Stuhl zurück. Seine Beine waren so lang, dass sie unter dem Tisch gegen Milos stießen. „Ups, Entschuldigung."

„Macht nichts", sagte Milo, während er seine Beine aus dem Weg zog.

Stille breitete sich zwischen ihnen aus und plötzlich fühlte Logan sich unwohl. Na ja, nicht direkt unwohl, aber *unruhig*. Vielleicht sogar etwas schuldig. Es war lange her, dass er sich für einen Mann interessiert hatte. Und noch länger, dass er einen zum Essen eingeladen hatte.

Nachdem er einige Zeit den Salzstreuer zwischen den Fingern gedreht und sich noch einmal die Speisekarte auf dem kleinen Klapp-Aufsteller auf ihrem Tisch angesehen hatte, da er nicht wusste, worauf er seinen Blick richten sollte, räusperte sich Logan schließlich und fragte: „Wie sind Sie zum Schreiben gekommen?"

„Ist das ein Interview?", fragte Milo.

„Nein. Nur eine Unterhaltung. Arbeiten Sie an einem neuen Buch?"

Milo stöhnte. „Es klingt wie ein Interview. Aber falls Sie es wirklich wissen wollen: Ich arbeite immer an einem neuen Buch."

„Gut. Sie sind viel zu talentiert, um nicht zu schreiben." Logan konnte sehen, dass seine Worte ihr Ziel getroffen hatten – ein dankbares Leuchten erfüllte Milos Augen. Bevor Milo eines der banalen Dinge sagen konnte, mit denen Menschen sich für unerwartete Komplimente bedankten, lenkte Logan das Gespräch mit der Brechstange wieder auf seine Frage: „Also, verraten Sie es mir: Wie kamen Sie dazu?"

Milo lächelte. Diesmal erschien es Logan aufrichtiger. Weniger schüchtern, was ihn freute. Es überraschte ihn immer wieder, welche Wirkung ein von Herzen kommendes Kompliment haben konnte.

„Vermutlich wollen Sie die wahre Antwort hören", sagte Milo seufzend. Ungeduldig strich er sich eine Haarsträhne aus der Stirn, die sich aus der Masse seiner Locken gelöst hatte und ihm vor ein Auge gefallen war.

Logan erwiderte das Lächeln und antwortete sanft drängend: „Natürlich."

Milo rückte sein Besteck auf dem Tisch zurecht und drehte den Ring an seinem Finger, ein goldenes Modell mit Onyx. Ziemlich hübsch. Schlicht und maskulin. Aus irgendeinem Grund legte Logan die Hände in seinen Schoß, um den silbernen Ring an seinem eigenen Finger zu verbergen. Er machte sich nicht die Mühe, seine Reaktion aus psychologischer Sicht zu analysieren, sondern richtete seine Aufmerksamkeit stattdessen auf Milo, der kurz aus dem Restaurantfenster sah. Als er den Blick wieder auf Logan richtete, wirkte er resigniert.

Milo drehte seine Gabel zwischen den Fingern, während er redete. „Tja, wenn Sie die Wahrheit hören wollen, spare ich mir den langatmigen Künstler-Quatsch darüber, dass ich der Welt mit lange fortdauernden Geschichten etwas hinterlassen möchte, weil ich ja als Mann vom andern Ufer nun mal keine anderen Nachkommen haben werde als meine Bücher. Ich sage Ihnen einfach die Wahrheit. Und die ist: Ich habe keine Ahnung, warum ich schreibe. Es ist einfach etwas, das ich schon immer getan habe. Das ich schon immer geliebt habe. Seit der Grundschule ist es für mich ein Ventil. Es ist keine leichte Arbeit, aber ich kann mir kein anderes Leben vorstellen." Er hielt inne und wirkte leicht verlegen, als hätte er das Gefühl, vielleicht zu viel gesagt zu haben. Dann beugte er sich vor und musterte Logan. „Jetzt bin ich dran: Warum wollten Sie Kritiker werden?"

Logan lachte. „Oh, glauben Sie mir, ich wäre lieber Autor, aber ich besitze weder das Talent noch die Geduld für kreatives Schreiben. Trotzdem liebe ich Bücher, also habe ich mir einen anderen Weg gesucht, ihnen nahe zu sein." Er betrachtete Milo mit bewunderndem Blick. „Von allen Autoren, mit denen ich bisher geredet habe, sind Sie der erste, der mich danach gefragt hat."

„Ich bin neugierig."

„Nein. Ich glaube, es ist mehr als das."

„Tja, was es auch sein mag, ich bin froh, dass unsere Berufe uns zusammengebracht haben. Ohne Sie hätte ich heute nichts verkauft und würde jetzt wahrscheinlich zu Hause sitzen und ein Mortadellabrot essen."

Logan schmollte wie ein Dreijähriger – oder tat zumindest so. „Und da dachte ich, Sie mögen mich wegen meines Talents als Kritiker. Jetzt muss ich erfahren, dass es nur meine Visa-Karte ist, die Sie bezaubert hat."

Milo lachte. „Die Tennisshorts haben auch nicht geschadet."

Zu Logans Belustigung wirkte Milo augenblicklich entsetzt über seine eigenen Worte. Seine Ohren wurden feuerrot und seine Lippen formten ein erschrockenes kleines „O". Er wirkte so schockiert, dass Logan beinahe laut losgelacht hätte.

„Tut mir leid", entschuldigte sich Milo. „Ich weiß nicht, weshalb ich das gesagt habe."

Logan streckte einen Arm aus und tätschelte Milos Hand. Dabei hatte er nicht damit gerechnet, wie sich Milos Haut unter seinen Fingerspitzen anfühlte. Beinahe … *elektrisch.* Er entfernte die Hand hastig.

„Tja, na ja …", stammelte er in dem verzweifelten Versuch, etwas zu sagen, als er plötzlich die Kellnerin entdeckte, die sich mit Tellern beladen zwischen den Tischen hindurch in ihre Richtung schob.

Milo schien nichts bemerkt zu haben, wofür Logan dankbar war. Er unterdrückte seine Überraschung, wie sehr diese einfache Berührung einer Hand seinen Körper mit Verlangen durchflutet hatte.

Nachdem er für die Kellnerin wieder sein strahlendes Lächeln aufgesetzt hatte, sagte er fröhlich: „Ah, endlich: Essen!"

MILO WAR dabei, sein letztes Pommesstäbchen durch eine mitgenommene Ketchuppfütze zu ziehen, als Logan sich erschöpft auf seinem Stuhl zurücklehnte und sich auf den Bauch klopfte.

„Mann, bin ich voll."

„Ich auch." Milo grinste, als der letzte Bissen seiner Mahlzeit zwischen seinen Lippen verschwand. „Ich glaube, ich muss wiederkommen", murmelte er kauend, bevor er eine Faust an den Mund hob, um ein winziges Rülpsen zu kaschieren. „Gute Bedienung. Gutes Essen."

„Gute Gesellschaft", fügte Logan hinzu. Er tupfte sich den Mund mit einer Serviette ab und legte die Lippen um das Ende seines Strohhalms, damit er den Rest seines Getränks aus dem Glas saugen konnte, wobei er so viel Lärm wie ein Kind machte. Dann sah er über das Limonadenglas hinweg Milo an. „Wohnen Sie in Coronado?" Er stellte geräuschvoll das Glas ab und schob es zur Seite.

Milo schüttelte den Kopf, während er zum x-ten Mal die von Logans braunen Augen ausgestrahlte Wärme bewunderte. Außerdem bewunderte er die winzigen goldenen Sprenkel, die darin zu sehen waren, wenn das Licht aus einer bestimmten Richtung auf Logans Gesicht fiel. „Nein", sagte er und blinzelte, um sich wieder auf das Gespräch zu konzentrieren. „Ich wohne auf der anderen Seite der Bay, in einer bürgerlichen Gegend von San Diego namens South Park. Und Sie?"

„Manhattan."

Milo blinzelte erneut, diesmal vor Überraschung. „Was machen Sie dann hier? Und wie ist es Ihnen gelungen, einen ganzen Kontinent zu überqueren, nur um dann über mich einsamen Autor in dieser dämlichen Buchhandlung zu stolpern?"

Logan zuckte mit den Schultern. „Das war wohl einfach Glück." Dann lachte er. „Eigentlich bin ich hier auf Wohnungsjagd. Ich habe beschlossen, herzuziehen.

Die Winter in New York bringen mich einfach um. Ist Ihnen klar, dass es, während wir hier gerade im Wonnemonat Januar dreiundzwanzig Grad genießen, in New York zwanzig Grad unter null sind und fünfzehn Zentimeter Schnee den Verkehr behindern und Millionen von missmutigen, frierenden New Yorkern das Leben schwer machen?"

„Ernsthaft?"

„Ernsthaft. Und vielleicht wissen Sie das nicht, aber bei der Temperatur gefrieren einem nach zehn Sekunden die Popel in der Nase. Es ist höchst beunruhigend."

Milo prustete vor amüsiertem Ekel. „Das glaube ich gern. Also packen Sie alles ein und ziehen bis an die Westküste, nur um Ihre Popel am Gefrieren zu hindern?"

Ein neckendes Grinsen legte sich auf Logans Lippen und lockte ein Grübchen hervor. „Brauche ich einen besseren Grund?"

Milo schüttelte leise lachend den Kopf. „Nein, vermutlich nicht. Ich beschwere mich schon, wenn die Temperatur in San Diego mal unter fünfzehn Grad fällt."

„Waschlappen. Und genau genommen bin ich schon umgezogen. Alles was ich besitze, befindet sich in einem Möbelwagen keine zwei Meilen von hier. Ich suche nur noch den richtigen Ort dafür. Einen Ort, der sich wie ein Zuhause anfühlt. Und ich kann es übrigens nicht weiterempfehlen, mit einem Möbelwagen quer durchs Land zu fahren und dabei sein Auto zu schleppen. Es nervt sehr."

Milo lehnte sich auf seinem Stuhl zurück und musterte Logan gründlicher, während er ein mitfühlendes Schnalzen von sich gab. „Das kann ich mir vorstellen. Aber es erklärt immer noch nicht, wie Sie mich beim Herumhängen in der Buchhandlung gefunden haben."

Logan zuckte mit den Schultern. „Meine Lieblingsschriftsteller behalte ich im Auge. Also wusste ich von der Signierstunde heute und habe geplant, diese zu besuchen und Sie kennenzulernen. Sie zum Essen einzuladen war eine spontane Idee. Eine sehr angenehme."

Milos Knöchel berührte unter dem Tisch Logans Fuß. Er entfernte ihn ein Stück, obwohl er es nicht gern tat. „Das ist sie allerdings", sagte er. „Danke für die Einladung."

Logan zuckte erneut mit den Schultern, wirkte jedoch zufrieden. „Nicht der Rede wert."

Nach kurzem, nicht unangenehmem Schweigen fragte Milo: „Und Sie ziehen allein nach San Diego? Kein Freund? Kein Partner? Was wird aus Ihrer Mutter? Sitzt sie gut verpackt im Wagen oder haben Sie sie in einer Schneewehe in New York zurückgelassen, wo sie zum Eiszapfen wird?"

Zu Milos Überraschung zögerte Logan einen kurzen Moment, als hätte Milo etwas Beunruhigendes gesagt. Obwohl er sich schnell wieder fing, wirkte Logans gut gelaunter Tonfall etwas erzwungen, als er endlich antwortete. Möglicherweise lag es jedoch nur an Milos lebhafter Schriftstellerfantasie, gepaart mit dem Minderwertigkeitskomplex, der ihm bereits seit seiner Schulzeit zu schaffen machte. Beides hatte sich schon mehrfach in unpassenden Augenblicken gezeigt.

„Kein Freund", sagte Logan, der Milo nun wieder offen ansah. „Kein Partner. Und was meine Mutter angeht: Sie lebt in Florida. Ich würde mich lieber anzünden, als in Florida zu leben. Wobei man das da den größten Teil des Jahres wahrscheinlich nicht merken würde. In Florida ist es heißer als in der Hölle. Seltsamerweise scheint es jüdischen alten Frauen nichts auszumachen. Und mal ganz unter uns: Ich würde mich auch lieber anzünden, als in der näheren Umgebung meiner Mutter zu wohnen."

„Also sind Sie jüdisch und Ihre Mutter nervt. Überhaupt kein Klischee. Irgendwelche Haustiere?"

„Kein einziges. Gilt das als Charakterfehler?"

„Ja, schon, aber einige Ihrer anderen Eigenschaften gleichen ihn wieder aus."

„Ich hoffe, damit meinen Sie nicht wieder meine Tennisshorts."

Milo grinste. „Jetzt, da Sie es sagen. Wie können Ihre Beine übrigens so gebräunt sein, wenn Sie doch gerade erst aus dem kalten Osten kommen?" *Und so sexy?*, fügte er im Stillen hinzu.

Logan erwiderte das Grinsen. „Durch meine Abstammung. Die Eltern meiner Mutter waren Ägypter. Sie sind während der Suezkrise in die USA eingewandert."

„Nach der Gründung von Israel."

„Genau. Jedenfalls haben Ägypter einen schönen Teint. Ich muss kein Geld für UV-Lampen oder Sonnencreme ausgeben."

„Klingt praktisch", antwortete Milo. „Noch eine neugierige Frage: Wenn Sie noch nicht ausgepackt haben und Ihre Sachen in einem Umzugswagen liegen, warum sind Sie dann für Wimbledon gekleidet?"

„Ich habe am El Cajon Boulevard einen öffentlichen Tennisplatz entdeckt." Er wedelte mit der Hand in Richtung Osten. „Irgendwo da drüben. Nachdem ich mich tagelang mit diesem riesigen Laster gequält habe, musste ich mir die Beine vertreten und mich ein bisschen bewegen. Also habe ich mein Gepäck nach meinen Tennisklamotten durchwühlt und habe ein paar Runden mit einer netten alten Dame mit streichholzdünnen Beinchen gespielt, die mich zwei zu eins geschlagen hat."

Milo lachte. „Das tut weh."

„Allerdings."

Milo schwieg kurz. Das lockere, scherzhafte Gespräch hatte beide Männer zum Lächeln gebracht. Dann sagte er: „Sie wussten also von meiner Signierstunde."

Logan zuckte träge mit den Schultern. „Wie gesagt, als Kritiker bleibe ich in der Hinsicht gern auf dem Laufenden."

„Ich hoffe, Sie verraten der Literaturwelt nicht, was für ein schrecklicher Flop das war."

„Bei mir ist Ihr Geheimnis sicher aufgehoben."

„Puh!" Milo beugte sich mit forschendem Blick vor. „Und ist das alles, was Sie tun? Rezensionen schreiben? Ich meine, kann man damit seine Rechnungen bezahlen?"

„Sie hatten recht: Sie *sind* neugierig. Aber nein. Ich arbeite als Lektor für einige ausgewählte Autoren, ich schreibe Kritiken für verschiedene Magazine und ich verfasse Werbetexte für eine Firma in New York. Das ist alles Arbeit, die ich online erledigen kann. Abseits des Schnees. Absolut überall. Also auch hier. In der Nähe eines meiner Lieblingsautoren."

Milos Wangen wurden warm. „Schmeichler."

Seltsamerweise errötete auch Logan wieder. Milo stellte fest, dass ihm der Anblick gefiel. Außerdem gefielen ihm die Fältchen neben Logans Augen, wenn dieser lachte. Und wie sich seine Nase kräuselte, wenn er lächelte. Milo stützte sich mit den Ellbogen auf den Tisch und sah sich Logans Gesicht genauer an. Es war wirklich ein verdammt beeindruckendes Gesicht. Und die Stoppeln waren verdammt sexy.

„Ich kann nicht glauben, dass Sie single sind", hörte Milo sich sagen. „Und ja, ich bin immer noch neugierig."

Zu seiner Überraschung flackerte bei diesen Worten Unbehagen in Logans Augen auf. Während ihres Gesprächs hatte er das mehrmals bemerkt, doch dieses Mal übertraf die anderen deutlich. Gerade wollte er sich dafür entschuldigen, zu weit gegangen zu ein, als sich Logans Blick plötzlich auf das Fenster richtete, als habe dort etwas seine Aufmerksamkeit erregt. Während Milo dem Blick noch mit seinem folgte, begann Logan zu sprechen. Milo sah ihn wieder an, doch Logans Blick verließ nicht das Fenster. Seine Stimme klang leicht atemlos, als blickte er zurück, auf seine Vergangenheit, auf sein Leben, auf etwas, das nur er sehen konnte.

„Ich hatte einen Freund. Wir waren drei Jahre zusammen. Im letzten März – ich kann kaum glauben, dass es schon fast ein Jahr ist – ist Jerry bei einem Autounfall gestorben. Es ist im Schnee passiert. Während eines Schneesturms. Er war siebenundzwanzig. Ich glaube, das ist auch ein Grund, aus dem ich New York verlasse."

„Zu viele Erinnerungen?", fragte Milo leise.

„Ja. Zu viele Erinnerungen."

Logan richtete den Blick wieder auf Milo und ein schläfriges Lächeln legte sich auf sein Gesicht, machte es weicher. Er seufzte. „Jetzt wissen Sie alles, was es über mich zu wissen gibt. Was ist mit Ihnen? Kein Ex, von dem ich wissen sollte? Keine junge Liebe?"

Milo strich mit der Fingerspitze durch den feuchten Ring, den sein Glas auf dem Tisch hinterlassen hatte. „Ich wollte nicht so unverschämt herumschnüffeln, Logan. Es tut mir leid. Und es tut mir leid, was Ihnen passiert ist. Ich … ich kann mir nicht vorstellen, wie furchtbar das für Sie gewesen sein muss."

Logan akzeptierte Milos Worte mit einem Nicken. Sein Blick ruhte nun auf seinen auf dem Tisch liegenden Händen. Milo bemerkte zum ersten Mal den silbernen Ring an Logans Ringfinger. Aus irgendeinem Grund spürte er, dass es zu diesem Ring eine Geschichte gab – eine Geschichte, die er gern gehört hätte, doch von der er instinktiv wusste, dass er nicht danach fragen sollte.

„Danke, Milo", sagte Logan, womit er Milos Gedanken von dem Ring ablenkte. „Und Sie brauchen sich nicht für Ihre Neugier zu entschuldigen. Ich glaube, so müssen Schriftsteller einfach sein. Aber so leicht kommen Sie mir trotzdem nicht davon. Ich möchte etwas über Ihr Liebesleben hören. Wie viele Freunde haben Sie mit dem dauernden Klappern Ihrer Tastatur in den Wahnsinn getrieben, wenn sie schlafen wollten? Wie viele Partner haben Sie verärgert, indem Sie ihre schlimmsten Charakterschwächen einer Person in Ihrem Buch gegeben haben? Und wie kann es bitte sein, dass jemand mit Ihrem Aussehen sein Leben mit einem Hund namens Spanky teilt und nicht mit einem Sie anbetenden Adonis?"

Da seine Fingerspitze bereits nass war, schnippte Milo den Wassertropfen in Logans Gesicht, was diesen zum Zusammenzucken brachte. Nachdem sie beide darüber gelacht hatten – obwohl Milo wusste, wie kindisch es gewesen war, und Logan es sicher ebenfalls wusste –, beschloss er, einige Geheimnisse mit Logan zu teilen. Es war das Mindeste, was er tun konnte, nachdem Logan so viel preisgegeben hatte.

„Danke für das Kompliment, falls es eins war", sagte er grinsend. Dann wurde er ernster. „Von meinem Adonis habe ich mich schon vor langer Zeit getrennt. Er hieß Bryce. Auch ein Autor." Milo rollte mit den Augen. „Na ja, zumindest wollte er das sein. Nur hat er nie den Durchbruch geschafft. Hat nie etwas verkauft. Er war einfach nicht gut genug – und das sage ich nicht aus Gehässigkeit, er war es wirklich nicht. Allerdings konnte ich mich nie dazu durchringen, es ihm zu sagen. Schließlich habe ich ihn geliebt. Zumindest dachte ich das. Ich wollte ihn nicht verletzen. Trotzdem denke ich jetzt, Ehrlichkeit wäre wahrscheinlich besser gewesen."

„Und was ist passiert?", fragte Logan. Er hatte sich mit den Ellbogen auf dem Tisch vorgebeugt, das Kinn in die Hände gestützt und lauschte aufmerksam.

Es machte Milo beinahe verlegen, dass Logan seine Worte so in sich aufsog. Aber er konnte jetzt nicht einfach aufhören. Er würde die Geschichte beenden, nachdem Logan so offen gesprochen hatte. Das war nur fair.

„Bryce ist einfach abgehauen. Nein, das stimmt nicht ganz. Wir haben uns wohl irgendwie gegenseitig verlassen. In Wirklichkeit hatte sich unsere Beziehung schon eine ganze Zeit lang auf die Selbstzerstörung zubewegt, ohne dass wir viel dazu beigetragen hätten. Irgendwann ist er weggezogen. Soweit ich weiß, ist er nicht in San Diego geblieben. Ich bin nicht sicher, wo er gelandet ist. Er könnte überall sein. Bryce hat mal viel Geld geerbt, also musste er sich darum nie Sorgen machen. Jedenfalls hoffe ich, dass er glücklich ist. Am Anfang hatten wir eine schöne Zeit zusammen und ich weiß, dass das schon mehr ist, als viele andere schwule Männer bekommen. Also möchte ich mich nicht beklagen."

Er riss sich aus der Vergangenheit los, um seinen Blick auf Logan zu richten. Es kam ihm vor, als wären sie bereits gute Freunde, die sich nur länger nicht gesehen hatten.

Eine freundliche Wärme strahlte in Logans Augen, als hätte er genau bemerkt, in welchem Moment Milo seine Erinnerungen verlassen hatte und in die Gegenwart zurückgekehrt war. Wieder tätschelte er Milos Hand.

„Danke, dass Sie mir das anvertraut haben", sagte Logan.

Milo nickte. „Und ich danke Ihnen."

Plötzlich richtete Logan sich auf und warf einen Blick auf seine Uhr. Als er wieder Milo ansah, wirkte er betrübt. Betrübt, aber entschlossen. „Ich muss jetzt leider gehen. In einer halben Stunde habe ich einen Termin für eine Wohnungsbesichtigung. Den möchte ich nicht verpassen."

Milo sprang auf. „Nein, natürlich nicht. Warten Sie, ich bezahle." Er griff nach der Rechnung, doch Logan war schneller.

„Nein, ich habe Sie eingeladen", antwortete Logan. „Ich übernehme das."

Milo ließ sich wieder auf seinen Stuhl sinken. „Tja, wenn Sie darauf bestehen." Dann fügte er hinzu: „Es war schön, Sie kennenzulernen. Und noch einmal danke für die Rezensionen."

Logan zuckte ungezwungen mit den Schultern. „Ich mache nur meine Arbeit." Er warf einen weiteren Blick auf seine Armbanduhr. „Ich muss mich jetzt wirklich beeilen. Diese Wohnung will ich mir nicht entgehen lassen. Sie ist perfekt."

„Ja, natürlich, gehen Sie ruhig."

Milo sah zu, wie Logan einige Geldscheine auf die Rechnung legte und sie für die Kellnerin am Tischrand platzierte. Dann stand er auf und sah einen Moment lang auf Milo herab. Schweigend trat er von einem Fuß auf den anderen, als wäre er nicht sicher, was er sagen sollte.

Schließlich fragte er leise: „Darf ich Sie mal anrufen?"

Von seinem schüchternen Tonfall überrascht sah Milo auf und antwortete, ohne nachzudenken: „Natürlich. Das würde mich freuen."

„Oh, gut", sagte Logan mit offenkundiger Erleichterung, auch wenn er noch ausgesprochen verlegen wirkte. Sein Blick löste sich von Milo und huschte unruhig durch das Restaurant und über die Gäste.

Bevor Milo etwas sagen konnte, bevor ihm eine Antwort einfiel, legte ihm Logan sanft eine Hand auf die Schulter, ganz vorsichtig. Dann wandte er sich ab und eilte zwischen den Tischen hindurch zum Ausgang, ohne sich umzusehen.

Erst nachdem er verschwunden war, wurde Milo klar, dass er Logan nicht seine Telefonnummer gegeben hatte.

2

AM TAG nach seiner Begegnung mit Logan Hunter stand Milo früh auf, schlüpfte in einen Schlafanzug – den trug er nämlich zum Arbeiten, nicht zum Schlafen – und ließ sich in seinem Büro im Erdgeschoss nieder, um zu schreiben. Milos Haus stand an einem dicht bewaldeten Canyon, der nach Süden hin abfiel. An einem klaren Tag verschaffte ihm das einen atemberaubenden Blick auf die fernen Berge von Mexiko. Aus einer Reihe Fenster im Wohnzimmer auf der anderen Seite des Hauses konnte er die Skyline von San Diego drei Meilen weiter westlich sehen. Dagegen war die Aussicht aus seinem Büro weniger einnehmend, was Milo begrüßte, da er so weniger abgelenkt wurde. Leider ließen sich einige andere Ablenkungen nicht so leicht vermeiden. Mit einer Kaffeekanne ausgerüstet begann Milo seinen Arbeitstag wie üblich damit, alles am Vortag Geschriebene zu bemängeln. Während er sich darüber ärgerte, verschwendete er außerdem einige Zeit damit, von Stephen Kings Fähigkeit zu träumen, wie am Fließband neue Seiten produzieren zu können. Es hieß, der Mann müsse nur eine Schüssel Buchstabensuppe schütteln, um daraus einen Roman und zwei Kurzgeschichten zu machen.

Zurzeit steckte Milo knietief in einem Thriller. Sein letztes Buch war eine Komödie gewesen. Milo mochte bei seinen Geschichten Abwechslung. Da seine Leser ihn noch nicht im Stich gelassen hatten, ging er davon aus, dass er dabei etwas richtig machte.

In seinem Büro war es an diesem Morgen etwas kühl, weshalb er seine nackten Zehen unter Spanky schob. Sein großer Hund unbestimmter Rasse, der sich durch langes Fell, unermessliche Treue und grenzenlose Faulheit auszeichnete, lag zu seinen Füßen, wo er ihn wie üblich unterwürfig – und schnarchend – anbetete.

Während er schrieb, unternahm er gelegentliche Ausflüge zu seiner Facebook-Seite. Eines Tages würde es noch zum Ende seiner Karriere führen. Schriftsteller suchten ständig nach einer Ausrede, um nicht schreiben zu müssen. Dass Facebook sich nur einen Mausklick entfernt befand, machte ihm das Trödeln viel zu leicht. Leider beruhten die meisten seiner Kontakte zur Welt der Literatur – Freunde, Rezensenten, andere Autoren, Herausgeber, Lektoren, Leser und einige Idioten, die nur politisches Zeug posteten und sich unbemerkt auf die Liste seiner Freunde gestohlen hatten – auf sozialen Medien. Milo betrachtete sie als notwendiges Übel.

Heute begann seine ziellose Wanderung über seine Facebook-Seite, die normalerweise absolute Zeitverschwendung war, wenn auch unterhaltsame, mit einer Überraschung. Einer Überraschung, die neben Milos müden Augen Lachfältchen verursachte, als er lächelnd den Bildschirm anstarrte und einen Schluck von seinem dritten Kaffee trank.

Die Überraschung war eine Freundschaftsanfrage von einem gewissen BookHunter, Kritiker von allem, was mit Literatur zu tun hatte – zumindest warb er damit auf seiner Seite.

Milo nahm die Anfrage an und erhielt keine zehn Sekunden später eine private Nachricht.

BookHunter: *Guten Morgen.*
Milo Cook: *Ihnen auch einen guten Morgen. Haben Sie die Wohnung bekommen?*
BookHunter: *Allerdings. Werde direkt einziehen.*
Milo Cook: *Glückwunsch! Welcher Stadtteil?*
BookHunter: *Hillcrest.*
Milo Cook: *Oh, gut. Dann sind wir praktisch Nachbarn.*
BookHunter: *Schön! Ups, muss jetzt aufhören. Sitze in meinem gemieteten Wagen mit meinem ganzen Zeug und die von mir bestellten Möbelpacker kommen gerade. Leider muss ich berichten, dass nicht ein einziger niedlicher dabei ist.*
Milo Cook: *An manchen Tagen geht eben alles schief. Lach.*
BookHunter: *Wie wahr. Bis später.*

Milo schloss lächelnd das Nachrichtenfenster. Einen Augenblick saß er einfach da und genoss die Freude über diese neue Möglichkeit, mit Logan zu kommunizieren. Dann verbrachte er noch einige Augenblicke damit, die Erinnerung an Logan in seinen Tennisshorts zu genießen.

Mann, ich hab es aber wirklich *nötig.*

Er riss sich von seinen Gedanken los und konzentrierte sich wieder auf seine Arbeit. Es gelang ihm für etwa eine Stunde, in der er sich Schritt für Schritt vorsichtig weiter in seine Handlung wagte, als ein Geräusch ihn über eine eingegangene E-Mail informierte. Er klickte sich bis zu ihr durch und stellte fest, dass sie von einer Autorenkollegin vom Verlag Winter Press stammte. Lillian Damons schrieb Liebesromane. Sie hatten sich vor mehreren Jahren als Fans bei einer Schriftstellerkonferenz in Denver kennengelernt. Sie war mit einer Kritikerin verheiratet, Grace Connor. Milo hatte ihre Hochzeit in Kansas City besucht, wo die zwei Frauen nun lebten.

Lieber Milo,
mein Herz ist gebrochen. Vor zwei Wochen wurde Grace
in New York City ermordet. Sie wurde in ihrem Hotelzimmer
erwürgt. Die Polizei sagt mir, es war wahrscheinlich ein
Überfall oder eine Vergewaltigung geplant und der Täter ist
zu weit gegangen. Ich stehe noch unter Schock. Ich kann nicht
aufhören, zu weinen. Es hat beinahe zehn Tage gedauert, bis die
Polizei den Leichnam freigegeben hat. Gestern hat in Grace'

Heimatstadt Roanoke die Beerdigung stattgefunden. Ihre Familie hat mich freundlich wie immer behandelt, doch wir sind alle so voller Trauer, dass wir ihren Tod noch nicht akzeptieren können. Vielleicht werden wir das niemals.

Ich weiß, dass du sie ebenfalls geliebt hast, also wollte ich es dir mitteilen. Ich bete darum, dass das Monster gefunden wird, aber dem leitenden Detective zufolge gibt es kaum Anhaltspunkte.

Wie grausam diese Welt geworden ist. Meine geliebte Grace war herzkrank. Sie muss am Ende solche Angst gehabt haben. Mein eigenes Herz ist nun ebenfalls gebrochen.

Pass auf dich auf, mein lieber Freund.

Lillian

Nachdem er Lillians herzzerreißende E-Mail gelesen hatte, betrachtete Milo lange Zeit nur den Bildschirm. Schließlich verfasste er eine Antwort, die auf angemessene Weise Schock, Mitgefühl, Trauer und Anteilnahme ausdrückte. Mit den richtigen Worten, die auf die richtigen Gefühle hindeuteten.

Und doch verspürte er beim Schreiben nagende Schuldgefühle. Schuldgefühle, weil er Grace Connor in Wirklichkeit kein bisschen geliebt hatte. Er hatte den Umgang mit ihr nur deshalb toleriert, weil sie Lillians Frau gewesen war und Lillian seine Freundin. Milo und Lillian hatten eine gemeinsame Vergangenheit. Sie arbeiteten für denselben Verlag, besuchten gemeinsam Konferenzen. Einmal waren sie zusammen zur Buchmesse in Frankfurt gereist, dem weltgrößten jährlichen Treffen von Schriftstellern und Verlagen aus der ganzen Welt. Einmal hatten sie sogar gemeinsam eine Kurzgeschichte für eine Anthologie verfasst.

Bei Milo und Grace gab es diese Vergangenheit nicht, und das war Milo nur recht.

Fast automatisch tippte Milo seinen Namen unter die E-Mail mit den leeren Plattitüden und unaufrichtigen Trostworten und schickte sie ab. Während sie lautlos durch den Äther davonzischte, beschäftigten sich seine wahren Gedanken nicht mit Lillians Trauer, sondern mit Grace. Mit einigen der Rezensionen, die sie verfasst hatte. Mit den Feinden, die sie sich gemacht hatte, indem sie bei ihrer Kritik mit einigen Autoren nicht unbedingt freundlich umgegangen war. Mit den Schriftstellern, deren Talent sie als nicht ausreichend empfunden hatte, war sie oft hart ins Gericht gegangen. Ihre Worte konnten spöttisch und herabsetzend sein und gelegentlich auch zu grausam neigen. Hinter einer dünnen Fassade aus Humor und cleveren Wortspielen war sie in der Lage gewesen, das zerbrechliche Ego eines Autors tief zu verletzen, was sie auch häufig getan hatte, anscheinend nur aus reiner Freude daran. Der Hang zum Gemeinen in ihren Kritiken hatte mehr als nur einen neuen Schriftsteller davon abgebracht, jemals wieder etwas zu veröffentlichen.

Milo hatte ihr deshalb nichts Schlechtes gewünscht, auch wenn er manchmal das Gefühl gehabt hatte, sie sei zu weit gegangen. Allerdings wusste er, dass seine Gedanken zu ihrem Ableben noch dadurch gemäßigt wurden, dass sie ihren bösartigen Stift niemals auf ihn oder seine Bücher gerichtet hatte. Milo vermutete, dass es bei vielen anderen Personen aus der Literaturszene nicht der Fall war. Er zweifelte nicht daran, dass einige Autoren da draußen ein Glas oder zwei auf Grace' frühes und ihrer Meinung nach verdientes Ableben tranken.

Allerdings schienen es nicht Grace' Kritiken gewesen zu sein, die sie getötet hatten. Offenbar war sie lediglich zur falschen Zeit am falschen Ort gewesen. Vielleicht war es auch Karma. Wenn darin ein *Hauch* von ausgleichender Gerechtigkeit mitgespielt haben sollte, war es nicht Milos Schuld. Er konnte nicht abstreiten, dass er beim Tod eines netteren Menschen größere Trauer verspürt hätte.

Bei dieser kalten Erkenntnis lehnte er sich auf seinem Stuhl zurück und schloss die Augen. Lillian hatte recht. Die Welt war wirklich grausam. Selbst Milo war dagegen nicht immun.

AN MILOS Psyche hatte schon immer eine leichte Sozialphobie geknabbert. Einfache Aufgaben, die für Schriftsteller normalerweise selbstverständlich waren, fielen ihm etwas schwer. Signierstunden, Lesungen, Konferenzen – all das strapazierte ihn, brachte seine Gelassenheit ins Wanken und zerrte an seinen Nerven, auch wenn er über die Jahre gelernt hatte, mit dieser Schwäche umzugehen. Vermutlich wären die meisten seiner Freunde überrascht gewesen, wenn sie davon erfahren hätten.

Interessanterweise schüchterten große Gruppen Milo weniger ein als kleine. Wie zum Beispiel an diesem Abend.

Der South Park Reading Club hatte Milo und zwei andere ortsansässige Autoren dazu eingeladen, seinem monatlich stattfindenden Treffen beizuwohnen und vielleicht eine Kleinigkeit vorzulesen und den Mitgliedern, bei denen es sich der Einladung zufolge um Fans handelte, einige Fragen zu beantworten.

Milo hatte selbstverständlich zugestimmt. Schließlich konnte er die Leser in seiner Nachbarschaft nicht einfach ignorieren. Allerdings musste er sich sehr darauf konzentrieren, dass ihm nicht der Angstschweiß ausbrach oder er sich auf irgendeine andere von tausenden möglichen Arten lächerlich machte. Bisher war es ihm gelungen.

Nachdem er einen Auszug aus dem Buch vorgelesen hatte, an dem er zurzeit arbeitete – er war als Letzter mit dem Lesen an der Reihe gewesen, was seinen Nerven nicht gutgetan hatte –, war nun zum Glück das Schlimmste überstanden. Die Gäste, etwa zwanzig Personen, hatten mit freundlicher Aufmerksamkeit gelauscht, eindeutig dankbar, dass Milo sie mit ihrer Anwesenheit beehrte und der Käsedip war hervorragend. Der Buchclub schien Mitglieder aus jeder sozialen Schicht zu haben, von den Vermögenden bis zu den weniger Vermögenden, von jung bis alt und alles dazwischen. Wie immer war es die Begeisterung für Literatur, die sie vereinte. Der gesellschaftliche Status spielte dabei keine Rolle. Es war eine Eigenschaft von Bücherfans, die Milo mit Hoffnung für die Zukunft der Menschheit erfüllte. Für eine einfache Geschichte auf Papier oder in Form von Pixeln konnten sie Unterschiede vergessen, um sich ihrer gemeinsamen Leidenschaft zu widmen.

Ja, bisher war der Abend reibungslos verlaufen.

Dann war es Zeit für die Fragen.

Die erste stammte von einer kleinen Frau mit dicker Brille und grauem Haar mit starker Dauerwelle. Sie wirkte wie eine Großmutter, zweifellos gut im Plätzchenbacken und Erteilen von Ratschlägen, während sie mit stechendem Blick sowohl Freunde als auch Fremde im Auge behielt.

Dieser Blick kam nun zum Einsatz, als sie damit prüfend die drei Autoren musterte, die nebeneinander auf einem Sofa saßen und Teller mit Leckereien auf dem Schoß hielten. Dass ihre Snacks und ihr Besteck auf dem Weg zum Mund in der Luft erstarrten, deutete darauf hin, dass die Frage sie alle drei überraschte.

„Ich frage mich, ob Sie alle etwas zum Tod von Grace Connor sagen könnten, da ein erheblicher Teil der Literaturwelt ihr nicht unbedingt nachtrauert."

Auf Milos Teller lagen Käse und Cracker. Einer der Cracker befand sich in seinem Mund, weshalb er hastig kaute und schluckte, wobei ihm jedoch nicht der überraschende Mangel an Mitgefühl in der Miene der Frau entging.

Glücklicherweise antwortete Juliet Karnes, die Autorin zu seiner Linken, als Erste. Sie war eine schmalgesichtige, in Tweed gehüllte Dame weit über siebzig, die in ihren Hetero-Liebesromanen Sexszenen schrieb, bei denen sich selbst Milos Haar kräuselte. Dabei wirkte schon der Gedanke abwegig, dass sie auch nur von Sex *gehört* hatte. Dass sie hin und wieder aus einer silbernen kleinen Schnapsflasche trank und fluchte wie ein Seemann, passte ebenfalls nicht ganz ins Bild.

„Tun sie das nicht?", fragte sie kühl. „Ihr verdammt noch mal nachtrauern, meine ich?"

Die alte Dame aus dem Publikum stieß ein missbilligendes Schnauben aus, entweder wegen des Fluchs oder wegen der Frage. „Meine Güte, das ganze Internet redet darüber. Auszüge aus ihren ungnädigen Kritiken, um es mal so zu sagen. Unfreundliche Worte über dieses oder jenes Buch, einen Autor nach dem anderen. Haben Sie da keine Meinung zu ihrem Ableben? Eine ganze Schar Ihrer Autorenkollegen hat die nämlich eindeutig."

Miss Karnes schob zum zehnten Mal an diesem Abend ihre Schnapsflasche in die Jackentasche und lächelte, wobei sie einem Hai ähnelte, der soeben einen einsamen Schwimmer mit appetitlich aussehenden Beinen entdeckt hatte. „Die meisten Schriftsteller wissen, dass Rezensionen nicht wichtig sind. Und ich persönlich weigere mich, Facebook oder Blogs oder die vielen anderen sozialen Medien nach Neuigkeiten abzugrasen. Da steht nur Unsinn. Ich gebe zu, dass Grace Connor ein Miststück sein konnte, aber das heißt noch lange nicht, dass sie deshalb so etwas verdient hat. Davon abgesehen halte ich es für etwas voreilig, davon auszugehen, dass sie wegen ihrer Kritiken getötet wurde. Oder hat der Mörder ein unvollendetes Manuskript am Tatort hinterlassen? Tut mir leid, gute Frau, aber Sie scheinen Schwachsinn zu erzählen."

Aus dem Publikum war Kichern zu hören, während die Dame mit der Frage nur murmelte: „Also so was." Dann bemühte sie sich merklich, ihre Verärgerung zu ignorieren, um sich dem zweiten Autor zuzuwenden und sich seine Antwort anzuhören, womit Milo offenbar erneut als Letzter an der Reihe sein würde.

Beim zweiten Gast handelte es sich um Adrian Strange, einen Science-Fiction-Autor, in dessen Profil bei Amazon sich zwar eine ganze Reihe von Scifi-Romanen befanden, die ihm allerdings keinen großen finanziellen Erfolg verschafft hatten. Milo war er als produktiver Schriftsteller bekannt, der zeitweise zwei oder drei Bücher pro Jahr fertiggestellt hatte. Nachdem er einmal einige seiner Bücher gelesen hatte, war Milo der Meinung, dass er erfolgreicher gewesen wäre, wenn er sich statt auf die Quantität mehr auf die Qualität seiner Arbeit konzentriert hätte. Strange war ein dünner, schlaksiger Mann Ende dreißig – weder hässlich noch besonders gut aussehend –, der seine langen Beine weit unter den Couchtisch vor ihnen geschoben hatte, weil er sie nirgendwo sonst unterbringen konnte. Auf seinem Schoß balancierte er einen Berg Essen, der beinahe zu groß für den Teller war. Mr. Strange schien jemand zu sein, der sich eine kostenlose Mahlzeit nicht entgehen ließ. Möglicherweise hing es mit seinen geringen Tantiemen zusammen.

Im Augenblick kaute er ein Würstchen, was ihn jedoch nicht am Antworten hinderte. „Ich glaube fest an Karma. In diesem Geschäft bekommt man, was man verdient. Eine Kränkung, ein unfreundliches Wort, eine gnadenlose Kritik – all das wird einem früher oder später heimgezahlt. Grace Connor war eine Schlange, und hin und wieder kriecht eine Schlange über den falschen Fuß und die Hacke eines Farmers trennt ihr den Kopf ab. Was mich angeht, so bin ich der Meinung, dass die Literaturwelt ohne sie besser dran ist."

Nachdem er damit den ganzen Raum angesprochen hatte, richtete Adrian seine Aufmerksamkeit nun wieder auf die Fragestellerin. „Wenn Sie wissen wollen, ob ihr Tod meiner Meinung nach das direkte Ergebnis ihrer gemeinen Ader bei ihren Rezensionen war, dann ist meine Antwort ja. Und selbst wenn er es nicht wäre, bleibt das Ergebnis dasselbe. Sie hat bekommen, was sie verdiente."

Damit lächelte er säuerlich und schob sich ein weiteres Würstchen in den Mund.

Milo konnte kaum glauben, was er da gehört hatte. Als sich die erwartungsvollen Blicke nun auf ihn richteten, stellte er seinen Teller ab. Ihm war der Appetit vergangen. Kurz betrachtete er seine Hände, während der gesamte South Park Reading Club ihn ansah und auf seine Meinung wartete – abgesehen von Adrian Strange, der sich Kartoffelsalat in den Mund schaufelte, als stünden sie kurz vor dem Ende der Welt und er wolle mit vollem Bauch untergehen.

Milo räusperte sich. In der Hoffnung, nicht den ganzen Raum zu verärgern, konzentrierte er sich bei seiner Antwort auf die Frau, die das Thema angesprochen hatte. Vielleicht würde sich der Schaden dadurch in Grenzen halten.

„Was Grace Connor zugestoßen ist, ist furchtbar. Ich halte es nicht für fair, anzudeuten, dass Horden von Leuten davon begeistert waren. Ich gebe zu, dass ihre

Kritiken hart waren. Aber sie hat auch überschwänglich gelobt. Schließlich hat sie nicht alle Bücher gehasst. Von meinen Büchern hat sie zumindest keines verrissen."

Adrian Strange murmelte etwas Unverständliches, während Juliet Karnes ein sarkastisches Kichern unterdrückte und wieder einen Schluck aus ihrer Flasche nahm. Milo fiel zum ersten Mal auf, dass sich auf ihrem Teller lediglich drei unberührte Radieschen befanden. Kein Wunder, dass sie abgemagert wirkte.

Die alte Dame aus dem Publikum hatte sich von seiner Antwort nicht beeinflussen lassen. „Aber ihre homosexuelle Geliebte ist Ihre Kollegin und Freundin. Wäre das nicht der Fall, hätte sie sich vielleicht Ihr zweites Buch vorgenommen, dass meiner Meinung nach einige riesige Ungereimtheiten enthielt, die dem Lektor eigentlich hätten auffallen müssen."

„Autsch", murmelte Miss Karnes, die nun eindeutig Spaß hatte.

Auch Milo lachte. Er bemerkte, dass die Ausrichterin der Veranstaltung darüber ausgesprochen erleichtert wirkte. Sie hatte offensichtlich das Gefühl, die Diskussion liefe aus dem Ruder und wollte auf keinen Fall einen der Ehrengäste kränken. Auch wenn Milo der Meinung war, dass die Kränkung nicht von ihr ausging, sondern vom Publikum. Sie warf der alten Dame einen mörderischen Blick zu, der Milo vermuten ließ, dass die Fragestellerin vielleicht nicht mehr lange auf der Mailingliste für Veranstaltungen des Buchclubs stehen würde.

Er konzentrierte sich wieder auf die Frau mit ihren dicken Brillengläsern. „Da haben Sie tatsächlich recht. Ich bin ein Freund und Kollege von Lillian Damons. Aber Grace war nicht einfach ihre homosexuelle Geliebte, wie Sie es ausdrücken, sondern ihre Frau. Sie waren miteinander verheiratet. Ich war bei ihrer Hochzeit zu Gast. Und ich habe Grace genauso sehr als Freundin betrachtet wie Lillian." Das war geflunkert, aber Milo fand, dass es hier niemanden etwas anging. „Es klingt beinahe, als würden Sie Grace wegen ihrer Kritiken die Schuld an ihrer eigenen Ermordung geben."

„Und warum sollte ich das nicht?", entgegnete die bebrillte Frau. „Soweit ich gehört habe, hat sie mehr als nur eine Karriere ruiniert. Wie kann man da sicher sein, dass ihr nicht einer dieser Leute etwas heimzahlen wollte?"

Diesmal war es Adrian Strange, der ein Lachen unterdrückte, wobei er sich jedoch nicht besonders viel Mühe zu geben schien.

Milo betrachtete die Frau mittlerweile weit weniger wohlwollend – und auch von seinen beiden Kollegen hatte er allmählich die Nase voll. Er musste sich sehr beherrschen, um ihnen nicht allen auf unhöfliche Weise die Meinung zu sagen. Letztendlich rettete ihn eine hastig ausgedacht wirkende Frage vom anderen Ende des Raumes zum Thema Erzählperspektive. Dankbar darüber, nicht länger über die arme Grace reden zu müssen, wandte sich Milo dem anderen Gast zu, während die Frau, die Grace für ihren eigenen Tod verantwortlich machte, einen nicht zu überhörenden missbilligenden Laut ausstieß.

Milo sprach drei Minuten über den Unterschied zwischen auktorialer und personaler Erzählform, nach dem sich der Fragesteller erkundigt hatte. Während er redete, fühlte er sich innerlich mehr und mehr davon beunruhigt, wie herzlos die Dame mit der Dauerwelle über Lillians Frau gesprochen hatte. Auch wenn er von der Reaktion seiner Kollegen ebenfalls nicht begeistert gewesen war, hatte sie mit dem Thema angefangen. So beschloss er, sie doch noch seine abschließende Meinung hören zu lassen. Nachdem er seinen kleinen Vortrag zu Erzählperspektiven beendet hatte – der glasig werdende Blick seiner Zuhörer zeigte ihm, dass es allmählich Zeit war –, wandte er sich also wieder ihr zu. Sie wirkte noch immer enttäuscht von Milos Antwort und linderte ihre Frustration, indem sie sich mit Chips und Salsa vollstopfte. Dass Milo sich erneut an sie wandte, überraschte sie so sehr, dass ein Tropfen Salsa von einem ihrer Chips fiel und auf ihrem Schoß landete.

Milo sprach ruhig und ließ sich seine Verachtung nicht anmerken. Doch es gab Dinge, die er sagen wollte und er war entschlossen, sie zu sagen. Wenn die zwei Autoren neben ihm sich dabei ebenfalls einiges anhören mussten, dann war es eben so.

„Ma'am, ich glaube nicht, dass Grace' Tod mit ihren Kritiken zusammenhing. Grace' Frau glaubt das auch nicht. Manchmal schleicht sich die Welt an und kann selbst die Besten unter uns in die Knie zwingen. Oft hat es nichts damit zu tun, wie wir unser Leben leben. Es passiert einfach. Guten und schlechten Menschen. Morgen könnte es Ihnen passieren. Oder mir. Oder der wunderbaren Person, die diesen köstlichen Käsedip zubereitet hat." Überraschtes Gelächter breitete sich im Raum aus. Es schien jeden Gast zu erfassen, bis auf die Frau, mit der er redete. Sie fand das Ganze offensichtlich kein bisschen amüsant. „Schriftsteller schreiben manchmal über Morde, Ma'am, aber die meisten von uns sind kaum in der Lage, sie vernünftig zu Papier zu bringen, geschweige denn, sie in die Tat umzusetzen. Ich finde, Sie und wir alle sollten Grace Connors Andenken in Frieden ruhen lassen. Nachdem sie nun von uns gegangen ist, gibt es keinen Grund, schlecht über sie zu reden."

„Von mir aus", antwortete die Frau und presste die Lippen aufeinander.

Milo war nicht sicher, aber ihre Kapitulation hätte durchaus etwas mit dem strengen Blick zu tun haben können, den ihr die Gastgeberin zuwarf.

Jedenfalls akzeptierte sie seine Zurechtweisung ohne Widerspruch, wofür er dankbar war.

Was die Autoren neben ihm über seine Worte dachten, wusste er nicht. Von diesem Zeitpunkt an konzentrierte er sich nämlich uneingeschränkt auf den Krabbensalat, der wirklich vorzüglich schmeckte.

Später, nachdem er heimgefahren war und einen kurzen Spaziergang mit Spanky gemacht hatte, goss Milo sich zur Entspannung einen Drink ein und verbrachte vor dem Zubettgehen noch einige Zeit im Internet. Dort stellte er schnell fest, dass sich die Spekulationen über das Motiv für den Mord an Grace nicht nur auf eine alte Frau im South Park Reading Club und einige mittelmäßige (und für Milos Geschmack überempfindliche) Autoren beschränkten. Sie waren überall, wie es die Frau behauptet hatte.

Nur wenige glaubten nicht, dass Grace es sich selbst zuzuschreiben hatte und viele nahmen kein Blatt vor den Mund und sagten direkt, dass sie fanden, sie habe es verdient. Einige Bemerkungen waren so herzlos und boten so wenig Hoffnung auf ein respektvolles Gedenken an Grace Connor, dass Milo nur beten konnte, Lillian würde sich eine Weile von den sozialen Medien fernhalten. Sie hatte genug durchgemacht.

Angewidert schaltete Milo den Computer aus und zog sich in sein Bett zurück. Spanky sprang gleich hinter ihm auf die Matratze und stapfte im Kreis herum, bis er die Decke genau so zerwühlt hatte, wie es ihm gefiel. Erst dann stieß er einen kolossalen Seufzer aus und brach wie tot mitten auf dem Bett zusammen. Gähnend streckte er sich, wobei er seine Pfoten benutzte, um Milo noch etwas weiter aus dem Weg zu schieben, bis es ihm gelungen war, etwa neunzig Prozent des Bettes für sich zu beanspruchen, was ein allabendliches Ritual darstellte.

Milo, wie üblich an den äußersten Rand der Matratze verbannt, brummte gutmütig und tätschelte Spanky den Kopf. Für seine Geduld wurde er mit einer leckenden Zunge belohnt.

Doch bevor der Schlaf ihn übermannen konnte, musste Milo an Logan Hunter denken, der in seiner schneeweißen Tenniskleidung so groß und attraktiv ausgesehen hatte. Und daran, wie liebenswert schüchtern er gefragt hatte, ob er Milo einmal anrufen dürfe. Die Erinnerung brachte Milo zum Lächeln und wiegte ihn in den Schlaf. Seine Träume waren sinnlicher als üblich, und als er aufwachte, stand er kurz vor dem Explodieren.

Mit der Hand hatte er sich zum Höhepunkt gebracht, noch bevor der Sonnenaufgang das Fenster erhellte, angetrieben von Erinnerungen an Logan.

Anschließend lag er atemlos da, während sein Herz hämmerte wie ein Kolbenmotor, der dringend gewartet werden musste. Er leckte sich einen Spritzer Sperma von der Lippe und wünschte sich, es wäre Logans.

Da die nächtlichen Schatten langsam vor dem Sonnenlicht flohen, das allmählich den Canyon vor dem Fenster erhellte, schob Milo seine zitternden Beine über die Bettkante. Er bemühte sich, Spanky nicht zu wecken – was nicht schwer war, da der Kerl bei so ziemlich allem schlafen konnte, selbst bei Milos morgendlicher Masturbationsparty –, als er aufstand und ins Badezimmer tappte, um das Sperma von Kinn und Brust zu waschen und seinen Tag zu beginnen.

Effizient wie üblich schaltete er die Kaffeemaschine ein und sprang, während diese munter wurde und das Haus mit dem himmlischen Duft von frisch geröstetem Kaffee erfüllte, unter die Dusche und seifte sich ab.

Wenn ich das nächste Mal Sex mit Logan Hunter habe, sagte er sich unter dem Wasserstrahl blinzelnd, *wird es vielleicht nicht nur in meiner Einbildung sein. Vielleicht wird es wirklich passieren. Man kann nie wissen, oder?*

Lächelnd, oder eher anzüglich grinsend, fragte er sich, wie seine Chancen dafür standen. Vielleicht war das Vorhaben zu gefährlich. Schließlich mochte Milo den Mann wirklich sehr und er hätte nicht mehr sein Typ sein können, wenn er ihn sich selbst ausgedacht hätte.

Wenn man bedachte, dass sie bisher bei Burgern und Pommes frites lediglich eine Stunde miteinander verbracht hatten, mochte Milo ihn vielleicht etwas *zu* sehr. Aber mochte Logan *ihn*? Das war die große Frage. Selbst wenn er ihn mochte, mochte er ihn auf *diese* Art? Und wie konnte Milo herausfinden, ob Logan überhaupt bereit wäre, mit einem flüchtigen Bekannten zu schlafen? Beim Essen war ziemlich deutlich geworden, wie sehr er seinen verstorbenen Partner vermisste. Armer Kerl. *Und da stehe ich hier und überlege, wie ich ihn in mein Bett locken kann. Reicht eine gute Rezension von ihm nicht aus, muss ich ihn unbedingt auch ficken? Mann, ich kann einfach nie genug kriegen.*

Später beim Abtrocknen erinnerte er sich an die arme trauernde Lillian und schalt sich erneut dafür, ein so gedankenloser Depp zu sein. Vielleicht sollte er ihr Blumen schicken. Vielleicht sollte er *beiden* Blumen schicken, Logan und Lillian. Einem, um ihn zu umwerben, der anderen, um sie zu trösten. Oder er tat einfach nichts, wie immer. Vor allem, weil er von Logan sowieso keine Adresse hatte, an die er Blumen schicken konnte.

Milo starrte seufzend sein tropfnasses Spiegelbild an.

Warum ist das Leben so kompliziert?

3

ERLEICHTERT SEUFZEND drückte Logan Hunter mit dem Fuß den letzten Umzugskarton zusammen und schob ihn zu den anderen neben der Haustür. An diesem frischen kalifornischen Morgen, nach zwei Tagen ununterbrochener Arbeit, sah seine neue Wohnung endlich bewohnbar aus. Seine Besitztümer waren an ihren neuen Plätzen verstaut, die Möbel standen, wie es ihm gefiel, und sein Kleiderschrank machte zum ersten Mal seit einem Jahrzehnt einen ordentlichen Eindruck. Was natürlich nicht lange so bleiben würde, da Logan im Grunde ein Chaot war. Diese unrühmliche Tatsache hatte er über die Jahre immer wieder bewiesen, oft mit Zeugen. Jerry, sein Ex, hatte Logans Angewohnheit, sein Zeug überall liegen zu lassen und es nicht mehr aufzuheben, als eine Mischung aus entzückend exzentrisch und unerträglich lästig betrachtet. Entzückend, weil er Logan geliebt hatte und Liebe einen Fehler verzeihen ließ. Lästig, weil das vorprogrammierte Chaos in Logans Schränken, das wirkte, als habe jemand eine Streubombe hineingeworfen und sei dann mit einem Bulldozer hindurchgefahren, auch Jerrys Kleidung unter sich begrub.

Logan betrachtete die sorgfältig angeordneten Kleidungsstücke im Schlafzimmerschrank, die von der Woche in den Umzugskartons noch etwas zerknittert waren. Wenigstens hingen sie auf Bügeln, anstatt auf dem Boden zu liegen – was vermutlich ein einmaliger Anblick bleiben würde. Er hätte Jerry überrascht.

Wie üblich verlor er sich beim Gedanken an Jerry in seinen Erinnerungen. Er brauchte keinen Spiegel, um zu wissen, dass eine vertraute Betrübnis seine Augen verdunkelte. Er wusste es, wenn sie dort war. Das wusste er immer.

Er senkte den Blick zu seiner Hand, starrte zum millionsten Mal den schlichten Silberring an, der sich fest um den Ringfinger seiner linken Hand schloss. Das Gegenstück dazu befand sich noch an Jerrys Hand, Jerrys *kalter und lebloser* Hand, sechs Nischen über dem Boden in der Ostwand des Peabody Mortuary in Calumet City, südlich von Chicago. Calumet City war Jerrys Heimatstadt gewesen, weshalb Logan ihn auf Wunsch seiner Eltern zur Bestattung hatte hinfliegen lassen. Damals hatte ihm der Gedanke, Jerry in so großer Entfernung von Manhattan zur letzten Ruhe zu betten, nicht gefallen. Jetzt war er froh darüber. So war es ihm leichter gefallen, New York zu verlassen.

Logan drehte nachdenklich den Ring, fühlte die vertraute, makellos glatte Oberfläche unter seinen Fingerspitzen. Zum ersten Mal fragte er sich, ob sich der Ring ebenfalls einsam fühlte. Schließlich hatte er wie Logan seinen Partner verloren. Sie mussten nun beide allein zurechtkommen, der Ring und er, wie schon seit beinahe einem Jahr.

Vielleicht, nur vielleicht, wurde es für sie beide Zeit, die Vergangenheit hinter sich zu lassen.

Er nahm den Ring zwischen Daumen und Zeigefinger, um ihn abzustreifen, hielt jedoch im letzten Moment inne. Nein. Er konnte es nicht ertragen, sich von diesem letzten Überbleibsel von Jerry zu trennen. Noch nicht. Eines Tages, falls die Liebe ihn jemals wiederfände, würde er ihn vielleicht abnehmen. Ihn in eine Schublade legen wie hundert andere Andenken, bald vergessen oder verloren. Doch vorerst ließ er die Hand wieder sinken und der Ring blieb an seinem Platz. Wie Jerry noch sicher in seinem Herzen bewahrt blieb.

Logans größte Angst war, dass eine neue Liebe, wenn jemals eine käme, nicht in der Lage sein würde, sich einen Weg in sein Herz zu suchen und dort Platz zu finden, wenn Jerry noch dort war. Während der Ring sich an seinem Finger befand und Jerry in seinem Herzen schlief, lebendig und glücklich, zumindest in seiner Erinnerung, würde er die Vergangenheit niemals ganz hinter sich lassen können. Die Gewissheit machte Logan traurig.

Vor allem jetzt. Denn Logan wusste, ohne jeden Zweifel, dass sich irgendwie, ganz plötzlich und unerklärlich, etwas verändert hatte. Die tektonischen Platten, auf denen sein Leben ruhte, hatten sich unerwartet verschoben. So weit, dass er taumelte, nicht mehr so ausbalanciert war, wie er gedacht hatte, nicht mehr sicher auf den Füßen stand. Und der Grund dafür war so überraschend simpel, dass selbst er ihn verstand.

Zum ersten Mal seit Jerrys Tod war er jemandem begegnet, der ihn interessierte. Und er war nicht ganz sicher, wie er sich dabei fühlen sollte.

Mit einem Seufzer schloss er die Schranktür und begab sich ins zweite Schlafzimmer, das nun sein Büro war, um sich auf den Schreibtischstuhl sinken zu lassen und seinen Mac einzuschalten. Wenige Augenblicke später sah er sich auf Facebook um. Na ja, genau genommen sah er sich auf der Facebook-Seite von Milo Cook um. Er schaute sich einige Fotos an und lächelte, als er einen lachenden Milo mit einer Gruppe anderer Winter-Press-Autoren bei einer Konferenz sah. Mit einem albernen Partyhut auf dem Kopf hinter einem riesigen Geburtstagskuchen, auf dem ein ganzer Wald von Kerzen brannte, während ein Haufen Freunde darauf wartete, dass er sie ausblies. Am Strand stehend mit nacktem Oberkörper und lockeren Badeshorts, die tief auf seinen schmalen Hüften saßen.

Logan beugte sich vor, um eingehend Milos Körper zu mustern. Er war wunderschön. Nicht übertrieben muskulös, sondern schlank und elegant. Die blonden Härchen an seinen Beinen fingen schimmernd das Sonnenlicht ein. Ein Streifen des gleichen blonden Haars zog sich von seinem kleinen Bauchnabel zum niedrigen Bund seiner Shorts hinab, wo er verschwand. Andere Kleinigkeiten fielen ihm ins Auge. Die verzweigten Venen auf seinen Unterarmen und Handrücken. Sein rotes, sonnengebleichtes Haar, das ihm durch den vom Meer kommenden

Wind ins Gesicht fiel. Das abgenutzte Surfbrett, eindeutig heiß geliebt und gern benutzt, im Sand zu seinen Füßen. Seine durch Zinkoxid weiße Nase und seine gegen die Sonne zusammengekniffenen Augen, als er lachte und ungeduldig das Gesicht verzog, wie um den Fotografen aufzufordern, endlich sein dummes Bild zu machen.

Milos glückliches, unbekümmertes Gesicht brachte Logan erneut zum Lächeln. Wenn man ihn so sah, hätte man hinter diesem albernen Grinsen niemals einen solchen Verstand vermutet, hätte ihn niemals für einen erfolgreichen Schriftsteller gehalten, dessen Kopf voll von Geschichten war, die nur darauf warteten, niedergeschrieben und seinen ergebenen Lesern dargebracht zu werden.

Logan lehnte sich zurück und blätterte sich durch weitere Fotos, viele mehr. Milo bemühte sich eindeutig, seine Fans auf dem Laufenden zu halten, was sein Leben und seine Karriere betraf. Die Reihe der Bilder schien kein Ende zu nehmen. Dann löste sich Logans Hand mit einem Zucken von der Maus, als sein Blick auf ein bestimmtes Foto fiel.

Es zeigte Milo und einen jungen Mann mit dunklem Haar. Beide trugen kakifarbene Shorts zu Wanderschuhen und hatten sich große Rucksäcke auf den Rücken geschnallt. Händchenhaltend und Schulter an Schulter standen sie am Rand einer Klippe. Hinter ihnen erstreckte sich der Ozean, eindeutig der Pazifik, bis zum weit entfernten Horizont, glatt und glänzend wie Silber.

Logan betrachtete den Mann an Milos Seite. Er war einen Kopf größer und gut aussehend, sah mit grüblerischem Blick und kaum lächelnden schmalen Lippen in die Kamera. Dennoch wirkte er durchaus glücklich, als er dort mit einer Hand Milos Finger umschloss, mit der anderen eine Leine, an deren Ende sich ein Hund befand. Logan grinste. Das musste Spanky sein, der dort mit braun-weißem Fell und hoch erhobenem Schwanz spielerisch an Milos Socke knabberte.

Logans Blick kehrte zu ihren Händen zurück. War das der Partner, von dem Milo erzählt hatte, vor ihrer Trennung? Er musste es sein. Wie Milo den Mann dicht an sich gezogen hatte und wie glücklich strahlend seine Augen in die Kamera blickten, ließ Logan vermuten, dass es sich um einen seiner glücklichsten Augenblicke handelte. Und warum auch nicht? Er besaß Liebe und Jugend, hatte sein ganzes Leben und eine erfolgreiche Karriere vor sich.

Logan fragte sich, wodurch die Männer letztendlich auseinandergerissen worden waren. Vielleicht durch die Eifersucht, die Milo angedeutet hatte? Eifersucht, weil Milo erfolgreich Bücher veröffentlichte, während – wie war sein Name gewesen? Ach ja, Bryce – Bryce nicht den Durchbruch schaffte? Natürlich konnte es auch an etwas anderem gelegen haben. Zum Beispiel Untreue. Oder es war schlicht und einfach gewesen, wie Milo erzählt hatte, und sie hatten sich nach und nach voneinander entfernt, wie es bei Paaren manchmal geschah.

Logan betrachtete noch einmal Bryce' Gesicht, die klaren, ernsten Linien und die dunklen Augen mit dem durchdringenden Blick, die schmalen Lippen mit dem nur angedeuteten Lächeln. Dann riss er sich davon los, schloss den Browser und schaltete den Computer aus. Er richtete den Blick nach links und sah lange ein Foto von Jerry an, auf dem er winkend in die Kamera lächelte, ohne zu wissen, dass er sich gerade gegen das Auto lehnte, in dem er kaum zwei Monate später sterben würde.

Logan schluckte den vertrauten Schwall von Trauer hinunter und wandte sich ab. Diese Trauer, diese Leere, kam ihm mittlerweile beinahe so bekannt vor wie ein alter Freund. Sie war alles, was von der anfänglichen Wut nach Jerrys Tod übrig blieb. Er dachte an die ersten Wochen nach dem Unfall zurück, als er von der Ungerechtigkeit der Situation überwältigt worden war, als die Wut ihn verzehrt hatte, Tag für Tag. Doch letztendlich war die Wut zu selbstzerstörerisch gewesen, um sich an ihr festzuklammern, und er hatte ihr nach und nach gestattet, in Trauer überzugehen. Obwohl es nicht leicht gewesen war, sich von seiner Verärgerung zu lösen, hatte er gewusst, dass es nötig war, um zu überleben.

Logan nahm seinen Schlüssel und sein Portemonnaie, während er den Blick ein letztes Mal durch seine perfekt eingerichtete Wohnung schweifen ließ. In all der Ordnung und Sauberkeit fühlte er sich so fehl am Platz, dass er voller Erleichterung durch die Tür trat und die Wohnung hinter sich ließ. Auf der Straße, nur mit Cargoshorts und einem T-Shirt bekleidet, hielt er kurz inne, um das neue Gefühl der mitten im Januar seine nackten Beine umspielenden warmen Luft zu genießen. Und vielleicht sogar noch mehr das neue Gefühl, sich einen ganzen Kontinent von dem Ort entfernt zu befinden, an dem er sein bisheriges Leben verbracht hatte. Es war für ihn ein großer Schritt. Der Umzug nach Kalifornien war ein Neuanfang. Dabei vergaß er nicht eine Sekunde lang, dass er Jerry in der Ferne zurückgelassen hatte.

Vielleicht, nur vielleicht, war es eigentlich der einzige Grund für seinen Umzug. Logan machte sich zu Fuß auf den Weg, um seine neue Wohngegend zu erkunden. Außerdem wollte er diesen hellen, sonnigen Januarmorgen dazu nutzen, nachzudenken. Und die Dinge, über die er dabei nachdachte, waren zugleich beunruhigend und erfreulich. Aus dem Durcheinander seiner Überlegungen erhob sich der junge Mann, mit dem Logan vor einigen Tagen gegessen hatte. Milo Cook tauchte vor seinem inneren Auge auf, gut aussehend und lächelnd, hell und leuchtend wie das kristallene Aufblitzen der Sonne auf dem Fenster eines Wolkenkratzers.

Und während die Schönheit dieses jungen Mannes seinen Kopf erfüllte, berührte er mit den Fingern den Ring an seiner linken Hand und gab sich keinen Illusionen darüber hin, wie schmerzhaft – und tröstend – es sein würde, ihn eines Tages abzunehmen.

AN IHREM letzten gemeinsamen Morgen hatten sie sich geliebt, wie sie es beinahe immer taten – sanfter, schläfriger Sex nachdem sie sich träge vom Schlaf befreit hatten, um den neuen Tag zu begrüßen, der sein erstes Licht durch ihr Schlafzimmerfenster sandte. Wie immer wurde einer von ihnen von der einladenden, vertrauten Wärme des anderen angezogen und schob sich über das Bett, um diese

Wärme in liebevolle, sehnsüchtige Arme zu schließen. Ein etwas verlegener Kuss folgte, denn noch hatte sich keiner von ihnen die Zähne geputzt. Dann kuschelten sie sich aneinander und atmeten den schläfrig-warmen Duft des anderen Körpers ein. Geflüsterte Liebesbekundungen drangen durch den dämmrigen Raum, bevor die Verlockung steifer Schäfte unter der Decke die hungrigen Münder in tiefere Regionen zog. Bald war aus harmlosem Kuscheln Begierde geworden, die keiner der Männer dem anderen auch nur im Geringsten verwehren wollte.

An diesem letzten Morgen, als sie anschließend in befriedigtes Glück gehüllt dalagen, noch die Wärme und den Geschmack des anderen genossen, blickte Logan über die seidige Haut von Jerrys Hüfte hinweg zum Fenster und betrachtete die schweren Schneeflocken, die das Glas mit prasselnder Stille sprenkelten. Jerry unterrichtete eine vierte Klasse und musste an diesem Morgen früh zur Schule.

„Vielleicht solltest du lieber nicht fahren", erinnerte sich Logan gesagt zu haben. „Der Verkehr wird schrecklich sein."

„Solange der Unterricht nicht abgesagt wird, muss ich hin. Das weißt du. Aber mach dir keine Sorgen. Ich fahre vorsichtig."

„Die Schneeketten sind im Kofferraum. Benutz sie, wenn es nötig ist."

„Pessimist!", beschwerte sich Jerry kichernd. Dann schloss er Logan in eine letzte kräftige Umarmung, schlüpfte aus dem Bett und tappte nackt in Richtung Badezimmer, wobei er bei jedem Schritt lachte, weil der Boden so kalt war.

Später, nach dem Anruf der Polizei und noch später, nach der Beerdigung, nachdem sich eine eisige, schäumende Wut über die Ungerechtigkeit in Logans Herz festgesetzt hatte, musste Logan an dieses letzte durch die kalte Morgendunkelheit klingende Lachen denken. Wie hätte er wissen können, dass es ihre letzten gemeinsamen Augenblicke sein würden? Es schien unbegreiflich, dass ein einschneidendes Ereignis wie Jerrys Tod ohne einen Hauch jeder Vorahnung geschehen konnte. Und jedes Mal, wenn Logan an das fröhliche Gelächter zurückdachte, als Jerry nackt durch den Raum geeilt war, um sich für die Arbeit fertig zu machen, brach es ihm aufs Neue das Herz. Wie war das möglich? Wie konnte ein Morgen so voller Glück beginnen, nur um dann unter einer Lawine aus Schmerz und Trauer und Verlust zu enden?

Und Jerry hatte noch viel mehr verloren. Denn er stand vor einer Ewigkeit des Nichts, sein Gelächter unterdrückt, das Klopfen seines liebenden, großzügigen Herzens für immer angehalten.

Das war es, was Logan am wütendsten machte, was er so schwer überwinden konnte. Nicht der Verlust, den er erlitten hatte. Nicht seine Trauer um Jerry. Sondern das, was Jerry verloren hatte. Wie das Schicksal ohne einen Funken Mitgefühl einen so guten Menschen von der Erde getilgt hatte.

An diesem lange vergangenen Morgen hatte Logan das letzte Mal auf lustvolle Weise einen Mann berührt und seitdem wie ein Mönch gelebt. Er bereute das Jahr der Enthaltsamkeit nicht. Wenigstens so viel war er Jerry schuldig gewesen.

Doch nun hatte eine Veränderung begonnen. Logan fühlte, wie sie in ihm erwachte und an die Oberfläche stieg. Den Hunger. Das Verlangen. Die atemlose Sehnsucht.

Es war Zeit für Logan, sich wieder unter den Rest der Menschheit zu mischen, das wusste er genau.

DAS SUMMEN einer Biene neben seinem Ohr riss Logan aus seinen Gedanken. Verwirrt warf er einen Blick auf die Uhr. Du liebe Güte. Sein Spaziergang dauerte bereits zwanzig Minuten und er erinnerte sich an nichts. Leise über seine Geistesabwesenheit lachend sah er sich um, weil er mit Blicken von Passanten rechnete, die ihn für verrückt hielten. Aber in Wirklichkeit beachtete ihn natürlich niemand.

Er fragte sich, was Milo gerade tat. Es war noch früh. Vermutlich schrieb er. Eigentlich, stellte Logan plötzlich fest, hätte er ebenfalls arbeiten sollen. Dass er ans andere Ende des Landes gezogen war, bedeutete nicht, dass er keine Verpflichtungen mehr hatte. Genau genommen befand er sich nach dem Umzug mit allem eine Woche im Rückstand. Er musste einen Werbetext fertigstellen, ein Blog updaten, zwei Rezensionen schreiben und viele Leute über seine neue Adresse informieren, damit sie ihn bei Bedarf erreichen konnten. Außerdem musste er Jerrys Familie in Chicago und seine eigene Familie in New York beruhigen, denn beide Sippen hatten seinen Plan, in eine beinahe dreitausend Meilen entfernte Stadt zu ziehen, offensichtlich für verrückt gehalten.

Zusammengefasst musste Logan nun ein völlig neues Leben in Bewegung setzen.

Er sah sich um, da er sich in der sonnendurchfluteten Stadt San Diego, die nun seine Heimat war, noch zurechtfinden musste. Nach einem letzten staunenden Blick an den glühenden kalifornischen Himmel über seinem Kopf drehte er sich munter auf dem Absatz um und ging in die entgegengesetzte Richtung, zurück zu seiner neuen Wohnung. Zurück zu seinem brandneuen Leben.

Und vielleicht, nur vielleicht, zurück zu all den anderen Dingen, die durchaus zu einem neuen Leben gehören mochten.

4

MILO WAR seit vier Uhr morgens wach und tippte tipp-tipp-tap an seinem neuen Buch. Wenn er schrieb, war er am glücklichsten. Und am unglücklichsten. Für seinen Schaffensprozess empfand er eine Art Hassliebe. An manchen Tagen schrieb er Worte, die genauso seine endlosen Verbesserungen und nach Vertragsabschluss (wenn er Glück hatte) mit einem Verlag auch die endlosen Verbesserungen des Lektors überstehen würden. Unverändert von ihrer Geburt in seiner Fantasie bis zum Tag der Veröffentlichung, an dem sein Buch perfektioniert bis zum Gehtnichtmehr der hoffentlich begeisterten Öffentlichkeit übergeben wurde.

An anderen Tagen überstanden seine Worte keine fünf Minuten. Genau genommen überstanden sie kaum den Vorgang, wie Vogeldreck auf seinen Computerbildschirm getropft zu werden (mit etwas Schmeichelhafterem konnte man sie kaum vergleichen), bevor Milo sich umentschied und die kleinen Miststücke für immer löschte.

Ein solcher Tag war heute. Jedes Wort, das von Milos Kopf durch seine auf der Tastatur liegenden Fingerspitzen bis auf den Bildschirm floss, hinterließ einen miesen Geschmack in seinem Mund. Manchmal schwebten seine Worte in die Höhe. Manchmal waren sie eine Totgeburt. So wie heute.

Daher war er grenzenlos erleichtert, als sein Computer ihn vom pausenlosen Hämmern auf „Delete" ablenkte, indem er ihn auf eine bei Facebook eingegangene Nachricht hinwies.

„Gott sei Dank", murmelte Milo, speicherte seine Arbeit und öffnete Facebook. Er war so dankbar für die Unterbrechung, als ginge es um eine Begnadigung, bevor der Gefängniswärter den Hebel für den elektrischen Stuhl umlegte und ihm den Hintern röstete.

Als er sah, von wem die Nachricht kam, war er noch glücklicher.

Hey! Guten Morgen. Ich habe vergessen, nach Ihrer Nummer zu fragen. Falls das Angebot noch steht.

Milo grinste. Es war Logan. Gehorsam tippte er seine Nummer und schickte sie ab. Kurz darauf klingelte das Handy auf seinem Schreibtisch.

Milo meldete sich mit der grauenhaft hochnäsigen Nachahmung eines englischen Lords, wie sie ein Komiker gezeigt hätte, komplett mit aristokratischem Lispeln und dem einen oder anderen herablassenden Schniefen, wie um den Anrufer wissen zu lassen, dass sein Morgentee mit Küchlein nun ruiniert war, vielen Dank auch für die Unterbrechung des Frühstücks. „Sie haben die Residenz von Sir Milo Cook erreicht, dem weltberühmten Meister des geschriebenen Wortes. Sollte es sich bei Ihnen um einen schwärmenden Leser handeln, wird Ihr Anruf mit den anderen in der Reihenfolge beantwortet, in der sie eingingen, vermutlich irgendwann in der nächsten Woche. Ja, er ist tatsächlich so beliebt. Falls es sich bei Ihnen um einen Herausgeber handelt, der ihm eine rekordverdächtige Anzahlung für sein nächstes literarisches Meisterwerk anbieten möchte, das noch nicht geschrieben ist und es vermutlich auch nie werden wird, artikulieren Sie bitte deutlich die Anzahl der Nullen, die Sie ihm auf den Scheck klatschen würden."

Milo wurde mit einem trockenen Lachen vom anderen Ende der Leitung belohnt. „Wow, Sie sind ja ein ziemlicher Schnösel. Seltsam, dass mir das bei unserem Mittagessen nicht aufgefallen ist."

„Es war eher ein Abendessen als ein Mittagessen. Außerdem haben Sie bezahlt", erklärte Milo herablassend. „Ich würde mich nie wie ein Schnösel verhalten, wenn jemand anders zahlt." Dann lachte er und gab den lächerlichen Akzent auf, um mit aufrichtigem Interesse zu fragen: „Sie haben die Wohnung also bekommen?"

„Allerdings. Ich habe schon den Mietvertrag unterschrieben und bin eingezogen."

„Wow. Das ist schnell."

„Abhängig davon, was meine Motivation ist und wie sehr ich etwas will, kann ich bei Bedarf schnell sein wie ein Hase."

Milo schwieg kurz, da er sich fragte, ob Logans zügige Kontaktaufnahme, „schnell wie ein Hase", darauf hinwies, wie sehr er sie wollte. Gott, er hoffte es.

Nachdem er das Schweigen noch für einige interessante Gedanken genutzt hatte, ein paar davon sehr sexy und wesentlich kreativer als alles, was er an diesem Morgen getippt hatte, erinnerte sich Milo endlich an seine Manieren. „Ich würde die Wohnung sehr gern einmal sehen."

„Dann werden Sie das", antwortete Logan, wobei er zufrieden klang.

„Wirklich?"

„Klar, wieso nicht?"

Milo glaubte, in Logans Stimme ein Lächeln zu hören. Als er sein Spiegelbild im Computerbildschirm sah, überraschte es ihn nicht, dass er dort selbst ein Lächeln entdeckte. Er wusste, dass es seit dem ersten Klingeln des Handys dort gewesen war.

„Dann bringe ich ein Einweihungsgeschenk mit", sagte Milo.

„Bringen Sie nur sich selbst", antwortete Logan. „Das ist Geschenk genug."

Diesmal dauerte das Schweigen noch länger.

„In Ordnung", sagte Milo schließlich leise, während er sich das Handy dichter ans Ohr presste, um Logan atmen zu hören. Aus irgendeinem Grund gefiel ihm das Geräusch. Es gefiel ihm sehr.

Nach einiger Zeit räusperte sich Logan, als hätte selbst er das Gefühl, das Gespräch ginge in eine etwas falsche Richtung und ein Themenwechsel sei nötig. „In San Diego müssen doch viele Autoren leben. Vielleicht könnten Sie mir helfen, einige Kontakte zu knüpfen."

„Natürlich. Sehr gern. Wir sind wie eine große Familie. Jeder kennt jeden. Außerdem gibt es Buchclubs, die Sie sich ansehen könnten und es findet fast jeden Tag irgendwo eine Signierstunde statt, bei der man einige Autoren und Buchhändler kennenlernen kann oder Treffen zum Kaffeeklatsch, bei denen sich Schriftsteller und Leser über Rezensionen auslassen. Na ja, vielleicht lassen Sie Letztere lieber aus. Bisher wurde noch kein Kritiker hingerichtet, aber man kann nie wissen. Es würde mir leidtun, Sie von einer Palme hängend in der kalifornischen Sonne brutzeln zu sehen.“

Logan lachte. „Kreativ ausgedrückt, aber ja, das wäre echt schade.“

Eine weitere Pause folgte, und bevor Milo sich bremsen konnte, sagte er: „Es ist schön, Ihre Stimme zu hören. Ich hatte gehofft, Sie würden anrufen.“

Milo hörte ein winziges Keuchen, bevor Logan fragte: „Wirklich?“

„Ja. Ich habe unser Essen sehr genossen.“

„Danke, Milo. Ich auch. Es ist schön, wenigstens einen Freund in der Stadt zu haben.“

„Wollen Sie damit sagen, dass Sie hier *niemanden* kennen?“

„Keine Menschenseele.“

„Dann fehlt Ihnen New York sicher.“

„Eis und Schnee und gefrorene Popel? Nein. Die Stadt selbst? Vielleicht ein bisschen. Für den Sauerkraut-Hotdog von Gray's Papaya würde ich im Moment töten. Oder ein Stück Pizza zum Mitnehmen aus diesem Laden an der Fifth Avenue neben Bergdorf. Oder ein ruhiges Bier im Stonewall, wo selbst die Barhocker von Geschichte durchdrungen sind.“

„Ah, ein Fan von Junkfood und Schwulenrechten und obendrein mit einer Tendenz zum Alkoholischen. Ich wusste, dass wir etwas gemeinsam haben würden. Irgendwelche anderen Leidenschaften?“

Ein Moment der Stille zeigte Milo, dass Logan genau über die Antwort nachdachte. Letztendlich zählte er auf: „Junkfood, Filme und Bücher. Die Heilige Dreifaltigkeit. Das sind meine Hauptinteressen. Und Sie, Milo? Was mögen Sie?“

Am liebsten hätte Milo gesagt: „Dich mit deiner supersexy Stimme und deinen langen, haarigen Beinen, die sich gern einmal um meinen Nacken schlingen dürften“. Aber er tat es nicht. Er war kein kompletter Idiot. Meistens. „Junkfood, Filme, Bücher und Alkohol fasst es auch bei mir ganz gut zusammen. Selbstverständlich kann niemand sein volles Potenzial entfalten, ohne jeden Tag von der Liebe eines guten Haustiers empfangen zu werden. Hund, Katze, Erdferkel, Riesensalamander, ganz egal. Die Liebe eines guten Mannes wäre ebenfalls nett, aber die sind schwerer zu finden.“

Logan lachte. „Nur keine Zurückhaltung. Erzählen Sie mir ruhig genau, was Sie denken.“

„Das tue ich. Oh, und lange Spaziergänge. Ich liebe lange Spaziergänge. Durch die Stadt, draußen im Hochland, barfuß am Strand in der Brandung oder in der Wüste, um Dünen zu erkunden und vor Klapperschlangen zu flüchten. Jeder

Ort ist geeignet. Und Surfen. Und Schreiben. Nein, ich hasse Schreiben, vergessen Sie das. Und Nickerchen am Nachmittag. Und Spanky, wenn er lächelt. Das müsste es gewesen sein."

„Hunde lächeln?"

Milo seufzte. „Mann, Sie wissen wirklich *gar nichts* über Haustiere, oder?"

„Einer meiner vielen Fehler", antwortete Logan, und das unsichtbare Lächeln war mit Nachdruck in seine Stimme zurückgekehrt. „Und Nickerchen mag ich übrigens auch."

„Tja, das ist ein Anfang." Das war es tatsächlich, denn es bot Milo eine ganz neue Auswahl von Fantasien. Morgendliches Kuscheln, nachmittägliche Streicheleinheiten, gemeinsames Dösen auf dem Sofa, während im Hintergrund unbeachtet die Sechs-Uhr-Nachrichten liefen und Finger begannen, über warme, weiche Haut zu wandern.

Ein scherzhaftes Knurren, das aus Logans Kehle drang, riss Milo von seinen schönen Tagträumen los. „Vielleicht helfen Sie mir eines Tages, meine vielen Schwächen zu beseitigen, und zeigen mir alles, was in meinem Leben fehlt. Na ja, mit einigen Grenzen."

„Tut mir leid", neckte Milo, der davon überzeugt war, in seinem Leben nie etwas Verführerischeres als Logans leicht verlegenes, scherzhaftes Knurren gehört zu haben. „Ich halte mich niemals an Grenzen. Das schränkt mich viel zu sehr ein."

„Wow, Sie sind *wirklich* ein Schnösel."

„Oh, danke", säuselte Milo süßlich, und sie lachten beide.

Dann breitete sich eine angenehme Stille aus. Nach einigen Sekunden sagte Logan: „Wahrscheinlich störe ich Sie beim Schreiben."

„Oder ich störe Sie beim Rezensieren", entgegnete Milo.

Einen Augenblick später sagten beide, genau zur gleichen Zeit: „Nein, das tun Sie nicht."

Die zusätzlichen Sekunden des Schweigens, die darauf folgten, waren sogar noch angenehmer. Milo stellte fest, dass er lächelte. Er fragte sich, ob Logan es ebenfalls tat.

„Wenn Sie es mir erlauben, würde ich Ihnen gern die Stadt zeigen, Logan. Nachdem ich mir Ihre Wohnung angesehen und all Ihre Möbel verrückt habe, weil ich einfach so bin und weil Sie aus irgendeinem Grund den Eindruck machen, als wären Sie viel zu maskulin, um ein Anhänger von Feng-Shui zu sein, weshalb Sie den Fernseher wahrscheinlich vor der Toilette platziert haben … Moment, worum ging es gerade? Ach ja. Danach könnten wir zu Fuß einen Abstecher zur Bay machen. Am Wasser einen Happen essen oder etwas trinken. Oder beides. Nach Ihrem Umzug sind Sie doch sicher erschöpft. Ein entspannter Abend wird Ihnen guttun."

„Auf Ihre Zweifel an meinen Einrichtungsfähigkeiten werde ich erst gar nicht eingehen."

„Das ist wahrscheinlich besser so."

„Aber die Bemerkung zu meiner Maskulinität weiß ich zu schätzen."

„Gern geschehen."

„Und was ist mit Ihrer Arbeit?"

„Ein freier Nachmittag wird mir ebenfalls guttun. Heute besteht mein Fortschritt aus drei ganzen Wörtern. Sie haben richtig gehört. Drei. Und morgen werde ich die wahrscheinlich auch noch löschen."

Milo lauschte erwartungsvoll der absoluten Stille, die aus der Leitung drang. Logan zögerte. Vielleicht dachte er nur gründlich nach. Milo konnte nicht sicher sein. Er wartete sechs oder sieben Sekunden – in seinem Kopf waren es eineinhalb Stunden – und stand kurz davor, auf seiner Unterlippe zu kauen und gegen den Stress seine Gebetskette aus dem Flurschrank zu kramen, als Logan sagte: „Also gut!"

Milo atmete erleichtert auf. „Also gut ich darf Ihre Möbel umstellen oder also gut ich darf Ihnen die Bay zeigen?"

„Beides", antwortete Logan.

„Und wann soll ich vorbeikommen?", fragte Milo, der deutlich spürte, wie sein Herz unter der Brusttasche seines Schlafanzugs einen aufgeregten kleinen Cha-Cha-Cha tanzte.

„Wie wäre es heute Nachmittag? Gegen fünf? Ginge das?", fragte Logan. Jetzt klang er wieder schüchtern, was Milo aus irgendeinem Grund für die niedlichste Sache der Welt hielt.

„Heute um fünf ist perfekt. Ich freue mich schon."

Nachdem er sich Logans Adresse notiert hatte, verabschiedete er sich höflich und legte auf. Dann betrachtete er Spanky, der neben seinem Stuhl stand und zu ihm aufsah, als fragte er sich, was die ganze Aufregung sollte.

Als der liebende Hund, der er war, legte er sein Kinn auf Milos Bein und schaute mit unterwürfigem Blick und wie zu einem Grinsen geöffneten Maul zu ihm hoch.

Du kannst wirklich lächeln.

Der Blick von Spankys großen, treuen Augen richtete sich direkt auf Milos Gesicht, leuchtend vor Hingabe. Das Hundelächeln wurde breiter und zeigte mehr Zähne, jedoch auf freundliche Weise, während Spanky vermutlich auf eine Erklärung oder kraulende Finger auf seinem Hinterteil wartete. Sein flauschiger Schwanz wedelte im Einklang mit Milos klopfendem Herzen und er legte den Kopf so schräg, dass ihm eines seiner Ohren in die Stirn fiel und dortblieb.

Schließlich stieß Milo ein verblüfftes Lachen aus. „Großer Gott, Junge! Ich habe ein Date!"

„GROßER GOTT!", stotterte Logan, plötzlich von Panik erfüllt. „Ich habe ein Date!"

Mit zweifelndem Blick betrachtete er seine neu eingerichtete Wohnung. Milo hatte vermutlich recht. Logan wusste so viel über Feng-Shui wie über

Quantenphysik. Und davon hatte er null Ahnung. Folglich befanden sich seine Möbel wahrscheinlich wirklich am falschen Platz. Schließlich war er jetzt in Kalifornien. Da machten sich die Menschen um solche Dinge Gedanken.

Mit in die Hüften gestemmten Händen stand er da und sah sich genau an, was er bisher getan hatte, um alles wohnlicher zu machen. Er stellte sich die Wohnung vor, wenn er das Sofa in *diese* Ecke schöbe und die Beistelltische in *jene* Richtung drehte. Und der Essbereich hätte irgendwie cool ausgesehen, wenn der Tisch näher ans Fenster gezogen worden wäre, vielleicht mit einer Blume. Und seine überfüllten Bücherregale hätten möglicherweise besser in das zum Büro umgebaute zweite Schlafzimmer gepasst als in den Flur, wo sie etwas im Weg standen.

Doch allein beim Gedanken daran, die ganze Anstrengung ein zweites Mal durchzumachen, erfasste ihn das Bedürfnis, sich weinend in sein Bett zu verkriechen. Außerdem hatte er einen leisen Verdacht, dass Milo nur zu gern die Ärmel hochkrempeln und sich um die Umgestaltung seiner Wohnung kümmern würde, ganz egal, was Logan davon hielt. So schien er eben zu sein, wie er es selbst gesagt hatte. Und wenn Logan ehrlich war, hatte er absolut nichts dagegen. Seine Wohnung würde mit großer Wahrscheinlichkeit besser aussehen, nachdem Milo sich darum gekümmert hatte.

Logan seufzte. Obwohl er sich dafür hasste, begann er doch, einige Möbel zu verrücken.

Zwei Stunden später zerrte er nassgeschwitzt ein Bier aus dem Kühlschrank und ließ sich der Länge nach auf die Couch fallen. Die Couch stand noch immer mit übereck angeordneten Teilen in der Mitte des Wohnzimmers, denn nachdem er alles andere sechsmal umgestellt hatte, fand er einfach keinen Platz für das Sofa, an dem es nicht entweder den Durchgang zur Küche oder die verdammte Haustür blockierte.

So lag er dort, tupfte sich mit dem Saum seines T-Shirts den Schweiß ab und trank Bier, während seine Füße über das Ende der Couch ragten, weil sie nur einen Meter achtzig lang war und er länger. Es war in dem jämmerlichen Augenblick, als er die letzten erfrischenden Tropfen aus der Flasche trank, dass er zu einer niederschmetternden Schlussfolgerung kam: Er würde alles wieder an seinen alten Platz schieben müssen.

Du liebe Güte.

PÜNKTLICH UM fünf Uhr klingelte es. Nachdem Logan eilig ein Paar schmutzige Socken unter das Bett geschoben hatte – wo kamen *die* bitte her? –, eilte er zur Tür. Als er sie aufriss, stand wie erhofft Milo davor. „Hallo", begrüßte er ihn schüchtern, „es ist schön, Sie wiederzusehen."

„Wirklich?", fragte Milo, was Logan verunsicherte.

„J-ja", antwortete er. „Warum? Wirke ich nicht so?"

Milo lachte. „Tut mir leid. Ich konnte nicht widerstehen." Er streckte die Hand aus. „Ich finde es auch schön, Sie wiederzusehen, Logan. Danke für die Einladung."

Logan ergriff die Hand und drückte sie lediglich, ohne sie zu schütteln, während Milo den Kopf in den Nacken legte, um sich die Fassade des Gebäudes aus den vierziger Jahren anzusehen. Es handelte sich um einen weitläufigen, dreistöckigen Mischmasch aus versetzt angeordneten Backsteinen und Bleiglasfenstern, größtenteils blutrot gestrichen, mit einer Ansammlung von schiefen Schornsteinen, die sich hier und da über dem Dach erhoben, sowie gewundenen gemauerten Treppen, die sich in ein Dutzend verschiedene Richtungen verzweigten. Logan war der Meinung, dass das ganze Haus mit seinen Kuppeln und Türmchen und Schlusssteinen über jedem Fenster und den lustigen kleinen Brüstungen aus Gusseisen hervorragend in die Winkelgasse gepasst hätte, wo Tag und Nacht Hexen und Zauberer kamen und gingen. Das Gebäude wurde auf ansprechende Weise von wild wuchernden Bougainvilleen und einer Ansammlung hoch aufragender Palmen eingerahmt, deren Wedel über ihren Köpfen im Wind knisterten. Logans Wohnung befand sich im Erdgeschoss, ein ganzes Stück abseits der Straße, und der Eingang lag beinahe unsichtbar in einer schattigen Nische unter den verzweigten Ästen einer Jakaranda.

„Dieses alte Haus hat mir schon immer gefallen", sagte Milo. „Allerdings habe ich es noch nie von innen gesehen. Es ist schön, dass alle Wohnungen ihren eigenen Eingang haben. Und dass sie einander nicht gegenüberliegen. Gemeinsame Hauseingänge sind nicht mein Ding. Ich hasse sie wie die Pest."

„Mir geht es genauso", sagte Logan. Da sich Milos Hand bereits in seiner befand und er nicht wusste, was er damit tun sollte, zog er ihn sanft durch die Tür. „Kommen Sie rein."

Milo folgte ihm. Während Logan die Tür schloss, starrte Milo voller Bewunderung die Wohnung an. „Wow", hauchte er. „Das ist toll. Einbauschränke und -bücherregale, ein Kamin, Decken mit Ventilatoren und Balken aus – ist das geschliffenes Teak? Und Steinfliesen. Die Miete muss astronomisch sein."

„Nicht so hoch, wie man denken könnte", antwortete Logan. „Und sie ist für zwei Jahre so festgelegt, also muss ich mich in nächster Zeit nicht vor einer Erhöhung fürchten."

„Cool." Milo betrachtete Logans Ledersofa, dann die hochlehnigen Ohrensessel und die schweren hölzernen Beistelltische. Während er sich im Raum umsah und darüber nachzudenken schien, ob ihm die Anordnung der Möbel gefiel, tippte er mit dem Finger gegen sein Kinn. Letztendlich bedachte er Logans besorgtes Gesicht mit einem schelmischen Blick und erklärte: „Das haben Sie gut gemacht. Alles steht genau am richtigen Platz."

Logan stieß einen übertrieben erleichterten Seufzer aus. „Gott sei Dank. Seit Ihrem Anruf habe ich alles dreimal umgestellt und am Ende wieder an den alten Platz gerückt."

Milo stieß ein schadenfrohes Schnauben aus. „Mann, Sie scheinen ja Todesangst vor mir zu haben."

Logan spürte, wie seine Ohren rot wurden, doch aus irgendeinem Grund störte es ihn kaum. Ihm wurde plötzlich klar, dass er sich bereits fantastisch amüsierte, obwohl sich Milo erst seit eineinhalb Minuten in seiner Wohnung befand. Hoffentlich tat Milo das ebenfalls.

„Ich hole uns ein Bier", sagte er und eilte in die Küche. Amüsanterweise folgte ihm Milo und bedachte alles, was er sah, mit Ausrufen der Bewunderung – die Bilder an den Wänden, den großzügigen Essbereich mit einem zweiten kleinen Kamin in der Ecke, die gewölbten Decken, die hölzernen Vertikaljalousien. Durch ein raumhohes Fenster, vor dem im Innenhof eine weitere Jakaranda aufragte, fiel das orange Licht der tief stehenden Sonne in die Küche. Über der gemütlichen Frühstücksnische hing ein weiterer Deckenventilator. Im hinteren Teil führte ein kleiner Nebenraum zu einem Hinterausgang.

„Ist das eine Hintertür?", fragte Milo verblüfft.

Logan lachte. „Ja. Ich glaube, ich habe vorher auch noch keine Wohnung mit einer Hintertür gesehen. Sie macht es gemütlicher, finden Sie nicht?"

„Das finde ich allerdings." Milo nahm lächelnd sein Bier entgegen.

„Und sehen Sie sich das an", sagte Logan grinsend. Er zeigte auf eine kleine, rechteckige Öffnung mit einer Metallklappe, die sich etwa dreißig Zentimeter über dem Boden in der Wand neben der Hintertür befand. „Haben Sie so etwas schon mal gesehen?"

Milo starrte die Öffnung an und überlegte, was ihr Zweck sein könnte, gab jedoch bald auf. „Nein. Was ist das?"

Stolz erklärte Logan: „Dadurch hat der Milchmann immer die Milch gebracht!"

Beide Männer lachten. „Wow!", sagte Milo. „Dieses Haus ist älter, als ich dachte."

Ein geselliges Schweigen breitete sich zwischen ihnen aus, während Milo sich weiter umsah und alles in sich aufnahm.

Nach einiger Zeit deutete Logan auf das Sofa im Nebenzimmer. „Setzen Sie sich. Machen Sie es sich bequem."

Milo gehorchte und klopfte auffordernd auf das Leder neben sich. Noch immer errötend, wenn auch hoffentlich nicht mehr so heftig, nahm Logan die Einladung an. Er ließ sich neben Milo auf das Sofa fallen und streckte seine langen Beine aus. Beide Männer entspannten sich und tranken aus ihren Bierflaschen.

Nach einer weiteren kurzen Stille, die Logan überraschenderweise auch diesmal nicht unangenehm vorkam, wandte er sich Milo zu und sagte: „Ich weiß es wirklich zu schätzen, dass Sie mich besuchen. Ich bin nicht viel unter die Leute gekommen seit, tja, seit die ganze Sache mit Jerry passiert ist. Wenn ich in der Hinsicht also etwas ungeschickt wirke, liegt es nicht an Ihnen. Ich bin einfach aus der Übung."

Milo lächelte. „Keine Sorge. Ich habe die schlechte Angewohnheit, genug für zwei zu reden. Vermutlich werde ich überhaupt nicht merken, ob Sie noch da sind."

Logan lachte. „Na, da fühle ich mich ja wirklich geschmeichelt. Jetzt geht es mir schon besser."

Milo stieß ein lautes Lachen aus, während er mit seinen grünen Augen Logan musterte. „Gut", sagte er noch immer neckend, aber sanfter. Er klemmte sich die Bierflasche zwischen die Knie und sah sich wieder im Zimmer um. „Es ist wirklich eine wunderbare Wohnung. Ich kann mir nicht vorstellen, wie man hier nicht glücklich sein könnte."

Logan zuckte mit den Schultern, auch wenn es vermutlich wirkte, als wollte er ausweichen, was eigentlich nicht seine Absicht war. „Mal sehen." Dann räusperte er sich und wechselte nicht besonders geschickt das Thema. „Sind Sie bereit für den Spaziergang?"

Milo warf ihm einen Blick zu, der Logan vermuten ließ, dass er ihn durchschaute. Dennoch trank er gehorsam seinen letzten Schluck Bier, sprang auf und streckte eine Hand aus, um auch Logan auf die Füße zu ziehen. Sie standen dicht beieinander und lächelten. Milo lehnte den Kopf zurück, Logan senkte ihn.

Plötzlich verlegen wandte Logan sich ab und nahm Milo die leere Flasche aus der Hand. Nachdem er auch den letzten Schluck aus seiner eigenen Flasche getrunken hatte, stellte er beide auf den Couchtisch.

„Dann los", sagte er. „Sie dürfen mir den Weg zeigen."

„Chaot", schalt Milo, während er die leeren Flaschen vom Tisch nahm und sie in die Küche brachte, wo er sie nach kurzem Suchen in den Abfalleimer unter der Spüle warf.

„O je", sagte Logan. „Sie haben mich schon durchschaut."

VON LOGANS Wohnung bis Seaport Village war es ein angenehmer halbstündiger Spaziergang. Das touristische Shopping-Mekka befand sich am südwestlichen Rand der Stadt, wo es dicht an die Bay angrenzte. Mit über siebzig unabhängigen Geschäften, in verschiedenen Architekturstilen von viktorianisch über mexikanisch bis hin zum Tudorstil, bot es eine malerische Aussicht auf den Naturhafen. Milo und Logan schlängelten sich zwischen den Geschäften hindurch, sahen sich einige Schaufenster an, kauften sich Eis und betrachteten die problemlose Mischung aus Touristen und Einheimischen, die sich beide absolut zu Hause zu fühlen schienen. Nicht weit entfernt wölbte sich die Coronado Bridge über dem Wasser und verband das Festland mit der Stadt Coronado, in der Logan und Milo sich kennengelernt hatten.

Sie schlenderten über den Weg aus Kopfsteinpflaster am Wasser und sahen zu, wie ein Navy-Zerstörer auf dem Weg in den Hafen an ihnen vorbeituckerte, während das aufgewühlte Wasser hinter dem Schiff im feuerroten Licht der untergehenden Sonne orange Funken aufwirbelte. Während sie stehen blieben, um dem majestätischen Schiff zuzusehen und dem dröhnenden Motor zu lauschen, war Milo sich mehr als deutlich der körperlichen Gegenwart des Mannes neben sich bewusst. Seiner Größe. Der Art, wie sich beim Reden seine Hände bewegten. Seiner mühelosen Schritte und entspannten Haltung, als er sich mit der Hüfte an das Betongeländer lehnte, um den schönen Anblick zu genießen. Dem leise gemurmelten „Wow", als er auf das Wasser blickte, das Milo sehr zufrieden machte.

„Fantastisch, oder?", fragte er stolz und leicht besitzergreifend, da es sich um einen seiner Lieblingsorte in der Stadt handelte.

Logan nickte, eindeutig beeindruckt von dem Naturhafen, der sich vom feurigen Licht des Sonnenuntergangs überflutet vor ihnen erstreckte, während die Flügel der über ihnen kreischenden Möwen von der verlöschenden Sonne golden gefärbt wurden. Er hob eine Hand, als wollte er die Matrosen grüßen, die in blauen Uniformen, aufrecht und mit hinter dem Rücken verschränkten Händen, ihre Posten entlang der Reling eingenommen hatten, wobei der feste Stoff im Wind flatterte. Falls sie ihn wahrnahmen, ließen sie es sich nicht anmerken.

Milo dachte über ihren Beruf nach. Liebten sie ihn so sehr, wie es wirkte? Oder war es für sie nur ein Job wie jeder andere, mit so großem Brimborium in den Hafen zurückzukehren, nachdem sie wer weiß wie lange auf See gewesen waren? Einen Tag, zwei Monate, ein Jahr? Waren sie so stolz auf ihr Schiff, wie es den Anschein hatte, oder waren sie lediglich begierig darauf, endlich wieder festen Boden unter den Füßen zu haben und zu trinken, jemanden flachzulegen oder Zeit mit den Menschen zu verbringen, die sie hoffentlich vermisst hatten, während sie irgendwo auf den sieben Weltmeeren eingesetzt worden waren, um Gott und ihrem Land zu dienen?

Logan, dessen Haar wild durch den in Böen vom Wasser kommenden Wind zerzaust wurde, sagte leise: „In New York wird die Schönheit des Hafens vom Chaos und Schmutz der Stadt verdrängt. Lastkähne, Schlepper, grauer Himmel, verschmutztes Wasser, schwimmender Müll, ständig in der Ferne heulende Sirenen. Hier ist das Wasser friedlich und blau, wie es sein sollte. Man kann die Seeschwalben hören. Die Luft ist klar." Er richtete seinen Blick auf Milo und lächelte. „Sie haben hier eine schöne Stadt. So etwas sehe ich zum ersten Mal."

Milo kämpfte dagegen an, sich in Logans verträumten braunen Augen zu verlieren. „Dann glauben Sie, ein entwurzelter New Yorker kann hier glücklich werden?"

Logan nickte ohne das geringste Zögern. „Ja. Ich glaube, das kann ich. Schließlich gab es in New York nichts mehr für mich. Jetzt nicht mehr. Ich brauchte eine Veränderung. Und wenn sich jemand verändern möchte, scheint das hier der perfekte Ort dafür zu sein. Nachdem ich jetzt mehr davon gesehen habe, weiß ich, dass es eine weise Entscheidung war. Irgendwie fühle ich mich in San Diego schon heimisch."

„Das freut mich", sagte Milo. Er legte Logan eine freundschaftliche Hand auf die Schulter, während sie ihre Blicke wieder auf das Wasser richteten. Der Zerstörer war nun beinahe aus ihrem Sichtfeld verschwunden, als er sich unter der langen, geschwungenen Brücke nach Coronado hindurchduckte, um die Liegeplätze der Navy weiter hinten im Hafen zu erreichen. In der grauen Abenddämmerung, als die Sonne hinter dem Horizont verschwand, wurde das feurige Kielwasser wieder weiß. Um sie herum brach die Nacht herein und Straßenlaternen erwachten zum Leben, um die Schatten zu vertreiben.

An jedem anderen Tag, mit jedem anderen Begleiter, hätte Milo es vielleicht bereut, die Schatten wieder schwinden zu sehen. Die von ihnen ermöglichte Anonymität hätte ihm vielleicht gefallen. Doch obwohl er seit seiner Schulzeit ständig gegen seine allgegenwärtige Sozialphobie ankämpfen musste, hielt sie sich bei Logan aus irgendeinem Grund in Grenzen. Als er ihn nun im grellen, gelben Licht der Straßenlaternen betrachtete, das rücksichtslos alles bloßlegte, beschloss Milo, dass er sich wohlfühlte. Die Schatten fehlten ihm kein bisschen. Möglicherweise lag es an der Ruhe, die er in Logans Gegenwart verspürte, und daran, dass ihn etwas an Logan Hunter dazu brachte, ihm instinktiv zu vertrauen. Es hatte nicht nur damit zu tun, dass Logan gut aussehend und verdammt sexy war. Er besaß eine Großzügigkeit, die Milo gefiel. Er war großzügig mit seiner Zeit und seiner Liebenswürdigkeit. Und über allem stand eine ihm innewohnende Gutherzigkeit, die Milo sehr beeindruckte. Auch die Tatsache, dass Logan ihn offenbar ebenfalls mochte, half ihm. Vielleicht machte es ihm das mehr als alles andere möglich, sich in Logans Gegenwart zu entspannen.

Allerdings hatte Milo, wenn er sich wohlfühlte und seine Neurosen auf Abstand halten konnte, die Angewohnheit, auf hartnäckige Weise neugierig zu sein. Kurz genoss er die kühle Abendbrise auf seinem Gesicht, und während er sich am Duft des Ozeans erfreute, der seine Sinne überflutete, stieg seine Wissbegierde in ihm auf. Verdammt. Das hatte er befürchtet.

„Ich habe einige Ihrer bisherigen Rezensionen gelesen", sagte er einigermaßen beiläufig. „Sie haben ein Auge für Literatur. Dafür, was funktioniert und was es nicht tut."

Logan warf ihm einen misstrauischen Blick zu, wobei jedoch seine Mundwinkel zuckten. „Wollen Sie damit auf irgendetwas hinaus? Werden Sie mir gleich sagen, dass ich nicht genug weiß, um Kritiken zu schreiben? Es wäre nämlich nicht das erste Mal." Beim letzten Satz verzog sich sein Mund zu einem Grinsen.

„Nein!" Milo gab sich Mühe, angemessen entsetzt dreinzublicken. „Nein, Sie scheinen wirklich zu lieben, was Sie tun, also habe ich mich gefragt, wie Sie Ihre Energie und Ihren Optimismus aufrechterhalten. Mich kann ein miserables Buch tagelang deprimieren. Ich liebe es auch, zu lesen, aber nur das, was mir gefällt. Ich hatte bisher den Eindruck, dass ein Kritiker alles lesen muss, auch wenn er ein Genre vielleicht nicht mag. Ist es nicht so?"

Logan lachte. „Also gut, Sie haben gewonnen. Von mir aus können wir fachsimpeln. Das liebe ich sowieso mehr als alles andere." Als könnte er sich einem solchen Gespräch nicht widmen, ohne sich vollkommen wohlzufühlen, zog er den Saum seines T-Shirts aus seiner Jeans, sodass es locker über den Hosenbund fiel. Nachdem das erledigt war, verschränkte er die Arme und lehnte sich mit dem Hinterteil gegen das Geländer am Rand des gepflasterten Wegs. „So. Jetzt muss ich meinen Bauch nicht mehr einziehen."

Milo warf ihm einen zweifelnden Blick zu. „Das müssen Sie nun wirklich nicht tun. Außerdem habe ich sowieso das Gefühl, dass sich da drunter ein ziemlich ansehnlicher Waschbrettbauch befindet."

Logan wedelte mit der Hand. „Oh, bitte." Er runzelte die Stirn. „Wo waren wir? Ach ja. Sie haben sich gefragt, ob ich meine Arbeit wirklich mag."

Milo blinzelte. „Nein, das war nicht, was ich …"

Logan schnalzte tadelnd mit der Zunge, bis Milo verstummte. „Die Antwort ist nein. Ich mag sie nicht. Ich *liebe* sie. Und ja, ich gebe zu, dass ich einige Genres anderen bevorzuge. Aber beim Rezensieren konzentriere ich mich auf die Qualität des Geschriebenen. Darauf stützt sich meine Beurteilung. Nicht auf meinen persönlichen Geschmack. Als Kritiker muss man fair sein. Die eigenen Vorlieben dürfen einem nicht im Wege stehen."

„Ich wünschte, das würden alle Rezensenten so sehen."

Zum ersten Mal, seit Milo seine Wohnung betreten hatte, wirkte Logans Gesichtsausdruck finster. „Ja", sagte er. „Das tue ich auch. Viele von ihnen sind, um es mal so auszudrücken, nicht die Nettesten. Rezensent zu sein bringt einige Menschen zu der fälschlichen Ansicht, dass sie über die Grenzen zivilisierten Verhaltens hinaus bösartig sein können. Was sie jemandem niemals ins Gesicht sagen würden, geben sie in jedem Forum, in dem sie sich sicher fühlen, hemmungslos von sich. Das haben wir wohl dem Internet zu verdanken."

„Trotzdem", erwiderte Milo, womit er eigentlich auch sich selbst widersprach, „wenn ein Buch mies ist, sollte man das auch schreiben, oder?"

„Ja", antwortete Logan. „Aber dabei muss man nicht boshaft sein. Jemand hat sehr viel Arbeit in die Bücher gesteckt, die verrissen werden. Man muss dem Autor nicht gleich das Herz brechen, nur weil einem seine Werke nicht gefallen. Außerdem muss man bedenken, dass man als Kritiker nicht automatisch recht hat. Man sollte bei seiner Einschätzung etwas Spielraum lassen, dem Autor keine schlechten Absichten unterstellen und ihn nicht so niedermachen, dass er zukünftig keine Leser mehr finden kann. Einfacher ausgedrückt: Man sollte schlicht und einfach freundlich sein."

Milo richtete sich auf. „Genau! Freundlich sein! Ich bin froh, dass es mal jemand anders sagt als nur wir Autoren. Wir sind nicht alle überempfindliche Jammerlappen, auch wenn wir manchmal so klingen. Einige von uns können furchtbar schlechte Kritiken akzeptieren, solange sie keine persönlichen Angriffe enthalten und der Rezensent sich nicht nur damit profilieren will, möglichst clevere gehässige und schnippische Beleidigungen à la Truman Capote unterzubringen."

Logan verlagerte sein Gewicht, um sich auf bequemere Weise an das Geländer zu lehnen, während er Milo musterte. „Ich kann mir nicht vorstellen, dass Sie viele schlechte hatten."

Milo brummte. „Genug. Wie wir alle. Es gehört eben dazu. Allerdings habe ich nie eine von Ihnen gesehen. Ich will mir ja nicht selbst widersprechen, aber finden Sie, dass das fair ist? Da draußen gibt es einige ziemlich schlechte Bücher."

Logan zuckte mit den Schultern. „Stimmt, aber ich habe eine Regel: Einen Stern gebe ich nur dann, wenn ich vernünftig begründen kann, was beim Schreiben schiefgegangen ist. Und auch dann tue ich es nicht auf grobe, herabsetzende Weise. Ich liebe Schriftsteller. Selbst die nicht ganz so talentierten. Die besten Autoren veröffentlichen manchmal ein Werk, das besser unter einem Stapel Werbung auf ihrem Schreibtisch liegen geblieben wäre, anstatt in die Öffentlichkeit geschoben zu werden. Ich weiß auch, dass wenn sich jemand hinsetzt und ein ganzes Buch schreibt, was kein leichtes Unterfangen ist …"

„Was Sie nicht sagen."

„… dass dieses Buch, ganz egal, wie schlecht es wirkt, demjenigen vermutlich viel bedeutet. Warum sollte ich es dieser Person verderben? Das wäre gemein und kleinlich."

„Das sehen nicht alle Rezensenten so."

„Natürlich nicht. Deshalb sind wir auch nicht gerade die beliebtesten Menschen auf der Welt." Immer noch lächelnd streckte Logan eine große Faust aus und stieß sie ganz sanft gegen Milos Kinn. „Ich habe Durst", sagte er. „Lassen Sie uns etwas trinken, und dabei können Sie mir von dem Buch erzählen, an dem Sie arbeiten."

Milo sah sich um, betrachtete den geschwungenen, gepflasterten Weg und überlegte, wo genau sie sich befanden. „Da", sagte er dann. „Um die Ecke ist ein Fischrestaurant mit Bar, gleich über dem Wasser. Dort können wir etwas trinken. Und etwas essen, wenn Sie hungrig sind. Ich lade Sie ein."

„Da sage ich nicht nein." Logan lächelte. „Nach Ihnen."

Während sie sich dem Gebäude näherten, auf das Milo gezeigt hatte, legte Logan ihm eine Hand auf den Rücken und ließ sich von ihm führen. Die große, warme Hand streichelte sanft sein Schulterblatt.

Als sie endlich das Restaurant erreichten, dachte Milo ernsthaft darüber nach, sich auf ihn zu stürzen, besonders auf einen bestimmten Teil von ihm. Wobei er daran eigentlich nicht zum ersten Mal dachte.

Es waren die besten Meeresfrüchte gewesen, die Logan je gegessen hatte. Sautierte Jakobsmuscheln und Kartoffelpüree mit Hummer, abgerundet durch Zitronensorbet und einige Gläser eines köstlichen hellen Biers, das laut Milo keine eineinhalb

Meilen entfernt gebraut wurde. Nach dem Essen lehnten sie sich auf ihren Stühlen zurück, beinahe bewusstlos von den Mengen, die sie zu sich genommen hatten.

„Sie sehen satt aus", sagte Milo mit einem Grinsen. Er saß mit dem Rücken zum großen Fenster über dem Wasser. Keine eineinhalb Meter von Milos Kopf entfernt, auf einem der Pfähle vor dem Fenster, saß ein großer Pelikan und putzte sich mit dem löffelartigen Schnabel das Gefieder. Logan entging nicht, dass Milo den Platz mit dem guten Blick absichtlich ihm überlassen hatte.

Logan sah auf seinen leeren Teller hinab. Er hätte nicht sauberer sein können, wenn er ihn hochgehoben und abgeleckt hätte.

„Das kommt mir unfair vor", sagte er, während er unter dem Tisch heimlich seinen Gürtel lockerte. „Ich habe Ihnen einen Cheeseburger gekauft, Sie geben mir ein Festmahl mit Getränken und Meerblick aus."

Milo musterte ihn mit belustigtem Blick. An Milos Oberlippe befand sich etwas weißer Bierschaum und Logan dachte darüber nach, wie viel Spaß es gemacht hätte, ihn mit einem Kuss zu entfernen. Dann fragte er sich, wo dieser Gedanke so plötzlich hergekommen war.

„Vielleicht ist es nur eine Investition", antwortete Milo mit einem listigen Grinsen.

Logan erwiderte das Grinsen. „Investition in was?"

„Investition in Sie. Ich habe da so ein Gefühl, dass ich eine neue Freundschaft geschlossen habe. Wenn ich die aufrechterhalten will, muss ich dafür sorgen, dass Sie satt und zufrieden sind."

Logan verlor sich ein wenig in Milos Augen, die ihn neckend betrachteten. Er fragte sich, ob er allmählich betrunken wurde. Das Bier war ziemlich stark. Er beschloss, seinerseits ein wenig zu necken.

„Sind Sie sicher, dass Sie sich einen Freund wünschen – und sich nicht nur eine gute Kritik für Ihr nächstes Buch sichern wollen?"

„Aber *niemals*!", protestierte Milo, während er sich eine Hand auf die Brust presste, als habe ihn die Andeutung wie ein Dolch ins Herz getroffen. „Ich empfinde viel zu viel Respekt für die hohe Kunst des Rezensierens, um an ein solch abscheuliches Vorhaben auch nur zu denken!" Mit den Ellbogen auf dem Tisch beugte er sich vor und fügte gespielt ernst hinzu: „Wenn Sie allerdings das Gefühl haben, mir unbedingt fünf Sterne geben zu *müssen*, lassen Sie sich nicht davon abhalten."

„Oh, glauben Sie mir, das werde ich nicht", lachte Logan. Nach einem Augenblick stimmte Milo mit ein. Gleichzeitig breitete der Pelikan seine großen Flügel aus und verschwand in der Dunkelheit, als wäre selbst er entsetzt über den Gedanken, sich eine gute Kritik mit einem Essen und ein paar Gläsern Bier zu erkaufen.

Nachdem ihr Gelächter verstummt war, saßen sie einige Sekunden schweigend da, noch immer satt und träge, und ließen ihre Blicke durch das Restaurant und über die anderen Gäste schweifen. Logan hob eine Hand und winkte dem Kellner zu, damit er ihnen neues Bier brachte. Nachdem es ihnen serviert worden war, überraschte ihn Milo, indem er eine Hand über den Tisch streckte, um sie auf Logans zu legen.

Sprachlos saß er da und wartete ab, was Milo sagen würde. Als Milo sprach, war es offensichtlich, wie sorgsam er seine Worte wählte. Er sagte sie so leise, dass Logan sich vorbeugen musste, um sie zu verstehen.

„Dann sind Sie also seit einem Jahr allein", sagte Milo mit sanftem Blick. „Das muss eine schwere Umstellung gewesen sein."

„Sie haben auch einen Partner verloren", antwortete Logan. „Sie wissen, wie es sich anfühlt."

„Nein", antwortete Milo. „Ich habe meinen Partner verloren, weil wir die Beziehung beide nicht mehr wollten, und nicht, weil er gestorben ist. Das ist ein großer Unterschied."

Logan musste kurz darüber nachdenken, ob er über dieses Thema reden wollte. Schließlich kannte er Milo kaum. Sie hatten sich erst vor Kurzem kennengelernt. Andererseits machte ihn Milos offener, mitfühlender Blick sicher, dass er es nicht mit schlechten Absichten angesprochen hatte. Er war nicht nur neugierig, sondern ernsthaft interessiert.

Logan trank einen Schluck Bier und wischte sich mit dem Daumen den Schaum von der Lippe. „Wollen Sie wirklich darüber reden?"

Milo zuckte mit den Schultern, leicht schuldbewusst, aber auch entschlossen. „Mich interessiert, wie Sie es überstanden haben. Es kann nicht leicht gewesen sein. Ich … ich habe mich nur gefragt, wie Sie es geschafft haben, ohne dabei Ihre innere Güte zu verlieren."

Logan starrte ihn mit amüsierter Verblüffung an. „Meine innere Güte? Haben Sie das gerade wirklich gesagt?"

Milos Lippen verzogen sich zu einem trägen Lächeln, doch sein stur geneigter Kopf verriet Logan, dass er sich nicht von seinen Worten abbringen lassen würde. „Ja. Die besitzen Sie nämlich. Sie umgibt Sie wie eine Aura. Ich weiß nicht, ob ich schon einmal jemandem begegnet bin, der so sehr von seiner Güte bestimmt wurde wie Sie."

„Mann", lachte Logan. „Vielleicht sollten Sie nichts mehr trinken."

Milo kicherte, doch sein Blick verlor nichts von seiner Entschlossenheit. „Wenn Sie nicht darüber reden wollen, sagen Sie es einfach. Aber ich glaube, vielleicht wollen Sie das. Ich glaube, vielleicht *müssen* Sie das sogar."

„Warum?", fragte Logan. „Warum glauben Sie das?"

„Weil *ich* es müsste", antwortete Milo schlicht.

Logan betrachtete Milos aufrichtige Miene, seine vom Bier feuchten vollen Lippen, seine noch vom Wind zerzausten Locken mit ihren blonden Strähnen. Zum ersten Mal bemerkte er, dass Milo ein Ohrloch besaß, in dem sich jedoch kein Ohrring befand. Logan fragte sich, wieso.

Er hörte sich sprechen, bevor er sich seiner Worte bewusst war. Bevor er spürte, wie sie hervorsprudelten. „Die ersten paar Monate waren schrecklich", sagte er. „Aber Menschen können alles überleben, wenn sie müssen."

„Können sie das?", fragte Milo sanft.

„Ja", antwortete Logan ohne jedes Zögern. „Solange man es sich nur im Geringsten wünscht. Irgendwann beginnt die Zeit, einen zu heilen. Mir geht es jetzt gut, aber die ersten Monate waren wie gesagt … hart. Ich hatte vorher nie jemanden verloren, mit dem ich zusammen war. Niemanden … den ich geliebt habe."

„Ich würde gern ein Foto von ihm sehen. Sie haben doch sicher eins bei sich."

Logan blinzelte überrascht, als Milo das so überzeugt sagte. Er fühlte sich benommen, als er sein Portemonnaie aus der Gesäßtasche zog, es öffnete und ein kleines Foto herausnahm, das etwas mitgenommen aussah und leicht geknickte Ecken besaß. Er reichte es Milo.

Logan sah zu, wie Milo das Foto dicht an die Kerze auf dem Tisch hielt, damit er es im dämmrigen Licht des Restaurants besser sehen konnte. Es handelte sich um Logans Lieblingsbild von Jerry und war bei ihrem ersten gemeinsamen Weihnachtsfest aufgenommen worden. Er saß in einem weißen Frotteebademantel mit einer Tasse Kaffee in der Hand vor dem Weihnachtsbaum auf dem Boden und lächelte mit geröteten Wangen in die Kamera, nachdem sie sich wenige Minuten zuvor geliebt hatten. Nervös wartete Logan darauf, was Milo dazu sagen würde. Doch nachdem er es betrachtet hatte, reichte Milo ihm lediglich das Foto und lehnte sich auf seinem Stuhl zurück, um einen Schluck Bier zu trinken.

Erst nachdem er sich mit einer Serviette die Lippen abgetupft hatte, sagte Milo: „Er war wunderschön."

Und diese drei einfachen Wörter trafen Logan so heftig, dass ihm Tränen in die Augen stiegen.

„Das war er", antwortete er, während er mit verschwommenem Blick das Foto ansah und einen vertrauten Schmerz in seiner Brust spürte. „Es ist schon komisch", sagte er und sah wieder Milo an. „Niemand hat mich je so sehr geliebt wie Jerry. Und ich glaube nicht, dass es jemals wieder jemand tun wird."

Milo schüttelte mit freundlichem Blick den Kopf. „Da können Sie nicht sicher sein."

„Nein", sagte Logan. „Aber ich spüre es. Manchen Menschen begegnet das wahre Glück nur einmal im Leben. Ich glaube, Jerry war meines. Nein, ich weiß es sogar."

Milo streckte zum zweiten Mal an diesem Abend eine Hand aus und legte die Fingerspitzen sanft auf Logans Handrücken. „Manchmal wissen wir nicht alles, was wir zu wissen glauben", sagte er leise.

Logan bemühte sich um ein Lächeln. „Und das war ein mieser Satz. Zum Glück schreiben Sie besser, als Sie reden."

Milo löste seine Hand lachend von Logans und musterte ihn. „Sie müssen erschöpft sein", sagte er. „Sollen wir zu Fuß zurückgehen oder wäre Ihnen ein Taxi lieber?"

„Lieber zu Fuß", sagte Logan.

Fünf Minuten später war die Rechnung bezahlt und die Abendbrise zerzauste ihr Haar, als sie sich wieder auf dem gepflasterten Weg am Wasser befanden und in Richtung der Stadtstraßen spazierten.

Das Schweigen, in das sie gehüllt waren, war anspruchslos. Es trug weder Verlegenheit noch Vorwürfe in sich. Es passte zu den Sternen über ihren Köpfen und ihren sich gelegentlich streifenden Schultern.

Bergauf bewegten sie sich auf Hillcrest zu, wo sich Logans Wohnung befand und Milos Auto stand. Wenn sie die Stille durchbrachen, um etwas zu sagen, ging es lediglich um belanglose Dinge. Um das Zwitschern eines Vogels, der in den Büschen neben dem Gehweg sein Nachtlied sang. Um die mit fortschreitendem Abend kühler werdende Luft. Um die filigrane Form des Fingernagelmonds.

Bald näherten sie sich dem Gebäude mit Logans Wohnung. Nachdem Milo ihn bis zur Tür gebracht hatte, sagte er: „Wir sind jetzt Freunde, Logan. Ich erwarte, dass wir in Kontakt bleiben."

„Ja", antwortete Logan, durch Milos einfache Worte gerührt. „Ich ebenfalls."

An der Türschwelle drehte sich Milo um und fragte leise: „Darf ich dich zum Abschied küssen?"

Da er seiner Stimme nicht traute, nickte Logan nur.

Milo stellte sich auf die Zehenspitzen, legte seine Hände an Logans Hüften und berührte Logans Lippen sanft mit seinen. Logan schloss bei dieser lieblichen Geste die Augen, während sich seine Hände wie von selbst bewegten, um Milo näher an sich zu ziehen.

Doch Milo löste sich langsam von ihm, senkte sich wieder auf den ganzen Fuß und hob den Blick zu Logans Gesicht.

„Danke", sagte er leise, bevor er sich umdrehte und ging.

Logan blieb vor seiner Wohnungstür stehen und sah ihm nach, begann nicht, in seiner Tasche nach dem Schlüssel zu suchen, bevor Milo hinter der nächsten Ecke verschwunden war.

Erst dann sagte er, ebenfalls leise: „Ich danke *dir*."

5

WAS FÜR ein Drecksloch.

Das Motel befand sich am Rand einer asphaltierten Straße mitten im Nirgendwo. Einst war die Straße ein echter, zweispuriger, staatlich sanktionierter Highway mit offizieller Nummer und allem Drum und Dran gewesen. Nachdem vor etwa zwanzig Jahren einige Meilen entfernt eine achtspurige Autobahn entstanden war, handelte es sich nun um kaum mehr als einen namenlosen, von Schlaglöchern durchzogenen und mit Schotter ausgebesserten Trampelpfad, der sich durch das vom Winter ausgedörrte Hinterland von Indiana wand.

Das Gateway Inn, einst eine beliebte, billige Übernachtungsmöglichkeit für Reisende auf dem eiligen Weg von Ohio nach Illinois, hatte die Veränderung nur überstehen können, indem es noch billiger geworden war. Die einzige Neugestaltung, die den Übergang von semi-seriös zu zweifellos zwielichtig angekündigt hatte, war von einem schwarzen Streifen begleitet worden, der das Wort „Gateway" übermalt hatte. Nun war es schlicht als „Schwarzstrich Inn" bekannt und diente traditionell den Schülern der ortsansässigen Highschool als Platz für ihr erstes Mal, ihren Eltern als Treffpunkt für außereheliche Verhältnisse, schwulen Farmern als Möglichkeit, sich in einem richtigen Bett einen blasen zu lassen, ohne auf dem Heuboden ihre überraschend auftauchenden Frauen befürchten zu müssen, und Süchtigen als gemütlicher Ort, wo sie sich die neuesten Designerdrogen reinziehen konnten, ohne in irgendeiner Seitenstraße auf dem Rücksitz eines Autos weggedämmert zu erfrieren.

Die Person in Zimmer 6 wusste alles über das Schwarzstrich Inn, da sie gründlich recherchiert hatte. Doch auch die gründlichsten Nachforschungen konnten jemanden nicht darauf vorbereiten, wie zwielichtig es wirklich war. Zum Beispiel wäre es unmöglich gewesen, eine auch nur wenige Quadratzentimeter große Fläche zu finden, die nicht durch eine ausgedrückte Zigarette versengt worden war. Der Toilettensitz, die Kommode, der Nachttisch, der nachgemachte Plastikmarmor, welcher den rostigen Wasserhahn des Waschbeckens umgab – jede Oberfläche war zu irgendeinem Zeitpunkt von einer vergessenen Lucky Strike oder einem auf den Möbeln hinterlassenen selbstgedrehten Joint beschädigt worden.

Der Teppich war so fadenscheinig, dass man an einigen Stellen Beton sehen konnte. Die Scheibe des einzigen Fensters war überstrichen worden. Der Wandheizkörper funktionierte kaum. Der Geruch von lange vergessenem Erbrochenem hing in der Luft. Auf dem schmutzigen Boden hinter der Kommode entdeckte der Reisende ein benutztes Kondom. In der Nachttischschublade neben der Bibel, die als einziger Gegenstand im Raum aussah, als wäre sie seit der

Herstellung nicht angerührt worden, lag eine vergessene Spritze. Die Tagesdecke konnte Flecken vorweisen, die selbst ein Serienmörder ekelhaft gefunden hätte – und wer konnte das besser beurteilen? Während der einen Nacht, die er an diesem Ort verbrachte, schlief der Reisende aufrecht sitzend in einem Sessel, um Bettwanzen oder die Krätze zu vermeiden – möglicherweise auch einen durch Hinterwäldler übertragenen Stamm menschenfressender Bakterien, die einem bis zum Sonnenaufgang das Fleisch von den Knochen nagten. Andererseits war die Sonne seit Tagen nicht zu sehen gewesen. Vielleicht hielt sie sich im Winter von Indiana fern. Man hätte es ihr nicht vorwerfen können.

Ja, man konnte leicht zu dem Schluss gelangen, dass es sich bei diesem kleinen Teil von Indiana um die Kloake der Welt handelte. Und in den letzten vierundzwanzig Stunden war nichts geschehen, dass diesen Eindruck des Reisenden verändert hätte.

All das machte es noch erstaunlicher, dass in der Gegend ein einigermaßen bekannter Rezensent lebte. Nur im Zeitalter des World Wide Web war es möglich, dass ein Landei mit grundlegenden Englischkenntnissen, das gerade gebildet genug war, um hin und wieder ein Buch zu lesen, es schaffte, sich einen Namen als Literaturkritiker zu machen. Das zusammengezimmerte Farmhaus, in dem dieser sogenannte Kritiker wohnte, lag zwanzig Meilen entfernt neben einer geteerten Straße, von der aus ein holpriger, unbefestigter Weg bis zum Gebäude führte. Er schlängelte sich durch einen hundert Jahre alten Wald aus Kastanien, Eichen und kleinen, spindeldürren Sassafrasbäumen, deren Duft man selbst in der spröden Winterluft wahrnahm. Der Wald war um diese Jahreszeit öde und kahl und, wie die Einheimischen vielleicht gesagt hätten, während sie auf einem Strohhalm kauten und Tabaksaft in den Wind spuckten, saukalt. Der Reisende hatte sich bereits am Vortag mit der Lage des Hauses vertraut gemacht. Nachdem er sich nun für das bevorstehende Abenteuer eine Sturmhaube über den Kopf gezogen hatte, suchte der Gast in Zimmer 6 seine wenigen Habseligkeiten zusammen und machte sich bereit, das heruntergekommene Motel zu verlassen. Ein kleiner Abstecher zum Wohnhaus des Rezensenten, um einige Probleme zu lösen, und schon würde er in die wirkliche Welt zurückkehren können. Gott sei Dank.

Der Reisende spähte durch ein Fenster im vorderen Teil des Motels. Alle Räume des Gebäudes befanden sich auf einer Ebene im Erdgeschoss. Ein wenig wie das Bates-Motel, wenn man literarischen Bezug erkennen wollte. Na ja, nicht ganz. Das Bates-Motel hätte im Vergleich zu dieser Bruchbude wie ein Waldorf Astoria gewirkt. Jedenfalls befanden sich auf dem Schotterparkplatz keine anderen Autos. Offenbar war es bei diesem Wetter selbst dem niedersten Gesindel zu kalt, um herauszukommen und sich zwischen Flöhen und Bettwanzen seinen Fantasien hinzugeben. Außerdem, bemerkte der Reisende, begann es wieder zu schneien, weshalb es vermutlich eine gute Idee wäre, den Plan endlich in die Tat umzusetzen. Ein Schneesturm hätte den kurvenreichen, holprigen Weg zum alten Farmhaus durchaus unpassierbar machen können. Und wäre das nicht schade gewesen? Es hätte den ganzen Ausflug ruiniert. Ja, in der Tat. Für einen Moment, während er sich vorbeugte, um eine Tasche auf die Rückbank eines gemieteten Taurus zu werfen, verspürte der Reisende die Versuchung, sich kurz ins Büro des Motels zu schleichen und einen Eispickel im Hals des Besitzers zu versenken, nur aus Jux und Tollerei. Aber nein. Das hier war eine Mission. Etwas Wichtiges musste erledigt werden. Der wichtige Akt, ein Unrecht wiedergutzumachen, sollte nicht durch unterhaltsame Exkurse abgewertet werden, wie amüsant sie auch gewesen wären. Wenn man Spaß bedurfte, konnte man in Disneyland Micky besuchen.

Abgesehen davon hatte der Reisende bereits einen anderen Plan für den in einer Manteltasche ruhenden Bar-Eispickel.

Nachdem er aus dem Wind ins Auto geflohen war und die Tür zugeschlagen hatte, drehte der Fahrer mit bereits vor Kälte tauben Fingern den Zündschlüssel. Eins musste man diesem Mietwagen lassen, auch wenn er nach Abgasen stank und ein recht beunruhigendes Klingeln von sich gab, sobald man sich 100 Stundenkilometern näherte: An das kalte Wetter schien er angepasst zu sein. An diesem Abend, obwohl die Temperatur auf 14 Grad unter null gesunken war, sprang er so bereitwillig an wie beim ersten Mal auf dem Parkplatz der Mietwagenfirma am Flughafen. Nachdem er die Heizung auf die höchste Stufe gestellt hatte, schob der Fahrer seine eisigen Finger in Lederhandschuhe und rückte die Augenöffnungen der Sturmhaube zurecht, damit seine Sicht nicht beeinträchtigt wurde. Endlich bereit zur Abfahrt schob der Fahrer den Schalthebel des Taurus auf „Drive", woraufhin das Auto über den Schotter des Parkplatzes knirschte. Als die Reifen den Asphalt erreicht hatten, lenkte der Fahrer ihn in Richtung Osten.

Die Straße war leer. Ein ABBA-Lied summend – er mochte Oldies – lenkte der Fahrer mit einer Hand, während er mit der anderen Candy Corn aus einer Tüte aß. Kaum war er losgefahren, hatte der Schnee begonnen, etwas entschlossener zu fallen. Die Flocken wurden groß und weich, was wirklich ziemlich hübsch aussah, als sie aus der Dunkelheit gewirbelt kamen und gegen die Windschutzscheibe prallten. Als sie sich dort ansammelten, schaltete der Fahrer den Scheibenwischer ein, um sie von der Scheibe zu lösen und wieder in die Dunkelheit zu schicken.

Auch die Straße unter dem Taurus färbte sich allmählich weiß, doch da das Auto gute Winterreifen besaß, bestand kein Grund zur Sorge. Ein Mitarbeiter der Mietwagenfirma hatte auch Schneeketten im Kofferraum erwähnt, die bisher allerdings nicht benötigt worden waren.

Während er Candy Corn knabberte, wanderten seine Gedanken, wohin sie wollten. Das war der Vorteil daran, allein zu sein. Niemand platzte herein, wenn man sich in seinen Gedanken verlor, um einen zu unterbrechen.

Es würde schön sein, den Winter bald in den Frühling übergehen zu sehen. Diese Kältemissionen waren, offen gesagt, unangenehm. Um es auf literarische Art auszudrücken, war dieses „Winter unsers Missvergnügens"-Zeug eine ermüdende Angelegenheit. Es würde schön sein, wieder die Sonne zu spüren, das Summen von

Insekten zu hören, grünes Gras und warme Meereswinde zu riechen und hin und wieder einen verdammten Vogel singen zu hören.

Glücklicherweise würde sich der Reisende bald auf den Weg zur Westküste machen. Die Westküste war ein vertrautes Gebiet. San Francisco, L.A., San Diego. Sie alle fühlten sich wie ein Zuhause an und eines von ihnen war es tatsächlich. Eine Reihe von Anrufen dorthin musste bereits getätigt werden. Oh ja, eine Menge Ungerechtigkeiten warteten unter der kalifornischen Sonne darauf, in Ordnung gebracht zu werden. Grausamkeit schien dort regelrecht zu gedeihen. Der Reisende fragte sich, warum. Sorgte die kreative Mentalität, die Kalifornien erfüllte, etwa auch dafür, dass jeder von seiner künstlerischen Überlegenheit überzeugt war? Möglicherweise hatte auch Hollywood etwas damit zu tun. Die Traumfabrik, die Oscars, unzählige Verlage, das Reich der Tonstudios, der niemals endende Wettkampf, am größten zu sein, am wagemutigsten, am talentiertesten, am beliebtesten, am schönsten, am erfolgreichsten.

Für jeden Film, jedes Lied, jedes Buch musste eine Geschichte erzählt werden, mussten Worte geschrieben werden. Und für jede Geschichte musste es einen Kritiker geben, der sie anpries oder verriss. Der Ablauf war unausweichlich. Unter den Kritikern hatten es immer einige darauf abgesehen, diejenigen mit dem wahren Talent, die überhaupt erst den kreativen Geist zum Wörterschmieden besaßen, ins Herz zu treffen. Taten sie es aus Eifersucht? Taten sie es, weil sie selbst bei ebenjener Sache versagt hatten, die sie nun verspotteten? Wonach richteten sie sich dabei? Wollten sie lediglich herabsetzen, was sie selbst niemals erreichen würden?

Je mehr der schlanke Reisende darüber nachdachte, desto fester umfassten die behandschuhten Finger das Lenkrad. Das Summen wich der Stille und durch die Öffnungen der Sturmhaube richtete sich ein brennender Blick auf die vom Scheinwerferlicht zerrissene Dunkelheit vor dem Auto. Als seine Arme zu schmerzen begannen, entspannten sich die Finger des Fahrers. Mit einem Blinzeln konzentrierte er sich wieder auf die Realität, denn der Schnee hatte zugenommen, begleitet von eisigem Wind. Er prasselte nun gegen das Auto. Die Heizung lief mit voller Energie, als sie verzweifelt gegen die Kälte ankämpfte. Schneeschleier warfen sich auf die Windschutzscheibe wie unzählige kleine Selbstmordattentäter, die sich auf dem Glas in den Tod stürzen wollten, nur um vom Scheibenwischer für die nächste Salve aus dem Weg geschafft zu werden.

Der Asphalt der Straße war nicht länger schwarz. Im grellen Licht der Scheinwerfer glitzerte sie verblüffend weiß. Der Schnee lag bereits mehrere Zentimeter hoch, in unberührter, alabasterner Vollkommenheit, ohne von der kleinsten Reifenspur verunziert zu werden. Seit dieses Schneetreiben begonnen hatte, war hier eindeutig niemand anders gefahren.

Der Fahrer beugte sich vor und spähte nun aufmerksamer durch die Windschutzscheibe, um nicht den von der Straße abzweigenden Weg zu übersehen, der in den Wald abbog, wo das vollkommen nichtsahnende Opfer wartete. Vielleicht saß er gerade an seinem Schreibtisch und verfasste eine weitere stahlharte Rezension, darüber lächelnd, wie kunstvoll seine grausamen Worte angeordnet waren, für wie klug ihn die Leser wegen seiner geschickten Spötterei halten würden. Wegen seiner unerbittlichen Erniedrigungen. Der Reisende fragte sich, wie der Mann aussehen würde. Eine gründliche Internetrecherche hatte zu seiner Adresse geführt, doch ein Foto hatte es nicht gegeben. Lediglich eine lange Reihe bissiger Rezensionen, sowohl in seinem Blog als auch in der Bücherkategorie bei Amazon, wo sie den Verkaufszahlen eines Autors noch größeren Schaden zufügen konnten. Offenbar besaß BücherAufRädern – so nannte er sich – ein echtes Talent für Grausamkeiten. Er war durch seine Scharfzüngigkeit bekannt geworden, und sein schneidender, vernichtender Witz konnte zugegebenermaßen ziemlich amüsant sein – wenn man nicht gerade selbst das Ziel war.

Wie die schlanke Gestalt herausgefunden hatte, war sein richtiger Name Edgar Price. Es war ein netter Name. Auf einem Grabstein würde er gut aussehen. Bei diesem Gedanken verzogen sich die Lippen des Reisenden endlich zu einem Lächeln.

Gleich hinter einer kleinen Anhöhe tauchte die Abzweigung auf. Dass sie so plötzlich im Scheinwerferlicht aufblitzte, überraschte den Fahrer so sehr, dass er etwas zu heftig bremste und den Taurus zum Schleudern brachte. Als es ihm gelungen war, die Richtung durch Gegenlenken zu korrigieren und das Auto mit den Hinterreifen auf dem Schotter zum Stehen zu bringen, atmete er erleichtert auf. Da der Boden hartgefroren war und sich keine anderen Autos näherten, konnte der Fahrer den Wagen mit einem Antippen des Gaspedals wieder auf den Asphalt befördern und sicher die Straße überqueren, um den langen, unebenen Weg zu erreichen, der zwischen die Bäume führte. Der Reisende fuhr langsam und vorsichtig, denn die vereisten Schlaglöcher auf dem holprigen Pfad waren ausgesprochen scheußlich. Das Letzte, was der Fahrer nun gebrauchen konnte, war eine beschädigte Ölwanne oder ein Achsenbruch. Vor allem, als er nun den Wald aus winterkahlen Bäumen erreichte, in dem die Temperatur noch deutlich niedriger sein konnte. Einige der alten Bäume streckten ihre nackten Arme von beiden Seiten über den Waldweg, als wollten sie sich die Hände reichen. In einem wärmeren Monat, wenn sich dabei Grün zeigte, mochte es durchaus hübsch aussehen. Obwohl man dann dennoch mit den verdammten Schlaglöchern zu kämpfen gehabt hätte.

Der Fahrer bemerkte ein vor ihm aufblitzendes gelbliches Licht. Nach einer etwas vorsichtigeren Berührung des Bremspedals kam das Auto mit knirschendem Geräusch zum Stehen. Die Scheinwerfer erloschen, woraufhin in der plötzlichen Dunkelheit andere Lichter auftauchten. Die Lichter eines Hauses, die sich nicht weit entfernt hinter einer Kurve des Weges befanden. Als sie so durch die Bäume fielen, wirkten sie so warm, heimelig und einladend wie ein Weihnachtsfest in einem alten Film.

Der Fahrer, der eine letzte Handvoll Candy Corn knabberte, öffnete vorsichtig die Autotür und lauschte auf Geräusche wie das Bellen eines Hundes oder das Zufallen einer Haustür. Doch die Nacht war in verschneite Stille gehüllt. Nur der abkühlende Motor des Taurus tickte und klickte, nachdem er abgestellt worden war.

Die Luft, die durch die offene Tür ins Auto strömte, brachte den Reisenden zum Zittern. Gott, selbst mit Sturmhaube und Handschuhen war es kalt. Als sich ein langes Bein aus dem Auto schob, um einen Fuß auf den Boden zu stellen, versank dieser bis zum Knöchel im Schnee.

Nachdem er ausgestiegen war, schlug der Fahrer zum Schutz gegen den Wind seinen Kragen hoch. Da er sich das Gelände am Vortag angesehen hatte, rechnete er nicht mit Überraschungen. Die größte Überraschung war gewesen, wie heruntergekommen das Haus wirkte. *Ein Kritiker wohnt hier?*, hatte der Reisende gedacht. *Undenkbar!* Doch natürlich lebte er tatsächlich hier. Und das erklärte einiges in Bezug auf seine miesepetrige Boshaftigkeit. Schließlich hängen Armut und Eifersucht häufig zusammen, nicht wahr?

Vermutlich war der Mann, wie so viele von ihnen, ein gescheiterter Schriftsteller. *Nun,* dachte der Reisende, *wenn er sich nach Bekanntheit sehnt, werde ich sehen, was ich tun kann, um seinen Namen ein letztes Mal an die Öffentlichkeit zu bringen.*

Wie geplant befand sich das Auto nicht in Sichtweite des Hauses. In der Umgebung waren keine anderen Geräusche zu hören oder Lichter zu sehen. Es war Zeit für den nächsten Schritt. Der Reisende nahm einen Overall vom Rücksitz, den er während der Herfahrt von Indianapolis von einer Wäscheleine gestohlen hatte, und schlüpfte hinein. Dazu gesellte sich ein Paar mit Schnallen verschließbare Gummistiefel, die er in einem Laden mit Militärkleidung am Rand von Mooresville gekauft hatte. Daher kam auch die Sturmhaube. Später würde er die Kleidung an einem noch unbestimmten Ort viele Meilen von hier wegwerfen, wo sie, wenn überhaupt, nicht vor der Schneeschmelze im Frühling gefunden werden könnte.

Da er nun bereit war, näherte sich der Reisende über den gewundenen Weg dem Haus, während eisige Flocken durch die Löcher in der Sturmhaube seine Augenlider streiften. Die Stiefel *wuschten* durch den Schnee und Atemstöße schnauften weiße Wölkchen zwischen klappernden Zähnen und lächelnden Lippen hindurch. In Anbetracht des Wetters, des Schnees und der Gummistiefel mit den albernen Schnallen hätte man die Schritte des Reisenden beinahe als beschwingt bezeichnen können.

Vorhang auf.

DER REISENDE hörte das Kläffen des Hundes erst, als er die erste Stufe der Veranda erreicht hatte. Da sie nicht beleuchtet war, half beim Sehen nur das durch einen schlaffen, dünnen Vorhang fallende gelbliche Licht, das von einer Lampe im Innern des Hauses stammte. Der Vorhang bestand aus Spitze, die durch ihr Alter vergilbt und am Rand ausgefranst wirkte.

Als der Reisende die Stufen erklommen hatte und über die hölzerne Veranda stapfte, kratzte der Hund von innen an der Tür und bellte wie verrückt. Er klang wie ein kleines Mistvieh, vielleicht ein Shih Tzu oder ein Dackel, was beruhigend war. Von einem Dackel wurde man nicht so leicht totgebissen. Bevor der Reisende die Hand heben konnte, um an die Tür zu klopfen, schaltete sich über ihm eine Lampe ein und durch den Vorhang war ein aus dem Fenster schauendes Gesicht zu sehen.

Das Gesicht war älter als erwartet. Älter und hässlicher. Überraschenderweise spähte das runzelige alte Gesicht auf Hüfthöhe hinter dem Vorhang hervor. Der Typ musste ein Zwerg sein.

Mit kalten Lippen lächelte der Reisende und winkte dem alten Mann freundlich zu. Der Vorhang schloss sich und hinter der Tür war ein Murmeln zu hören, woraufhin der Hund endlich das Maul hielt. Kurz darauf bewegte sich die Klinke und hinter der sich öffnenden Tür kam ein Mann zum Vorschein, der, entweder durch Arthritis oder ein anderes entsetzliches Altersleiden verkrüppelt, gebeugt in einem schäbigen Rollstuhl saß wie eine hungernde alte Krähe, die zittrig auf einem Zweig balanciert.

„BücherAufRädern", murmelte der Besucher nahezu lautlos. „Natürlich."

Der Mann musste mindestens achtzig Jahre alt sein. Sein Chromrollstuhl hatte schon bessere Zeiten gesehen. Auf seinen knochigen dünnen Beinen lag eine fleckige Decke aus Schottenstoff und über seinem Schritt hatte sich ein kleiner Chihuahua ausgebreitet, der den in der Tür stehenden Eindringling anknurrte.

Obwohl der späte Besuch den Mann eindeutig überrascht hatte, fing er sich schnell wieder. „Ja?", fragte er. „Kann ich Ihnen helfen?"

Der Besucher lächelte ihm beruhigend zu, so gut es durch die Mundöffnung in der Sturmhaube möglich war. „Mein Auto ist liegen geblieben. Durch die Bäume habe ich die Lichter gesehen. Ich wollte fragen, ob ich Ihr Telefon benutzen kann."

Der alte Mann lehnte sich zur Seite und betrachtete den dicht fallenden Schnee. „Da kommt wirklich ganz schön was runter." Er richtete den Blick wieder auf seinen Besucher und musterte ihn kurz. Der Besucher hatte den Eindruck, dass es eher der durch die offene Tür dringende kalte Wind war als etwas Beruhigendes an seinem Äußeren, was die nächsten Worte auslöste. „Kommen Sie lieber rein, bevor Sie erfrieren. Ja. Ja, natürlich habe ich ein Telefon. Kommen Sie rein." Er warf einen weiteren Blick in die Dunkelheit. „Sind Sie alleine?"

„Ganz und gar allein." Der Reisende zuckte lächelnd mit den Schultern und trat über die Türschwelle, bevor der Mann die Einladung wiederholen konnte. Ohne den knurrenden kleinen Köter zu beachten, ging er um den Rollstuhl herum ins Haus.

Der alte Mann schloss die Tür und drehte mühsam den Rollstuhl um, damit er sich seinem Gast zuwenden konnte. „In diesem Overall ohne einen Wintermantel frieren Sie sicher." Er zeigte auf einen Gaskamin, der in einer Ecke brannte. „Wärmen Sie sich auf", sagte er.

„Danke", murmelte der Gast und näherte sich dem Feuer. Die Handschuhe auszuziehen und in die eisigen Taschen des Overalls stecken zu können, um dicht vor dem Feuer stehend die Finger zu spreizen, war himmlisch. Die Wärme fühlte sich gut an.

„Warum nicht auch die Mütze?", fragte der alte Mann. „Das wäre angenehmer."

„Nein, lieber nicht."

„Oh, na gut", sagte der alte Mann überrascht, fügte jedoch nichts mehr hinzu, als wollte er nicht unhöflich sein.

So trug der Reisende weiterhin die Sturmhaube, als er den alten Wicht und den garstigen kleinen Hund betrachtete. Unter der karierten Reisedecke trug der alte Kerl einen verschlissenen Bademantel und einen Wollschal, der seinen Hals vor Kälte schützte. Das Gesicht über dem Schal war ausgezehrt, jedoch seltsam liebenswert. Wenn man ihn so ansah, hätte man niemals vermutet, wie viele Schriftstellerkarrieren er zerstört hatte, wie viele kreative Herzen er verspottet und unrettbar verstümmelt hatte.

Der Besucher ließ seinen Blick durch den Raum schweifen. Auf einem Schreibtisch in der Ecke stand ein uralter Dell-Computer. Ohne einen Stuhl wirkte der Schreibtisch merkwürdig unvollständig. Aber der Typ auf Rädern brauchte natürlich keinen. An den Wänden reihten sich Bücherregale aneinander, jedes Brett bis zum Überquellen gefüllt. Weitere Bücher ragten in Stapeln wie Stalagmiten vom Boden auf. Alles im Raum war mit Staub und Tierhaaren bedeckt.

„Wohnen Sie hier ganz allein?", fragte der Reisende.

„Nun, ich habe meine Freunde", antwortete der alte Knacker und deutete auf eine Ecke, während er den Chihuahua hinter den Ohren kraulte.

Der Gast wandte sich um und sah eine struppige Katze unter einem Sessel lauern. Sie sah aus, als hätte sie Räude. Eine zweite Katze tauchte auf einem alten Garderobenschrank an der Wand auf und eine weitere saß im Durchgang zu einem anderen Teil des Hauses. Erst in diesem Moment nahm der Besucher den scharfen Ammoniakgeruch von nicht gereinigten Katzentoiletten wahr. Unter einem alten Sofa lag eine kleine Ansammlung von Chihuahua-Häufchen. Sie mussten dort seit Monaten liegen. Sie waren staubtrocken.

„Ihre Freunde", sagte der Reisende trocken. „Ich verstehe." Mit diesen Worten richtete sich sein kühler Blick wieder auf den alten Mann im Rollstuhl, der noch immer dort saß und seinen unerwarteten Gast anstarrte. Er wirkte von Minute zu Minute nervöser.

Offensichtlich verwirrt wegen des durchdringenden Blicks, mit dem der Gast ihn musterte, fragte der alte Mann: „Kann ich Ihnen einen Kaffee bringen?"

„Nein."

„Möchten Sie die Toilette benutzen?"

„Gott, nein."

Die schroffe Antwort verwirrte den alten Knacker noch mehr. „Oh", sagte er. „Dann wollen Sie wohl nur telefonieren."

„Nein", wiederholte der Reisende. Diesmal schob sich seine Hand in die Tasche mit dem Eispickel. Das schlanke Metall fühlte sich unter nun vom Feuer gewärmten Fingern kalt an. Kalt und spitz. Ein Schauer durchlief den Körper des Reisenden. Ein angenehmer Schauer. Ein erwarteter Schauer. Er hatte nichts mit Winternächten, Schnee und arktischen Böen eisiger Luft zu tun, sondern allein mit grenzenloser Vorfreude.

„Ich habe Ihre Rezensionen gelesen, Mr Price. Sie können mit Worten umgehen."

Der alte Mann blinzelte überrascht. „Woher wissen Sie davon? Und woher kennen Sie meinen Namen? Ich dachte, Ihr Auto …"

„Bitte seien Sie still", sagte der Reisende. „Ihre Stimme ist ausgesprochen unangenehm."

Der alte Mann verspannte sich in seinem Rollstuhl. „Was? Wie bitte?"

„Mit meinem Auto ist alles in Ordnung. Ich bin nur hier, um einige Ungerechtigkeiten auszugleichen."

„Ich verstehe das alles nicht." Doch vielleicht tat er es, denn plötzlich zeigte sich ein erster Anflug von Angst in seinem runzligen Gesicht. Der Blick seiner wässrigen alten Augen richtete sich hastig auf einen Tisch in der Ecke. Der Besucher sah sich ebenfalls um und entdeckte ein altes Telefon mit Wählscheibe – designerschwarz, direkt aus den vierziger Jahren –, das auf dem Tisch stand wie ein antikes Ausstellungsstück in einem Museum.

„Denken Sie gar nicht erst daran", sagte der Reisende träge lächelnd.

Beiläufig, als genösse er die Unterhaltung, lehnte sich der Reisende gegen den riesigen Fernseher mit mediterran angehauchtem Holzgehäuse und Unterschrank, der sich in einer Zimmerecke befand. Mit an den Knöcheln überkreuzten Beinen stand er dort und betrachtete das schäbige Zimmer, während er im Plauderton fragte: „Wussten Sie, dass Sie der Anführer der Lemminge sind?"

„Was?", fragte der alte Mann. „Wie bitte?"

Doch der Besucher ignorierte ihn. „Wenn Sie eine vernichtende Kritik schreiben, folgen Ihnen andere Lemminge. Und dann noch weitere. Alle schreiben sie voneinander ab, weshalb sie klingen, als wären sie zufällig zu demselben Schluss gekommen, was Ihre ursprünglichen Lügen plausibler erscheinen lässt. Nachdem ein potenzieller Käufer dieses Gemisch aus grausamen Kommentaren und schlecht belegten Vorwürfen gelesen hat, besteht für den armen Autor kaum noch Hoffnung, etwas zu verkaufen, es auf Bestsellerlisten zu schaffen oder sein geliebtes Buch an Menschen verschickt zu sehen, die es zu schätzen wüssten. Das Buch, der Roman, die *Geschichte*, wurde unwiderruflich beschmutzt. Und *Sie* sind derjenige, der es ausgelöst hat."

Der alte Mann schien nicht zuzuhören. Sein Blick hatte sich auf die Hand des Besuchers gerichtet – die Hand in der Tasche, die Hand, die er nicht sehen konnte.

„Was haben Sie da in der Tasche?", fragte Price mit nun schrillerer Stimme, aus der jegliche Fröhlichkeit verschwunden war. Sein alter Adamsapfel hüpfte unter der schlaffen Haut seiner Kehle, als er schwer schluckte. Sein Blick hob sich wieder zu den kalten, gefühllosen Augen des Besuchers.

Das Lächeln des Reisenden hinter der Mundöffnung wurde breiter. „Also gut. Wenn Sie nicht an einem vernünftigen Gespräch interessiert sind, lassen wir das." Er zog den kleinen Eispickel aus der Tasche und hielt ihn in die Höhe, damit der Mann ihn betrachten konnte. „Ist es das, was Sie sehen wollten?"

„Nein …", seufzte der alte Mann mit einem vor Angst zittrigen Atemzug. „Nein."

Der Reisende sah sich die gefährliche Schlichtheit seines Eispickels an, tippte mit einem Finger gegen das spitze Ende. Seine Stimme klang verträumt, als er fragte: „Sind Sie sicher? Er ist wirklich ziemlich schön, finden Sie nicht?" Der kalte Blick kehrte zum Mann im Rollstuhl zurück. „Aber schweinescharf. Wollen Sie mal sehen?"

Der Mann schüttelte den Kopf. Furcht zog die schlaffe Haut seines Gesichts noch weiter herab, als er in seinem Stuhl zusammenzusinken schien.

Der Hund auf seinem Schoß begann wieder zu knurren. Der alte Mann hob ihn hoch und presste das zappelnde Tier an seine Wange, wie um Trost zu suchen. Seine Augen waren groß wie Kastanien, vor Angst weit aufgerissen. Die Augen des Hundes waren nicht kleiner.

„Bitte tun Sie mir nichts", flehte Price.

„Tut mir leid", antwortete der Reisende mit diesem liebenswürdigen Lächeln, das noch breiter wurde. „Es wird Zeit, dass der Anführer der Lemminge seinen letzten Sprung von einer Klippe wagt."

Ohne Vorwarnung machte der Gast zwei große Schritte auf den alten Mann zu, bis er direkt vor ihm stand, und presste das spitze Metall in die faltige Haut unter dem bebenden Kinn. Mit einem sanften Stoß schob es sich durch Zunge und Gaumen, dann aufwärts ins Gehirn des alten Knackers. Seine Augen blieben offen, doch von einer Sekunde zur anderen verlosch die Angst darin. Der Gast fand es recht bedauerlich, dass es so schnell ging.

Die klauenartigen Finger lösten sich von dem Chihuahua, doch bevor der Hund fallen konnte, hob der Besucher ihn hoch und setzte ihn auf den Boden. Als wäre nichts Ungewöhnliches geschehen, stolzierte der kleine Hund in die Schatten des Nebenraums. Vermutlich für ein weiteres Häufchen.

Der Reisende wandte sich wieder der Leiche im Rollstuhl zu, die selbst der eigene Hund nicht zu betrauern schien, streifte seine Handschuhe über und packte den Griff des Eispickels, der noch aus der Unterseite des bewegungslosen Kinns ragte. Es fühlte sich an, als wäre er so fest am Kopf des alten Mannes angebracht wie ein vorstehender Knochen. Abgesehen von einem Rinnsal in seinem Mundwinkel blutete die Wunde des toten Mannes kaum. Der Gast wischte alle Fingerabdrücke vom Griff seiner Waffe, aber ließ sie an ihrem Platz, da er sie für recht aussagekräftig hielt.

Ein letztes Mal ließ er den Blick durchs Zimmer schweifen, wobei er die Stille genoss. Dann ging der Reisende leise summend zur Haustür, öffnete sie und trat ruhig in die eisige Nacht hinaus.

Als letzten boshaften Akt ließ er die Tür geöffnet. Sie klapperte träge im kalten Wind.

6

MILO STARRTE auf den Zeitungsausschnitt, den Lillian Damons ihm geschickt hatte. Der Artikel aus dem *Indianapolis Star* war drei Tage alt und bestand lediglich aus einer knapp sechs Zentimeter langen Spalte. Er beschrieb einen vor Kurzem in einer Bauernschaft in Indiana begangenen Mord, östlich von Terre Haute, nicht weit von der Grenze. Der Artikel erwähnte, ziemlich beiläufig, dass es sich bei dem Opfer – einem betagten, an den Rollstuhl gefesselten Mann, der allein in einem abgeschiedenen Bauernhaus gelebt hatte – um einen hobbymäßigen Blogger und Buchrezensenten gehandelt hatte.

Was der Artikel nicht erwähnte, obwohl Milo es nach kurzer Internetrecherche herausfand, war die Tatsache, dass es sich bei dem Opfer um Edgar Price handelte, bekannt als BücherAufRädern, der dafür berüchtigt war, auf Internetseiten wie Amazon eine lange Reihe von Rezensionen mit ein bis zwei Sternen für praktisch jedes von ihm gelesene Buch zu verfassen. Mr. Price schien nie ein Buch gefunden zu haben, das er nicht gehasst hatte. Und seine Anhänger schienen ihn dafür geliebt zu haben.

Lillian hatte dem Artikel einen Zettel mit nur einem Satz beigefügt: „Was zum Teufel ist nur los?"

Die Schlussfolgerungen, zu denen Lillian in Bezug auf die Beschäftigung des Opfers gelangt war, waren eindeutig mehr als nur impulsiv, genau wie die Reaktion der Literaturwelt auf einen zweiten getöteten Kritiker. Lillian war nicht entgangen, dass beide Opfer für ihre jähzornige Herangehensweise beim Rezensieren bekannt gewesen waren. Auch der Literaturwelt war dieses Detail nicht entgangen.

Da er Rezensionen von beiden Opfern gelesen hatte, musste er zustimmen. Das schien auch jeder andere zu tun, den er kannte. Gerüchte verbreiteten sich wie ein Lauffeuer. Auf Literatur spezialisierte Seiten entflammten im gesamten Internet mit Theorien, Vermutungen und einigen direkten Vorwürfen, die Autoren beschuldigten, die Polizei oder das politische Klima. Rezensenten schrieben wütende Artikel, in denen sie behaupteten, verfolgt zu werden – nicht nur verfolgt, sondern *niedergemetzelt* –, nur weil sie ihr Recht auf Rede- und Pressefreiheit in Anspruch nahmen.

Milo wusste nicht, wie die Polizei bei ihren Ermittlungen vorging. In der Öffentlichkeit, zumindest in literarischen Kreisen, waren die zwei Morde jedoch sofort miteinander in Verbindung gebracht worden. Das Wort *Serienmörder* war bereits gefallen. Und für viele war es offensichtlich, dass es der Serienmörder auf genau diese Kreise abgesehen hatte. Milo war nicht davon überzeugt, dass sie sich irrten.

Während die Ermordung der armen Grace im Literaturmeer keine allzu hohen Wellen geschlagen hatte, führte der Tod eines zweiten Kritikers zu einem Tsunami aus Gerüchten unter Schriftstellern, Rezensenten und Lesern. Nachdem nun zwei Rezensenten ausgeschaltet worden waren – und zwar endgültig –, wurde die Situation ziemlich aufregend – zumindest fanden das einige Personen, die sich schadenfroh die Hände rieben und gespannt darauf warteten, was als Nächstes passieren würde. Die Tatsache, dass es sich um zwei der am meisten gefürchteten und allseits verhassten Rezensenten handelte, heizte ihre Schadenfreude noch an.

Allerdings muss erwähnt werden, dass es auch andere gab, viele von ihnen selbst Rezensenten, die an der Situation absolut nichts Vergnügliches finden konnten. Und während einige Schriftsteller lautstark über „süße Rache" sprachen, reagierten die meisten von ihnen empört und entsetzt. Milo Cook war einer davon. Dass er Grace Connor persönlich gekannt hatte, verlieh den Vorfällen ein gewisses Gefühl rauer Realität, das er möglicherweise nicht verspürt hätte, wenn ihm lediglich hin und wieder ihr Name unter einer Kritik aufgefallen wäre, die ihn – bei den ihrer Meinung nach weniger laudablen Werken – wegen ihrer gnadenlosen Art das Gesicht hatte verziehen lassen. Die Tatsache, dass er die Frau nicht besonders gemocht hatte, spielte dabei keine Rolle. Er mochte ihre Frau, was ausreichte, um ihm die Tragik der Situation vor Augen zu führen.

Tief im Innern schämte sich Milo für die Reaktion einiger Personen in der Literaturwelt. Es war verabscheuungswürdig, den Tod eines Menschen als unterhaltsam zu betrachten, ganz egal, wer das Opfer war. Leider war es eine traurige Tatsache, dass ihm spontan zwanzig Personen eingefallen wären, die selbst nichts gegen die Gelegenheit gehabt hätten, eines der zwei Opfer als Zielscheibe zu benutzen.

Die verschiedenen rachsüchtigen Kommentare, die andeuteten, dass die Opfer ihr Schicksal verdient hatten, ließen Milo an der Menschheit zweifeln. War sie wirklich so mitleidlos und unbarmherzig geworden, dass sie sich am Leid anderer erfreuen konnte? War es wirklich so weit gekommen?

Das neueste Opfer, Edgar Price oder BücherAufRädern, war für Milo kein Unbekannter, auch wenn er seine Rezensionen nicht regelmäßig las, wie es diejenigen taten, die sich daran erfreuten, wenn Autoren öffentlich gegeißelt wurden. Milo war der Meinung, dass ein Rezensent das Recht hatte, zu schreiben, was er wollte. Wenn ein Buch einmal veröffentlicht war, musste es mithilfe seiner Qualitäten allein zurechtkommen oder eben untergehen. Jedoch glaubte er auch, dass ein Autor das Recht hatte, die Geschichte zu erzählen, die er erzählen wollte, ohne für die beim Schreiben getroffenen Entscheidungen regelrecht niedergemacht zu werden. Selbst wenn grundlegende Probleme aufgedeckt wurden – Fehltritte wie banale Handlungen, fehlerhafte Grammatik oder inkompetentes Lektorieren –, sah Milo keinen Grund, einen Schriftsteller bis zur Erniedrigung zu kritisieren. Die einzige Ausnahme waren Plagiate. Diese betrachtete Milo als die eine unverzeihliche Sünde, die ein Autor begehen konnte, für die er gekielholt werden sollte.

Für Plagiatoren empfand Milo nicht das geringste Mitleid. Den Tod wünschte er ihnen dennoch nicht. Nicht ganz.

An diesem Montagmorgen saß Milo an seinem Schreibtisch und betrachtete das auf dem Computerbildschirm ausgebreitete Manuskript, an dem er arbeitete. Zwar hatte er einige Absätze geschrieben, konnte sich jedoch nur schwer konzentrieren. Seine Gedanken kreisten in einer Art ablenkendem Strudel um die Morde und um seinen Abend mit Logan Hunter. Rache oder Karma? Richtig oder falsch? Und die dringendste Frage, die sich ihm immer wieder stellte: Liebe oder Freundschaft? Worauf sollte er hinzielen?

Das war die Preisfrage, was Logan Hunter betraf, und das wusste Milo.

Mit einem Kopfschütteln warf er einen Blick auf den Kalender an der Bürowand. Nach dem ausgesprochen angenehmen Abend in Seaport Village, bei dem sie sich besser kennengelernt hatten, hatte Logan ihm bei einem Anruf mitgeteilt, dass er aus beruflichen Gründen einige Tage die Stadt verlassen müsse, ihn jedoch auch gefragt, ob Milo sich nach seiner Rückkehr noch einmal mit ihm treffen wolle. Milo hatte eilig und nachdrücklich zugestimmt, ohne erst darüber nachdenken zu müssen. Logan schien Milos bereitwillige Antwort gefallen zu haben. Mit sanfterer Stimme hatte er gesagt: „Der Abend mit dir hat mir wirklich sehr gefallen, Milo."

„Mir auch", hatte Milo leicht atemlos geantwortet. Und es stimmte. Das hatte er. Auch wenn er lediglich mit einem Abschiedskuss an Logans Tür geendet hatte, war es ein fantastischer Abend gewesen.

Logan hatte sich geräuspert, als wäre er sich seiner nächsten Worte nicht ganz sicher gewesen. „Es ist lange her, dass ich …"

Milo hatte auf den Rest des Satzes gewartet, doch er war nicht gekommen. Schließlich hatte er gefragt: „Ja? Was ist lange her, Logan?"

„Nichts", hatte Logan geseufzt. Dann hatte er leise gelacht, anscheinend über sich selbst, was Milo noch mehr verwirrt hatte. „Wir sehen uns, wenn ich zurückkomme."

„Gut", hatte Milo gesagt und sich von Logan verabschiedet.

Nun, drei Tage später, während er sich einsam und vergessen fühlte, betrachtete Milo wieder den Zeitungsausschnitt auf seinem Schreibtisch. Er wusste nicht genau, wohin Logan gereist war, doch er hoffte, dass er sich gut vor Serienmördern in Acht nahm. Auch wenn Logan nicht die Art von Rezensionen schrieb, die zur Ermordung von Grace Connor und dem armen alten Edgar Price geführt hatten – oder *vermutlich* dazu geführt hatten. Logan behandelte Schriftsteller und ihre Werke mit Respekt. Außerdem kam dazu, dass Logan weder eine herzkranke Frau mit Übergewicht noch ein an den Rollstuhl gefesselter Achtzigjähriger war. Genau genommen war es von allen Leuten, die Milo in der Literaturszene kannte, bei

Logan Hunter am unwahrscheinlichsten, dass er einen Serienmörder verärgerte, und am wahrscheinlichsten, dass er sich gegen ihn verteidigen könnte.

Milos Blick fiel zum zwanzigsten Mal auf das Telefon. Gott, er wünschte, Logan würde anrufen.

In diesem Moment, sehr zu Milos Überraschung, klingelte es. Es handelte sich um das Festnetztelefon, nicht sein Handy. Unter dem Tisch knurrte Spanky leise. Das Klingeln hatte ihn geweckt. Alte Hunde verteidigten ihre Schläfchen eben etwas mehr.

Sowohl vom Hund als auch vom Telefon überrascht – Milo benutzte das Festnetztelefon fast nie – vergrub er seine nackten Zehen in Spankys Fell, um ihn zu beruhigen, und hob ab. „Hallo?"

Eine dröhnende, heisere Stimme meldete sich mit einem unverkennbaren New Yorker Akzent. *Queens? Brooklyn? Die Bronx?* „Ist da Milo Cook?"

„Ja", antwortete Milo verwirrt. „Wie kann ich Ihnen helfen?"

„Hier spricht Detective Robert Carlisle vom New York City Police Department. Ich würde gern ein paar Minuten mit Ihnen reden, wenn Sie nichts dagegen haben. Können Sie ungehindert sprechen?"

Milo vermutete, dass der Detective wissen wollte, ob er allein war und ihm niemand zuhörte. „Ja, Sir. Ich kann ungehindert reden." Er glaubte, Kaugeräusche und das Quietschen eines Schreibtischstuhls zu hören. Hatte der Detective vielleicht seine Füße auf den Schreibtisch gelegt, während er einen Donut herunterschlang? Konnte das wirkliche Leben so klischeehaft sein?

Es folgte ein Schlürfen, vermutlich von Kaffee, dann ein weiteres Quietschen und ein dumpfer Schlag. Offenbar hatte der Detective beschlossen, die Zuckerzufuhr zu unterbrechen, um sich aufrecht hinzusetzen und sich auf das Telefonat zu konzentrieren.

„Wenn ich richtig informiert worden bin, Sir, waren Sie mit Grace Connor befreundet."

„Ja", antwortete Milo, den der Anruf nun nicht mehr verwirrte. Es ging also um Grace. Das hätte er wissen müssen. „Ich kannte sie. Wir waren nicht direkt Freunde, aber sie war mit einer Freundin verheiratet. Lillian Damons."

„Ja, deshalb rufe ich an. Miss Damons hat mir Ihren Namen gegeben."

„Haben Sie den Mörder gefunden?", fragte Milo.

„Ähm, nein. Und ich glaube, das ginge schneller, wenn ich die Fragen stellen dürfte. Wäre Ihnen das recht?"

Milo brummte. Auf den Sarkasmus hätte er verzichten können, aber er musste zugeben, dass der Mann nicht unrecht hatte. „Tut mir leid, Sir. Ja. Bitte fragen Sie."

„Wann haben Sie Miss Connor das letzte Mal gesehen?"

Milo dachte darüber nach. „Gott, das muss schon fast ein Jahr her sein. Ich habe an einer Veranstaltung in Kansas City teilgenommen, wo Grace und Lillian gewohnt haben. Oder immer noch wohnen. Na ja, Lillian wohnt noch dort", verbesserte er sich verlegen.

Der Detective murmelte etwas, dann räusperte er sich und sagte: „Wie ich gehört habe, war Grace Connor in Literaturkreisen nicht gerade beliebt."

Milo seufzte. „Wenn das eine Frage war, muss ich zugeben, dass Sie recht haben. Der Ton ihrer Kritiken konnte rau sein. Andererseits hatte sie auch eine größere Fangemeinde, die es schlicht als den Mut zur Wahrheit betrachtet hat."

„Und Sie?"

„Ich versuche, das Lesen von Rezensionen zu vermeiden. Sowohl die zu meinen Büchern als auch andere." Milo wusste, dass er damit nicht ganz die Wahrheit sagte. Alle Autoren lasen hin und wieder Rezensionen, auch wenn sie es nicht zugaben. Manchmal konnte man den verdammten Dingern nicht entkommen.

„Aber Sie wussten von ihrem Ruf", hakte der Detective nach.

Widerstrebend gab Milo zu: „Ja. Ich wusste von ihrem Ruf."

„Haben Sie jemals gehört, wie jemand wegen der von ihr verfassten Rezensionen Drohungen gegen sie ausgesprochen hat?"

„Nein. Natürlich nicht. Wie gesagt bin ich eng mit Lillian befreundet. Ich hätte niemals geduldet, dass jemand in meiner Anwesenheit etwas Schlechtes über ihre Frau gesagt hätte."

„Hätten Sie es gemeldet, wenn es passiert wäre?"

Milo dachte darüber nach. Außerdem war er allmählich etwas verärgert. „Detective, meinen Sie damit, ob ich es nach Grace' Tod gemeldet hätte, wenn mir etwas über Drohungen bekannt gewesen wäre? Natürlich hätte ich das. Auch wenn ich sie nicht unbedingt geliebt habe, liebe und respektiere ich doch ihre Frau."

„Ich verstehe. Dann habe ich noch eine letzte Frage: Kannten Sie Edgar Price oder hatten von ihm gehört? In seinem Blog hat er sich BücherAufRädern genannt, wohl weil er im Rollstuhl saß. Er war ein Rezensent von Büchern, der in Indiana gewohnt und gearbeitet hat."

„Nein, Sir, ich kannte ihn nicht, aber ja, ich hatte von ihm gehört. Wie Grace war er unter meinen Kollegen nicht der beliebteste Kritiker, wenn man ihn wirklich so nennen konnte. Meiner Meinung nach war er eher ein Troll, der überall hinter der Anonymität des Internets verborgen seine wütenden Hassreden verbreitet hat. Und nein, bevor Sie fragen, ich habe niemanden Drohungen gegen ihn aussprechen hören und kenne auch niemanden, der sich seinen Tod gewünscht hätte." Milo zögerte, bevor er fragte: „Glauben Sie wirklich, dass die Morde zusammenhängen? Dass der Mörder ein gekränkter Autor ist, der einen Groll hegt, weil ihm die Rezensionen dieser beiden für seine Bücher nicht gefallen haben?"

Zum ersten Mal lachte Detective Carlisle. „Sie klingen skeptisch. Halten Sie es nicht für möglich?"

„Nun, es erscheint mir etwas abwegig. Als Handlung für ein Buch würde ich es jedenfalls nicht benutzen. Ich kann mir bei den meisten Autoren nicht vorstellen, dass sie dazu empfindlich genug wären."

Das Lachen verstummte so plötzlich, wie es begonnen hatte. „Ich sage Ihnen das nur ungern, Mr. Cook, aber die Realität ist kein Roman. Ich habe schon wesentlich lächerlichere Mordmotive gesehen. Und ja, um Ihre Frage zu beantworten. Nachdem ich mir einige Rezensionen der Opfer angesehen habe, halte ich es nicht für unwahrscheinlich, dass die Morde damit zu tun hatten. Weder Miss Connor noch Mr. Price sind bei ihren Kritiken mit besonders viel Feingefühl vorgegangen. Ich kann mir vorstellen, dass sie über die Jahre an sehr vielen Egos gekratzt haben. Und dabei vielleicht auch einige Karrieren ruinierten."

Ein rasselndes Husten war zu hören, das von so weit unten zu kommen schien, dass es praktisch in den Füßen des Detective angefangen haben musste. Milo stellte sich eine Zigarette zwischen seinen Lippen vor und eine ausgetrocknete, kranke Lunge, die in seiner Brust verkümmerte. „Nun, dann entschuldige ich mich dafür, dass ich Ihre Zeit beansprucht und Sie vielleicht gekränkt habe, aber das hier sind Mordermittlungen. Da müssen auch unangenehme Fragen gestellt werden. Wenn Ihnen noch etwas einfällt, ist meine Nummer hier in Manhattan 212-555-1952. Sie können mich Tag und Nacht anrufen. Übrigens hat mir Ihr letztes Buch gefallen, junger Mann."

Milo wäre nicht überraschter gewesen, wenn sich der Detective mit einem „Küsschen" verabschiedet hätte. „Wirklich? Ich meine, Sie haben es gelesen? Tja, ähm, danke. Ich hoffe, Sie finden den Mörder, Sir."

Detective Carlisle antwortete mit einem recht barschen Brummen, das nicht sonderlich hoffnungsvoll klang. „Ja. Das hoffe ich auch."

Und damit legte er auf.

Während Milo dasselbe tat, fragte er sich, ob dem NYPD die Anhaltspunkte fehlten, wenn es schon so weit gehen musste, entfernte Bekannte ihrer Mordopfer auf der anderen Seite des Landes anzurufen.

Zum ersten Mal fürchtete Milo, dass Grace' Ermordung – und vielleicht auch die von Edgar Price – niemals aufgeklärt werden würde.

Doch anstatt sich in dieser deprimierenden Vorstellung zu verlieren, dachte Milo lieber wieder an Logan Hunter. Das machte ihn wesentlich glücklicher.

Eine Stunde später klingelte das Telefon erneut. Diesmal hatte der Anruf nichts mit Morden zu tun.

Milo erstarrte auf seinem Stuhl, als eine vertraute Stimme an sein Ohr drang, die gegen eine Lautsprecherdurchsage zur Ankunft an Gate 12 ankämpfte, während in größerer Entfernung das Getöse eines startenden Jetliners zu hören war.

„Ich bin wieder in der Stadt. Wann können wir uns treffen?"

„Wann bist du angekommen?", fragte Milo, während sein überraschtes Herz noch Purzelbäume schlug.

Lachend antwortete Logan: „Vor ungefähr siebenundzwanzig Sekunden."

Milo stieß ein ungeduldiges Brummen aus und fragte: „Wieso hast du so lange mit dem Anrufen gewartet?"

„ICH LIEBE dein Haus", erklärte Logan. Er stand noch mit dem Finger auf dem Klingelknopf vor Milos Tür, da dieser sie noch während des Klingelns geöffnet hatte.

Milo starrte ihn an. Die Fähigkeit, in seinem Gehirn Sätze zu formen und sie über eine Reihe von Neuronen zum Mund zu transportieren, wo sie wie von einem normalen Menschen ausgesprochen werden konnten, schien sich für eine spontane Urlaubsreise entschieden zu haben. Er konnte nur starren, während Logan vor ihm stand und so attraktiv und groß und schön aussah, wie ein Mann nur sein konnte. Er spürte, wie ihm Röte in die Wangen stieg und ein leichtes Zittern seine Knie erfasste. Wie alt war er, fünfzehn?

„Danke", brachte er schließlich murmelnd heraus und machte einen Schritt zur Seite, um Logan eintreten zu lassen. Als er vorbeiging, nahm Milo den sauberen Geruch von Sea Breeze und Ivory-Seife wahr. Es kam ihm wie der anziehendste Duft überhaupt vor.

Als er die Tür geschlossen und sich umgedreht hatte, stand Logan ihm direkt gegenüber. Ohne darüber nachzudenken, machte er den letzten Schritt in Logans Arme. Ein Zittern durchlief seinen Körper, als Logan ihn sanft an sich zog. Er spürte Logans Atem in seinem Haar, was ihn erneut erzittern ließ. Während er sich mit der Wange an Logans Brust lehnte und seine Hände auf den breiten Rücken legte, um die Umarmung zu erwidern, glaubte er kurz, Logans hämmerndes Herz zu hören. Aber er war nicht sicher. Vielleicht handelte es sich nur um sein eigenes.

Sie lösten sich so schnell voneinander, wie sie sich umarmt hatten. Abermals war Milo davon überrascht, wie wohl er sich in Logans Gegenwart fühlte. Nicht einmal ein Hauch von Schüchternheit verfinsterte seine Gedanken oder trübte seine Empfindungen, wie es so häufig geschah, wenn er sich in der Gegenwart von jemand umwerfend Attraktivem befand. Oder, noch schlimmer, von jemandem, für den er allmählich Gefühle entwickelte.

Lächelnd entfernte er sich einen Schritt, und Logan erwiderte das Lächeln mit einem sanften, etwas mysteriösen. „Ich habe dich vermisst", sagte Milo, bevor er sich bremsen konnte.

Logan senkte kurz den Blick zum Boden, bevor er ihn wieder zu Milo hob. „Danke", antwortete er. „Ich dich auch."

„Ist die Reise gut gelaufen? Hast du ein paar nützliche Kontakte geknüpft? Und wurdest du auch nicht in Büffelklötendorf in Idaho oder irgendeinem anderen vorsintflutlichen Bauernkaff eingeschneit?"

Logans Lächeln wurde breiter. „Nein, alles ist wie am Schnürchen gelaufen. Und Büffelklötendorf war eigentlich sogar sehr hübsch."

„Tatsächlich? Dann muss ich mir das für meinen nächsten Urlaub merken."
„Mach das."
Milo lachte. „Wo warst du wirklich?"

„New York City. Bei einem Seminar der Werbeagentur, für die ich manchmal arbeite. Totale Zeitverschwendung, wie sich herausgestellt hat. Das hätte man auch mit einer Telefonkonferenz und einigen YouTube-Videos erledigen können. Wenigstens wurden die Flugtickets von der Firma bezahlt, also hat es mich nichts gekostet."

„Tja, ich bin froh, dass du zurück bist."

„Ich auch. Die Kälte fand ich schrecklich. Nach dem Wetter in Kalifornien bin ich für den Rest meines Lebens zu verwöhnt für alles andere. Andererseits konnte ich mir bei Gray's Papaya Sauerkraut-Hotdogs kaufen, also hat sich die Reise vielleicht doch gelohnt."

„Das freut mich." Milo grinste. „Auch wenn du jetzt hoffentlich für immer hierbleibst."

Von seinen eigenen Worten überrascht schloss Milo hastig den Mund, bevor er noch etwas Dummes sagte. Oder Wahres.

Logan blinzelte, wobei sich seine dunklen Wimpern bewegten. Der Blick seiner braunen Augen mit zimtfarbenen Sprenkeln studierte genau Milos Gesicht, als wollte er sich jeden Zug, jedes Detail einprägen. Nicht zum ersten Mal bemerkte Milo, dass sich an einer Wange ein kleines Grübchen zeigte, wenn er auf bestimmte Art lächelte. Als wäre der Mann nicht schon sexy genug gewesen.

„Du hast recht", sagte Logan leise. „Das hoffe ich auch. Dass ich hierbleibe, meine ich."

Milo zwang sich dazu, sich wieder auf die Gegenwart zu konzentrieren. „Meine Güte, wo sind nur meine Manieren geblieben. Komm mit. Ich dachte, wir könnten uns an den Pool setzen."

„Wow. Du hast einen Pool?"

Milo zuckte mit den Schultern. „Ja, er gehörte zum Haus."

Er nahm Logan bei der Hand und führte ihn durch Wohn- und Esszimmer in die Küche, wo er anhielt, um zwei Flaschen Bier aus dem Kühlschrank zu holen. Dann traten sie durch eine Schiebetür aus Glas in den Garten.

Dieser war nicht groß, aber schön eingerichtet. Einige Palmen, ein kleiner ovaler Pool, an dessen einer Seite Stufen mit einem Geländer ins Wasser führten, und zwei Sonnenliegen neben einem für Grillpartys bestimmten gemauerten Gartenkamin, den Milo noch kein einziges Mal benutzt hatte. Grillen und Kochen waren nicht sein Ding, weder im Haus noch draußen. Ein zweieinhalb Meter hoher Holzzaun umschloss den Hof, um ihn vor Blicken zu schützen. Am Zaun hatte Milo Fettpflanzen und Orchideengewächse in Hängekörben angebracht, nur hin und wieder unterbrochen von grellroten Nektarspendern für Kolibris. Und die Kolibris und Schmetterlinge waren überall.

Logan stand wie gebannt da, eindeutig beeindruckt. „Das ist wunderschön." Er ging die wenigen Schritte zum Pool und kniete sich an den Rand, um seine Finger durch das Wasser gleiten zu lassen. „Es ist warm", sagte er, woraufhin Milo nickte. Nachdem Logan sich wieder erhoben hatte, reichte Milo ihm ein Bier und deutete auf die Liegestühle. Sie lehnten sich zurück, streckten ihre Beine aus und tranken zufrieden aus ihren Bierflaschen. Milo streifte seine Schuhe ab und Logan tat es ihm nach.

„Wenn du Hunger hast, können wir eine Pizza bestellen", bot Milo an.

Logan lachte. „Von mir aus, ich koche auch nicht viel."

„Und schwimmst du?", fragte Milo.

„Ja, aber ich habe keine Badehose dabei."

Milo trank einen großen Schluck Bier, während er wie Groucho Marx mit den Augenbrauen wackelte. „Tja, für das Problem gibt es zwei Lösungen. Entweder schwimmst du nackt oder ich leihe dir eine von Bryce. Er hat bei unserer Trennung ein paar Sachen hiergelassen und er ist ähnlich gebaut wie du, also müssten sie passen."

Logan lachte. „Die zweite Möglichkeit wäre wohl besser."

Milo zog einen schrecklich übertriebenen Schmollmund und sagte: „Ich hatte befürchtet, dass du das sagen würdest." Dann sprang er mit einem schelmischen Funkeln in den Augen auf. „Komm mit, ziehen wir uns um."

Logan zögerte etwa zwei Sekunden und wirkte misstrauisch, bevor er zu beschließen schien, dass er nichts zu verlieren hatte. Lachend zog er sich die Socken aus und folgte Milo ins Haus.

Logan in nichts als einem Paar von Bryce' Badeshorts zu sehen, ließ Milos Blutdruck in die Höhe schnellen. Dass sie ihm etwas zu weit waren und tief auf seinen schmalen Hüften saßen, trug noch dazu bei.

Mit seiner bronzenen Haut und schlanken, muskulösen Beinen, die von dunklem Haar bedeckt waren, sah er für Milo umwerfend aus.

Unter breiten Schultern befanden sich ansehnliche Brustmuskeln, die ebenfalls von feinem, dunklem Haar bedeckt waren, das sich von einer goldenen Brustwarze zur anderen zog, bevor es in einem schmalen Pfad bis zu Logans Bauchnabel wanderte, unter dem es wieder dichter wurde. Als Milo ihm mit dem Blick bis zum Bund der Schwimmshorts gefolgt war, konnte er durch den plötzlichen Schwall von Endorphinen in seinem Körper, der die Platinen in seinem Gehirn auszuschalten schien, als würden sie mit einem Maschinengewehr beschossen, kaum noch denken.

Auch ein Blick auf Logans Schritt, wo sich Bryce' alte Shorts deutlich wölbten, tat seinem Blutdruck nicht unbedingt gut.

„Wow", murmelte Milo, bevor er sich zurückhalten konnte.

LOGAN STAND da und akzeptierte vorsichtig Milos Blick, wobei er Milos Reaktion begrüßte, auch wenn er es sich vielleicht nicht eingestehen wollte.

Und er selbst wusste den Anblick, der sich *ihm* bot, mindestens ebenso sehr zu schätzen.

Milo Cook, der ebenfalls nur Badeshorts trug, besaß die Art von Körper, die Logan am anziehendsten fand. Schlank, geschmeidig, mit goldener Haut. Blonde Härchen bedeckten seine Beine, doch seine fein bemuskelte Brust war glatt. Von den Schultern eines Schwimmers verjüngte sich sein Oberkörper zu einer schlanken Taille. Nicht weit von der zarten Einbuchtung seines Nabels war die Narbe einer Blinddarmoperation zu sehen, die schon sehr alt wirkte. Vermutlich befand sie sich dort seit seiner Kindheit. Dieser eine blasse Makel war wie ein Akzentzeichen, das die Perfektion des restlichen Körpers unterstrich.

Logan sehnte sich danach, sich Milo zu nähern und eine Fingerspitze auf diesen weißen Streifen vernarbter Haut zu legen. Nur um zu sehen, wie sie sich anfühlte. Um ihre Wärme zu prüfen. Diese Sehnsucht, dieses *Verlangen*, überwältigte ihn mit seiner Heftigkeit beinahe.

Nur durch reine Willenskraft gelang es ihm, seinen Blick wieder zu Milos Gesicht zu heben, wo er sich jedoch gleich in Milos grünen Augen verlor. Er gestattete sich, dort einen Augenblick in ihrem Lob zu baden, bevor er sich zusammenriss.

„Zurück zum Pool?"

Milo lächelte und nickte. „Klar, geh schon mal vor. Ich hole uns noch ein Bier."

Da Milo in der Tür stand, musste Logan sich an ihm vorbeischieben. Der nackte Arm, der dabei seinen Oberkörper streifte, ließ hungriges Verlangen durch seinen Körper rasseln. Zum ersten Mal war es ein Hunger, der nichts damit zu tun hatte, wie sehr er Jerry vermisste, sondern allein mit dem Mann, der gerade bei ihm war. Mit Milo. Mit Milo Cook.

„Entschuldigung", murmelte er, zog den Bauch ein und zwängte sich an Milo vorbei.

Als er den Rand des Pools erreicht hatte, stöhnte er über seine eigene Dummheit. Entschuldigung? Wofür hatte er sich entschuldigt? Hatte er wie ein Idiot geklungen? Oder noch schlimmer: *War* er ein Idiot? Da ihm nichts Besseres einfiel, schloss er die Augen und lehnte sich steif wie ein Brett nach vorn, bis er mit einem gewaltigen „Platsch" auf die Wasseroberfläche traf. Das von der Sonne gewärmte Wasser umschloss ihn wohlig, fand jeden Winkel, als es wie eine vom Schlafen warme Bettdecke sanft seinen ganzen Körper liebkoste.

Als er wieder auftauchte und den Kopf schüttelte, um etwas sehen zu können, stand Milo grinsend am Rand des Pools.

„Ich habe noch nie jemanden so unelegant ins Wasser springen sehen!", lachte er, während er zwei Bierflaschen auf den Boden stellte.

Logan grinste. „Eigentlich wollte ich eher einen Ohnmachtsanfall nachspielen." Dann packte er Milos Knöchel und zog ihn ins Wasser, wo er ungefähr so elegant wie Logan landete.

Sie rauften miteinander, ein Gewirr aus Armen, Beinen und Luftblasen, bis sie lachend und nach Luft schnappend die Wasseroberfläche durchstießen.

Logan drehte sich, um sich zu orientieren, bis er Milo fand – das Wasser umspülte das Kinn des Mannes, sein sonnengebleichtes Haar klebte nass an seinem Kopf und fiel ihm in die Augen, seine weißen Zähne schimmerten im Licht und er erwiderte Logans Blick. Bevor er wusste, wie ihm geschah, hatte Milo sich auf ihn gestürzt und sie tauchten wieder unter, hatten einander spielerisch in die Arme geschlossen.

Diesmal besaß Logan die Geistesgegenwart, sich auf Milo zu konzentrieren, auf einander streifende Beine, sich berührende Bäuche, und einmal, ganz kurz, Milos lächelnde Lippen an seinem Unterarm, als sie unter Wasser um die Vorherrschaft kämpften.

Als er spürte, wie sein Schwanz in seinen Shorts zum Leben erwachte, löste er sich von Milo, entschlüpfte sanft seinen Armen und stützte sich mit den Ellbogen auf den Rand des Pools, um sich eine der Bierflaschen zu nehmen. Er trank einen großen Schluck, während er sich dort mit dem Rücken zum Pool treiben ließ. Milo schwamm an seine Seite und griff ebenfalls nach seiner Bierflasche, hob sie für einen langen Schluck an den Mund.

Während sie so tranken, während ihre Ellbogen sich berührten, sahen sie einander an und lächelten. Logan fragte sich, ob Milo wusste, warum er sich so schnell entfernt hatte. Das verführerische Leuchten in den unglaublich grünen Augen ließ ihn vermuten, dass er sich des Grundes sehr wohl bewusst war.

Als Logan sich gerade von Milo abwandte, um den Hof zu betrachten, leckte ihm plötzlich eine lange rosa Zunge über die Nase. Er zuckte überrascht zusammen und es dauerte einen Moment, bis ihm klar wurde, dass vor ihm ein ziemlich großer Hund stand. Das musste Spanky sein. Wie aus dem Nichts aufgetaucht stand der Hund nun am Rand des Pools, wedelte wie verrückt und schien ihn mit einem glücklichen Hundelächeln anzusehen. Er näherte sich einen Schritt, damit er seine Zunge wieder wie einen Waschlappen über Logans Gesicht ziehen konnte.

Logan lachte prustend und bemühte sich, der Zunge auszuweichen.

Milo, der neben ihm ebenfalls kicherte, legte seine Finger um Spankys Halsband, um den Hund sanft in seine Richtung zu ziehen. Dann schlang er ihm die nassen Arme um den Nacken und ließ sich einige Sekunden von der verehrenden Zunge baden, um es seinem Gast zu ersparen.

„Wo kommt er her?", fragte Logan noch immer lachend.

„Er hat unter meinem Schreibtisch geschlafen. Siehst du das viele Grau an seinem Maul? Er ist alt. Er verbringt mehr Stunden schlafend als wach."

„Wie viele Jahre hast du ihn schon?"

„Schon einige. Und er war nicht mehr jung, als ich ihn aus dem Tierheim geholt habe. Nicht nur Welpen suchen ein Zuhause."

„Tja, er ist sehr freundlich." Logan wischte sich grinsend Hundespeichel aus dem Gesicht.

„Er mag dich", erklärte Milo stolz. „Du solltest wissen, dass er nicht einfach jeden ableckt."

Logan warf Milo einen Blick zu. Er kaufte es ihm nicht ab. „Ja, sicher. Bestimmt leckt er den Postboten ab, den Kammerjäger, die Zeugen Jehovas, Einbrecher, Kekse anschleppende Pfadfinder und den Typ, der den Zähler abliest."

Lachend küsste Milo Spanky auf die Stirn. „Ehrlich gesagt hast du recht. Das tut er wirklich." Nachdem er den Hund noch ein letztes Mal umarmt hatte, zeigte Milo auf die Liege am Zaun. „Geh und mach ein Schläfchen, Junge. Na los."

Spanky leckte Milo noch einmal mit seiner bewundernden Zunge durchs Gesicht. Dann drehte er sich um und tappte, sich Wasser aus dem Fell schüttelnd, mit einem auf Arthritis hinweisenden leichten Humpeln zum Zaun. Nach einem letzten Blick zum Pool machte er es sich im Schatten unter der Liege gemütlich, gähnte laut und schlief mit dem Kopf auf den Pfoten beinahe augenblicklich ein.

Nachdem Logan ihn einige Sekunden betrachtet hatte, sagte er: „Ich mag ihn. Er verstellt sich nicht."

„Das stimmt." Milo grinste. „Da ist drin, was draufsteht."

„Es war nett von dir, einen älteren Hund zu nehmen."

„Danke."

Milo öffnete den Mund, als wollte er noch etwas hinzufügen, trank jedoch letztendlich nur einen großen Schluck Bier.

Da Logan an einigen anderen Aspekten seines Lebens interessiert war, nutzte er die Gelegenheit, um seine Neugier zu befriedigen. Er war nicht sicher, warum es ihn so sehr interessierte. Es war einfach so.

„Hast du mit Bryce in diesem Haus gelebt?", fragte er also.

Milo nickte. „Ja. Ich hatte es kurz vor unserer ersten Begegnung gekauft. Als wir zusammengezogen sind, war es in diesem Haus. Es war für uns beide neu, genau wie unsere Beziehung."

„Fehlt er dir?", fragte Logan.

Milo schüttelte den Kopf. „Nein. Bryce war verdammt sexy und hatte seine netten Momente. Aber insgesamt war er manchmal ein ganz schönes Arschloch. Zum Beispiel konnte er kaum den Mund aufmachen, ohne dabei zu lügen. Selbst wenn es um etwas Unwichtiges ging, hatte er anscheinend immer das Gefühl, lügen zu müssen. Um es interessanter zu machen. Beeindruckender. Ich habe nie ganz verstanden, warum er nicht der Schriftsteller geworden ist, der er sein wollte. An der Fantasie dazu hat es ihm ganz sicher nicht gemangelt."

Milos Gesichtsausdruck wurde nachdenklich.

„Trotzdem hatte er wie gesagt auch seine guten Seiten. Zum Beispiel war er unglaublich gut im Bett. Das ist ein ziemlich wertvolles Talent."

Logan lächelte. „Zweifellos."

„Leider war er mit sehr vielen Leuten gut im Bett, nicht nur mit mir. Als ich es herausgefunden habe, habe ich ihn in die Wüste geschickt."

„Tut mir leid."

Milo zuckte mit den Schultern. „Für Treue habe ich Spanky. Abgesehen davon, dass er manchmal einen Gast ableckt, hat er mich nie betrogen."

Logan grinste und spitzte die Lippen wie zu einem Kuss, als er sich dem Hund zuwandte. „Was für ein guter Junge", säuselte er. Spanky öffnete ein Auge, nur um es gleich wieder zu schließen, während Milo lachte.

Eine Abendbrise schlüpfte zwischen den Palmen hindurch, schob sich über den Zaun und streifte das Wasser, zerzauste ihr nasses Haar.

Milo erzitterte. „Verdammt, es wird kalt."

Logan schnaubte. „Es muss noch um die zwanzig Grad sein."

„Ja, das sage ich doch: kalt."

Logan verdrehte die Augen und boxte Milo sanft gegen die Schulter. Er verzog das Gesicht zu einem neckenden Grinsen und sagte: „Schon komisch. Dabei siehst du gar nicht wie ein Weichei *aus*."

Milos Augen verengten sich zu Schlitzen. „Weichei?"

Nachdem er vorsichtig sein Bier abgestellt hatte, stürzte er sich auf Logan und zerrte ihn aufs Neue unter Wasser, während Logans Bierflasche in hohem Bogen in den Pool flog und wie ein Stein versank. Nachdem sie einige Minuten keuchend und schnaubend im Wasser getobt hatten, löste sich Milo aus Logans Umklammerung und tauchte, um die Flasche vom Boden zu holen. Glücklicherweise war sie nicht zerbrochen.

Während sich Milo unter Wasser befand, zog sich Logan aus dem Pool und eilte in die Küche, um zwei neue Bierflaschen aus dem Kühlschrank zu holen, denn er hatte beschlossen, sich wie zu Hause zu fühlen. Und da er das tat, nahm er sich die Zeit, mit einigen Stücken Küchenpapier die Pfützen zu beseitigen, die er in der Küche hinterlassen hatte.

Als er sich wieder dem Pool näherte, hatte sich Milo auf den Rand gestützt und sah ihm zu.

„Tu dir keinen Zwang an", sagte Milo. „Nimm dir ruhig ein Bier."

Logan grinste frech und wedelte mit den Flaschen, bevor er sie behutsam vor Milo auf den Boden stellte. „Das habe ich. Hast du was gegen eine Arschbombe?"

„Nein, ich …"

Logan sprang mit angezogenen Beinen über Milos Kopf und landete mit einem furchtbaren Spritzen, das Milo beinahe aus dem Pool gespült hätte. Selbst Spanky hob den Kopf, um zu sehen, was passiert war.

Als Logan Wasser prustend und wie ein kleines Kind lachend auftauchte, stöhnte Milo. „Und da dachte ich, du wärst erwachsen."

Doch da Milo sich nicht so leicht geschlagen gab, kletterte er aus dem Pool, zog seine Shorts hoch und warf sich rückwärts ins Wasser. Mit einem schmerzhaft klingenden Klatschen landete er flach auf dem Rücken, tauchte jedoch mit prustendem Gelächter auf.

Logan schwamm zu ihm, drehte Milo Wasser tretend um und strich mit den Händen über Milos Rücken, der vom Aufprall leuchtend rot war. Seine Fingerspitzen streichelten wie automatisch sanft die rote Haut, während er sagte: „Das muss wehgetan haben."

Milo paddelte im Wasser, bis er sich zu Logan umgedreht hatte. Sie trieben so dicht beieinander, dass seine Brust beinahe Logans berührte. Trotzdem streckte Logan einen Arm aus und legte ihn um Milos Rücken, damit er sich nicht wieder entfernte.

„Tut mir leid", sagte Milo mit plötzlich sanftem und nachdenklichem Blick. „Ich kann nicht widerstehen." Er schob sich noch dichter an Logan, um ihn zärtlich zu küssen.

Logan riss überrascht die Augen auf. Dann schlossen sie sich wie von selbst und er sperrte die Welt um sich herum aus, um sich in dem Kuss zu verlieren.

Als Milos Lippen sich von seinen lösten und er eine Hand auf Logans Brust legte, berührte sein Daumen wie zufällig seine Brustwarze. Logan starrte sprachlos das Gesicht vor ihm an. Milos Lippen waren noch feucht, entweder vom Pool oder vom Kuss. Logan war nicht sicher. Er leckte sich über die eigenen Lippen, wo er wieder Milo schmeckte. Als Milo dort im Wasser trieb und ihn ebenfalls ansah, immer noch in Logans Armen, schien in seinen Augen eine Flamme zu leuchten. Sein Atem streifte mit dem warmen Geruch von Bier Logans Gesicht.

Bevor er sich bremsen konnte, fragte Logan: „Glaubst du, wir überstürzen es?"

Milo runzelte die Stirn, doch seine Hand verweilte auf Logans Brust. „Für mich fühlt es sich nicht so an."

Als Logan eine Hand hob und Milos Wange streichelte, wich Milo etwas zurück, um sie sich anzusehen.

„Hast du an dieser Hand nicht einen Ring getragen?"

Logan nickte. „Ja. Ich … ich wollte ihn heute nicht tragen."

Milo blickte ihn eindringlich an. „Es war ein Ehering, nicht wahr? Du warst mit Jerry verheiratet."

Logan betrachtete den hellen Streifen, den der Ring auf seiner Haut hinterlassen hatte. Seine Finger wurden nach der langen Zeit im Wasser allmählich runzlig. „Ja." Er hob den Blick wieder zu Milos grünen Augen. „Warst du es mit Bryce?"

Milo zuckte zusammen. „Was, *verheiratet*? Gott, nein. Manchmal glaube ich, dass wir kaum ein *Paar* waren." Sein Gesicht wurde ernst, als hätte er etwas begriffen. „Entschuldige, Logan. Bitte sag mir, dass du dich hier mit mir nicht unwohl fühlst. Als würdest du Jerrys Andenken betrügen."

Die Frage erschütterte Logan, weil er sich dasselbe fragte. „Ja, ich … Vielleicht. Ich weiß es nicht."

„Ich will dich zu nichts drängen. Bitte denk das nicht."

Logan nickte, während er sich aufs Neue in Milos Augen verlor. Ihre Farbe hatte eine anziehende Wirkung auf ihn. So grüne Augen hatte er bis dahin noch niemals gesehen. „Das denke ich nicht", sagte er, während er sein Lächeln zurückholte.

Milo nahm seine Hand von Logans Brust und legte sie auf seine eigene. Ein neckendes Lächeln legte sich auf seine Lippen. „Oh Mann, ich kann es nicht ertragen, wenn du mich mit diesen hübschen braunen Augen ansiehst. Ich glaube, ich bekomme Herzrhythmusstörungen. Die könnten mich umbringen."

„Vieles könnte dich umbringen", sagte Logan leise, während er mit leuchtenden Augen Milos Wange streichelte.

Milo hob eine Hand an Logans Gesicht, um das Gleiche zu tun.

„Bleib heute Nacht hier", flüsterte Milo. „Bitte."

Es berührte Logan, wie Milo diese Worte sprach. Berührte ihn und machte ihn an. Wieder spürte er, wie sich sein Schwanz mit Blut füllte und steif wurde. Obwohl er zögerte, wandte er den Blick nicht von Milo ab. „Es ist lange her, dass ich mit jemandem zusammen war. Seit Jerry … von mir gegangen ist."

„Es ist wie Fahrradfahren. Man kommt schnell wieder rein."

Logan antwortete mit dem Hauch eines Lächelns. „Das habe ich auch gehört."

„Ich kann das ganze Treten übernehmen, wenn du willst."

Logan grinste. „Nein, ich glaube, ich schaffe das schon."

An Milos Nasenspitze sammelte sich Wasser und Logan wischte den Tropfen mit dem Daumen fort, bevor er fallen konnte.

Unter der Wasseroberfläche streichelte Milos andere Hand Logans Seite. Ihre Beine berührten sich hin und wieder, als sie sich träge bewegten, um sie im kristallblauen Pool über Wasser zu halten. Milos Hand glitt zögernd über Logans Bauch, schob sich in den Bund seiner Shorts. Als sich Milos Finger um seinen eisenharten Schwanz legten, schloss Logan die Augen und warf stöhnend den Kopf in den Nacken.

Milo schob sich näher an ihn und legte seine Lippen auf die Haut an Logans Kehle, woraufhin sich Logan gegen ihn presste und ihn dichter an sich zog.

„Ich habe noch nie mit einem Kritiker geschlafen", keuchte Milo, während seine Zunge Logans Adamsapfel kostete. „Auch wenn ich das hier vermassle, erwarte ich mindestens vier Sterne."

„Ich werde mich um eine großzügige Beurteilung bemühen."

„Rotzlöffel."

Logans Mund öffnete sich, als er die Arme fester um Milo schlang und ihn etwas hochhob. Er senkte den Kopf zu Milos Hals, um zum ersten Mal seine Haut zu kosten. Abgesehen vom Chlorgeschmack handelte es sich um eine köstliche Mischung aus süß und salzig. Logan schloss fest die Augen, genoss den Geschmack, den Geruch, die Hitze. Die seidene Glätte von Milos Haut. Eine Hand wanderte über Milos Rücken und schob sich in seine Shorts, in die warme Spalte unter dem Stoff. Jetzt war es Milo, der sich dichter an ihn schob, und seine Beine schlangen sich um Logans Taille, während sich sein steifer Schwanz durch die Shorts gegen Logans Bauch presste.

Ein vertrautes Feuer entflammte in Logan. Ein Feuer, das in seinem Leben viel zu lange gefehlt hatte. „Gott, du bist so schön", flüsterte er mit den Lippen an Milos Kehle, und eine seiner Fingerspitzen legte sich sanft auf Milos Eingang während er ihn dort in den Armen hielt. „Bring mich zu deinem Bett, Milo. Bitte."

Milos Lippen fanden Logans und küssten die Worte fort. „Ja", keuchte er. „Ja."

Gemeinsam kletterten sie aus dem Pool. Ihr Bier war vergessen, als Milo ein riesiges Strandtuch von einer der Liegen nahm und es um sie beide legte. Ihre Finger waren miteinander verflochten und ihre Herzen hämmerten, als Milo ihn stumm in sein Haus führte.

Spanky hob kurz den Kopf und sah ihnen zu, bevor er erneut von traumlosem Schlaf übermannt wurde.

7

STUNDEN SPÄTER öffnete Logan in einem von Dunkelheit durchdrungenen Raum die Augen. Das Erste, was er wahrnahm, war der süße Geschmack von Milos Säften, der noch auf seiner Zunge lag. Das Zweite war die Mischung aus ihren Körpergerüchen, als hinge noch ein Überrest ihres Liebesakts in der Luft des nicht erleuchteten Schlafzimmers.

Logan wandte den Kopf, um durch die Schatten einen Blick auf Milo zu werfen, der an Logans Seite gekuschelt dalag und eine Hand auf Logans Bauch gelegt hatte. Sein Atem kitzelte, als er auf die Haare in Logans Achselhöhle traf. Das war es gewesen, was Logan geweckt hatte. Das und Milos brummendes, löwenhaftes Schnarchen.

Die plötzliche Erkenntnis, dass Milos schlanker, nackter Körper an seinen gepresst war, sandte einen so heftigen Schwall der Zufriedenheit durch seinen Körper, dass ihm beinahe der Atem stockte. Milos Bein hatte sich über seine geschoben, sodass er die leicht borstigen Härchen daran spürte. An seiner Hüfte fühlte er Milos Schwanz, der nun ebenfalls schlief. Erschöpft ruhend.

Logans Arm war eingeschlafen, da er ihn als Ersatz für das Kissen benutzte, das er, soweit er sich erinnern konnte, auf den Boden geworfen hatte, da es hinderlich gewesen war, als sie sich geliebt hatten. Er unterdrückte ein Stöhnen, als er den Arm ausstreckte, damit er ihn vorsichtig um Milos Kopf legen konnte, was durch das wieder in die hungrigen Arterien fließende Blut zu einem unangenehmen Kribbeln führte. Seine Hand presste er auf die glatte Haut an Milos Rücken und genoss ihre seidige Oberfläche. Auf gewisse Weise war es aufregend, leicht erotisch, dass Milo sich der Berührung nicht bewusst war, als er dort tief schlafend an Logans Seite lag.

Logan lächelte und senkte den Kopf etwas weiter, damit er seine Lippen sanft in Milos zerzauste Haare pressen konnte. Ihr Geruch ließ eine Reihe von Erinnerungen durch seinen vom Schlaf verwirrten Verstand jagen. Milos köstlicher Schwanz, der sich vor Lust pochend in Logans Mund ergoss. Milos warmer Mund, der ihm zur gleichen Zeit seinen Samen entlockte. Sein eigener Aufschrei, als sie beide auf diese Weise zum Höhepunkt kamen. Nicht nur, weil es so perfekt gewesen war, sondern weil er dieses Erlebnis seit solch langer Zeit nicht mehr mit jemandem geteilt hatte.

Vor allem erinnerte er sich jedoch an die Augenblicke danach. Als Milo, während sein Mund ihn noch schmeckte, ihn mit dieser huldigenden Höhle feuchter Hitze umfing, ihm noch die letzten Tropfen Flüssigkeit entzog, als könnte er nicht genug bekommen, und dabei tief in seiner Kehle einen Laut ausstieß, der an ein Schnurren erinnerte. Einen Laut, der Logan mitteilte, dass es Milo gefiel, ihn dort bei sich zu haben, von ihm zu trinken und sein Verlangen zu befriedigen, während Logan seines befriedigte.

Vorsichtig schmiegte sich Logan dichter an Milo, genoss das Gefühl seines Körpers und hielt ihn so fest, wie er es wagte, ohne zu fürchten, dass er ihn wecken würde. Er sah viel zu friedlich aus, um ihn zu stören. Und viel zu schön.

Als er so neben Milos kleinerem Körper lag, kam er sich schwerfällig und groß vor. Als beanspruchte er das ganze Bett, die ganze Luft im Raum für sich. Milo wirkte feiner, schien auf *sanftere* Weise anwesend zu sein. Wäre dieses Zimmer ein Atelier gewesen, hätte es sich bei Milo um eine zarte Farbwolke auf einer sonst unberührten Leinwand gehandelt und bei Logan um einen dicken Farbklecks auf dem Schuh des Künstlers. Bei diesem Vergleich musste Logan grinsen. Doch das Grinsen verflog, als Logan sich daran erinnerte, dass sich Milos Kopf auf der perfekten Höhe befand, um unter Logans Kinn zu passen, wenn sie standen. Denn das gefiel Logan. Es gefiel ihm sogar sehr.

Noch mehr gefiel ihm, wie Milo selbst im Schlaf alles aufzusaugen schien, was er sich von Logan wünschte. Es berührte einen Platz in seinem Herzen, der nicht berührt worden war, seit Jerry ihn verlassen hatte. Logan *mochte* es, dass Milo sich so dicht an ihn kuschelte. Er *mochte* es, wie er sich an Logan festhielt, als er dort leise schnarchte. Er *mochte* den Gedanken, dass Milo etwas in Logan zu sehen schien, das er für wertvoll genug hielt, um es beanspruchen zu wollen, selbst während er friedlich schlief. Milo besaß ein großzügiges Wesen und eine innere *Güte*, die Logan seit Jerry in niemandem gespürt hatte. Und auch Milo schien etwas in Logan zu erkennen, das ihn anzog. Vielleicht war es das, was ihm am meisten gefiel.

Er dachte daran zurück, wie Milo in der letzten Nacht die Führung übernommen hatte, wie Logan von ihm durch Genüsse geführt worden war, deren Existenz er bis dahin beinahe vergessen gehabt hatte. Und daran, wie daraus bei Logan sogar ein wenig Ehrfurcht für den Mann an seiner Seite geworden war.

Milo hatte Logan am Vorabend überrascht. Ihn ins kalte Wasser geworfen, um es einmal so auszudrücken. Logan grinste im Dunkeln vor sich hin. Mit Sex hatte Logan gerechnet. Mit ihm gerechnet und sich danach gesehnt. Bekommen hatte er jedoch wesentlich mehr. Als sie sich geliebt hatten, war Milo mit einer Zärtlichkeit vorgegangen, die Logan dabei immer wieder den Atem geraubt hatte und selbst jetzt noch in ihm nachwirkte, als er daran zurückdachte. Das so sanfte, aber selbstsichere Streicheln seiner Hände. Seine massierenden Fingerspitzen. Die liebevollen Worte, die Milo beim Erkunden von Logans Körper gesäuselt hatte, um gleichzeitig seinen eigenen offen und schamlos Logan hinzugeben. Alles anbietend, nichts fürchtend, ohne sich zurückzuhalten.

Logan hatte niemals eine erste Erfahrung mit jemandem gemacht, die so perfekt und von Vertrauen erfüllt war. Selbst mit Jerry hatte es anfangs Stolpersteine gegeben. Sie hatten erst lernen müssen, was dem anderen gefiel. Bei den komplizierteren Liebesakten waren einige Probeläufe nötig gewesen. Auch wenn sie dabei gelacht hatten, waren sie zu Beginn eindeutig unbeholfen gewesen. Mit Milo hatte es sich kein bisschen unbeholfen angefühlt.

Logan schloss die Augen und versuchte, wieder einzuschlafen. Auch wenn er nicht sicher war, ob er es wollte. Es war so angenehm, dort mit Milos Hand auf seinem Bauch zu liegen, mit Milos schlanken, warmen Fingern in seinem Schamhaar, die sanft die Wurzel seines schlafenden Schafts berührten. Logan bemühte sich, die Erregung zu unterdrücken, die lediglich einen Atemzug weit entfernt war. Er wollte diesen Augenblick nicht verlieren. Er war zu kostbar, um ihn an fleischliche Lust zu verschwenden.

Erneut presste er seine Lippen in Milos sonnengebleichtes Haar und atmete den Duft des jungen Mannes neben ihm ein. Als Milo im Schlaf etwas murmelte und seine Lippen neben Logans Achselhöhle bewegte, als kitzelten ihn die Haare dort ebenfalls, musste Logan lächeln. Gott, der Mann war so verdammt *süß*.

Und plötzlich, ohne jede Vorwarnung, füllten Gedanken an Jerry Logans Kopf. Es war, als wäre er am Fußende des Bettes aufgetaucht und stünde nun dort im Schatten, um ihn zu beobachten. *Sie* zu beobachten.

Logan riss die Augen auf, als könnte er so seine Erinnerungen ansehen. Jerry. Doch natürlich war er nicht wirklich da. Das war nicht möglich. Sein regloser, nicht mehr atmender Körper war in dieser grauenhaften Betonkiste in der Wand des Mausoleums in Calumet City eingeschlossen, zweitausend Meilen weit entfernt. Konnte Jerry wirklich wissen, wo Logan sich in diesem Moment aufhielt? Wusste er, dass Logan endlich die Schuldgefühle und die Loyalität und Liebe abgeschüttelt hatte, die seine Verbindung zu Jerry gewesen waren, und sich zum ersten Mal wieder einem anderen Mann hingegeben hatte, zumindest körperlich? Und falls er es wusste, war es in Ordnung? Ein Jahr war vergangen. Zumindest für Logan. Wer wusste schon, wie lange ein Jahr sich für jemanden anfühlte, der nicht mehr da war, nicht mehr in dieser Dimension. War es für Jerry ein Jahrhundert oder ein Augenblick? Oder nahm er diese Dinge nicht mehr wahr?

War der Tod schlicht ein dunkles, zeitloses Nichts? Konnte ein Lebensende wirklich so leer sein?

Milos Finger zuckten auf Logans Bauch, vermutlich ein Reflex, der es wirken ließ, als genösse er selbst im Schlaf Logans Nähe. Dann war die Hand wieder still und unbeweglich, bedeckte nun jedoch schützend Logans Schwanz. Logan schloss die Augen. Er mochte sehr, wie sich diese warmen, zärtlichen Finger anfühlten. Er mochte es, wie Milos heißer Atem seine Rippen streifte, als er weiterhin wie ein Büffel schnarchte. Obwohl er sich bemühte, konnte Logan nicht verhindern, dass es sein Blut in Wallungen brachte und sein Schaft unter Milos sanften, schläfrigen Fingern länger und steifer wurde.

Gott, es war so lange her, dass er das mit jemandem gespürt hatte.

Ohne Vorwarnung bohrte sich ein Messer aus Schuldgefühlen in ihn, scharf wie eine Glasscherbe. Wieder schien Jerrys Gesicht in der Dunkelheit aufzutauchen.

Er lächelte nicht, aber runzelte auch nicht die Stirn. Sein wunderschönes Gesicht, das Logan so gut kannte, schwebte nur dort und sah ihn an, nüchtern, unbewegt, ohne Schuldzuweisungen. Die Schuldzuweisungen befanden sich lediglich in Logans Kopf, nicht in Jerrys Augen.

Logan unterdrückte einen Aufschrei und entzog sich Milo und seiner Hand, wobei er Milos Kopf sanft auf dem Bett ablegte, anstatt ihn einfach fallen zu lassen. Als könnte er spüren, dass ihn niemand mehr berührte, dass seine Verbindung zu Logan unterbrochen worden war, zog Milo die Knie an und kuschelte sich, noch immer tief schlafend, in die Bettdecke.

Logan schob seine langen Beine über die Bettkante und stand langsam auf. Nackt in der Dunkelheit stehend, während sein steifer Schaft noch pochte, sah er auf Milo hinab. Er lag nun still und hatte aufgehört zu schnarchen. Ein Streifen Mondlicht traf seine helle Hüfte, wo die goldene Sonnenbräune fehlte. Logan sehnte sich danach, sie zu berühren, das mondlichtblaue Stück Haut zu streicheln. Es wieder in Besitz zu nehmen, wie er es am Abend getan hatte. Seine Lippen auf die Haut zu pressen, um sie zu schmecken. Milo sanft auf den Rücken zu drehen und seinen harten Schaft in den Mund zu nehmen, um ihn zu einem weiteren explosionsartigen Höhepunkt zu bringen. Den Geschmack seiner Säfte zu genießen, wie Milo es mit Logans tat.

Logan biss sich auf die Unterlippe. Plötzlich verspürte er den verzweifelten Drang, zu fliehen, und wandte sich vom Bett ab. Möglichst leise, da er eine Konfrontation vermeiden wollte, da er nicht erklären wollte, warum er ging, bewegte er sich durch die Schatten des unbekannten Zimmers. Er fand seine Kleidung, wo er sie am Abend zuvor beim Umziehen für den Pool abgelegt hatte, presste das Bündel fest an seine Brust und tappte leise auf die Terrasse hinaus, die vom Mondlicht und vom grünen Schimmer der Beleuchtung unter der Wasseroberfläche des Pools erhellt wurde. Dort blieb er barfuß auf dem kühlen Boden stehen und zog sich an. Seine Schuhe befanden sich noch neben der Liege, bei der er sie abgestreift hatte. Nachdem er sie angezogen hatte, entdeckte er Spanky, der am Rand des Pools stand und ihm zusah. Logan kniete sich auf den Boden, woraufhin Spanky sich wedelnd näherte. Der alte Hund legte seine graue Schnauze auf Logans Bein, während Logan mit seinen Ohren spielte und ihm leise Worte zuflüsterte.

Als Logan aufstand und ins Haus ging, folgte ihm der Hund. Seine Krallen klapperten auf dem Küchenboden und verstummten dann, als er Logan über den Teppich im restlichen Haus begleitete.

So leise wie möglich schlüpfte Logan durch die Haustür hinaus und zog sie zu, wobei er darauf achtete, dass Spanky sicher im Haus blieb. Nachdem er sich davon überzeugt hatte, dass die Tür wirklich ins Schloss gefallen war und der Knauf sich nicht drehen ließ, ging er langsam die Straße entlang zu seinem Auto. Im Innern des Fahrzeugs atmete er den vertrauten Geruch der gewohnten Umgebung ein. Der verschwitzten Sportkleidung auf dem Rücksitz. Der Verpackung eines Hamburgers mit nach geheimem Rezept hergestellter Soße, die zusammengeknüllt im hinteren Fußraum lag. Der jahrealten Zigarettenstummel, die im Aschenbecher vermoderten, aus der Zeit, als er noch geraucht hatte. Gott, den sollte er wirklich endlich ausleeren.

Verglichen mit denen, die er gerade zurückgelassen hatte, wirkten die Gerüche profan und auf leere Weise einsam.

Logan hob einen Unterarm an seine Nase und schnupperte. Wie durch ein Wunder war der Duft noch dort. Milos Duft. Er haftete an seiner Haut. Während er ihn tief einatmete, dachte er an die letzte Nacht zurück. Dann senkte er seufzend den Arm und starrte durch die Windschutzscheibe auf die leer Straße. Nach einiger Zeit drehte er den Zündschlüssel und legte den Vorwärtsgang ein.

Zu seiner Wohnung wollte er jedoch nicht zurückkehren. Noch nicht. Also fuhr er einfach, ohne über ein Ziel nachzudenken.

Als er die menschenleeren Straßen der noch unbekannten Stadt erkundete, die seine neue Heimat war, folgten ihm eine seltsame Melancholie und ein ähnlich seltsames Hochgefühl. Es war kurz nach vier Uhr morgens. Er öffnete die Fenster, um die kühle Nachtluft durch das Fahrzeug ziehen zu lassen. Es waren kaum andere Autos zu sehen. Kurz durchwühlte er mit einer Hand die unordentlich auf dem Beifahrersitz gestapelten CDs, änderte seine Meinung jedoch wieder, noch bevor er eine ausgesucht hatte. Eigentlich war ihm nämlich nicht danach zumute, seine Gedankengänge von Adele, Katy oder Usher begleiten zu lassen. Er wollte sie nicht von ihnen in andere Richtungen lenken lassen. Er wollte seine Gedanken selbst steuern.

Gedanken an Milo Cook.

Er musste lächeln, als er daran zurückdachte, wie Milo sich bei ihrem Aufenthalt im Pool über die Kälte beklagt hatte, nur weil etwas Wind aufgekommen war. Dann schloss er die Augen, auch wenn er damit leichtsinnigerweise sogar die Straße ignorierte, und erinnerte sich an Milos Aufschrei, als das Sperma aus seinem Körper geschossen war. Und daran, wie er gleichzeitig selbst einen Schrei ausgestoßen hatte. Wie er sich dem Moment hingegeben hatte, mit Milo geteilt hatte wie er mit ihm.

Logan war nicht sicher, ob er jemals einen Höhepunkt wie diesen erlebt hatte. Selbst mit Jerry. Aus irgendeinem Grund hatte er bei Milo alle Hemmungen verloren. Mit dem Bier hatte es nichts zu tun gehabt. Dazu war es zu wenig gewesen. Nein, es hatte an Milo gelegen.

Und plötzlich ärgerte Logan sich unglaublich über sich selbst, weil er einfach gegangen war. Sein Fuß hob sich vom Gaspedal. Kurz spielte er mit dem Gedanken, zu wenden und zurückzufahren. An die Tür zu klopfen, sogar laut zu hämmern, wenn es sein musste, bis Milo sie öffnete. Milo zu bitten, ihn wieder hineinzulassen. Milo zum Bett zu führen und ihn erneut in die Arme zu schließen.

Doch im Grunde wusste er, dass er das nicht tun konnte. Es wäre zu … verrückt gewesen. Zu armselig, zu erbärmlich verzweifelt.

Er senkte den Fuß wieder etwas und das Auto bewegte sich vorwärts. Da er genug davon hatte, ziellos durch die Stadt zu fahren, bog er an der nächsten Ecke in die Richtung seiner Wohnung ab. Während er so fuhr, war sein Kopf weiterhin mit Gedanken an Milo angefüllt. Milo bekleidet. Milo nackt. Milo, der über einen Witz lachte. Die Kurven von Milos Hinterteil, als er in den Pool sprang. Milo, der sich aufbäumte, als er zum Höhepunkt kam. Milo, der sich bückte, um den Hund zu streicheln.

Milo, der einfach Milo war.

Der durch die Fenster brausende Fahrtwind war die einzige Musik, die er brauchte. Genau genommen bemerkte er die fehlende Musik kaum, was seltsam war. Normalerweise war sie für ihn ein ständiges Hintergrundgeräusch. Sie leistete ihm Gesellschaft. Sie half ihm beim Denken. Sie half ihm dabei, *nicht* zu denken. Sie sorgte dafür, dass er sich weniger einsam fühlte.

Doch in diesem Moment nicht. In diesem Moment war es nicht die Stille, wegen der er sich einsam fühlte. Es war Milos Abwesenheit. Plötzlich, das wurde ihm in diesem Augenblick klar, war sein Leben nicht mehr leer. Und er wollte nicht, dass es das wieder wurde.

Aber was sollte er nach dieser Erkenntnis unternehmen?

ALS MILO am nächsten Morgen erwachte, fühlte er sich, als wäre sein Kopf während der Nacht an einem dieser klappernden Geräte befestigt gewesen, mit denen in manchen Baumärkten Farbe umgerührt wurde. Er hatte keinen Kater. Er war nicht krank. Im Gegenteil, er war direkt euphorisch. Nur schien in seinem Kopf ein ziemliches Durcheinander zu herrschen, was ihn nicht wunderte.

Verdammt, was für eine Nacht!

Milo dachte daran zurück, was er und Logan getan hatten. Das Toben im Pool, ihre Gespräche beim Biertrinken – und Logan, der in diesen geliehenen, tief sitzenden Schwimmshorts beinahe nackt ausgesehen hatte.

Dann dachte er an die Stunden, die sie tatsächlich nackt verbracht hatten, eng umschlungen in seinem Bett. Gott.

Beim Aufwachen war Milo ausgehungert gewesen, weil sie wegen des aufregenden Abends nicht daran gedacht hatten, etwas zu essen.

Jetzt saß er vor seinem Computer und versuchte, sich zum Schreiben zu überwinden. Neben ihm lag eine riesige Tüte Chips – ein ausgewogenes Frühstück –, die er jedoch trotz seines Hungers nicht angerührt hatte. Als er die erst vor wenigen Minuten geschriebenen Worte auf dem Bildschirm betrachtete, bemerkte er entsetzt, dass sie keinerlei Sinn ergaben. Es hätte sich genauso gut um Suaheli handeln können. Vielleicht lag es daran, dass alle seine kleinen grauen Zellen mit einem wesentlich wichtigeren Problem beschäftigt waren.

Nämlich mit der Frage, warum Logan mitten in der Nacht verschwunden war. Das war das Problem. Eine weitere Frage war, warum Milo das Aufwachen in einem leeren Bett mit Logans Duft an den Laken als so niederschmetternd empfunden hatte.

Er streckte seine Hand zum Telefon aus, senkte sie jedoch hastig wieder. Hätte es verzweifelt gewirkt, Logan so bald anzurufen? Hätte die Frage danach, warum er gegangen war, vorwurfsvoll gewirkt? Und hätte es ihn überhaupt *interessiert*, ob er verzweifelt oder vorwurfsvoll klang? Nun, wenn er ehrlich war, hätte es das getan. Er wollte nicht wie ein liebeskranker Vollidiot wirken, der einem Kerl verfiel, nur weil er ihm einen geblasen und etwas mit ihm gekuschelt hatte.

Mit noch auf das Telefon gerichtetem Blick runzelte er die Stirn und ballte die Hand zur Faust. Aus irgendeinem Grund gefiel es ihm nicht, Logan als „irgendeinen Kerl" zu betrachten. War es nicht mehr als das gewesen?

Noch verwirrter als zuvor starrte er erst auf den Computerbildschirm mit den sinnlosen Wörtern, dann durchs Fenster hinaus auf den Pool. Gott, er sehnte sich danach, Logan zu sehen. Gleich hier. Gleich jetzt. Vielleicht wieder in Bryce' alten Badeshorts mit vom Wasser glitzerndem, hochgewachsenem Körper, feuchtem dunklem Haar an den muskulösen, sexy Beinen, an denen das Wasser hinabrann, mit lachenden Augen, während sich an einer Wange ein perfektes Grübchen abzeichnete. Oder auf dem Rücken liegend im Bett, während er mit seinen langen, starken Armen Milos Hüften umschlang und im Augenblick seines Höhepunkts von ihm trank, wie Milo es bei ihm tat.

Milo erinnerte sich an jede Einzelheit. Die ganze letzte Nacht hatte sich in sein Gedächtnis eingebrannt. Allein beim Gedanken daran – an das Reden, das Lachen, den Pool und das Bett – klopfte Milos Herz heftig hinter seinen Rippen. Selbst seine Atemzüge beschleunigten sich, als er an Logans Haut unter seinen Fingern dachte, daran, wie Logan auf seine Berührung reagiert hatte und sein eigener Körper auf Logans.

Als hätte er seine Gefühle gespürt, erhob sich Spanky vom Boden und legte seinen Kopf auf Milos Bein, um ihn mit treuen goldenen Augen anzusehen. Milo lächelte traurig und streichelte Spankys Schnauze.

„Ich stecke in Schwierigkeiten, stimmt's, Junge?", fragte Milo leise, obwohl er die Antwort bereits kannte.

Sein besorgter Blick kehrte zum Telefon zurück. In diesem Moment hörte er ein zögerliches Klopfen an der Haustür.

Sowohl Milo als auch Spanky zuckten zusammen. Dann begann Spanky, wie eine Sirene zu heulen, und rannte von Milo gefolgt zur Tür. In seinem Herzen regte sich Hoffnung – und möglicherweise auch in Spankys, der furchtbar aufgeregt wirkte. Oder bildete sich Milo das nur ein?

Milo leckte sich über die Lippen und bemühte sich, mit den Fingern sein vom Schlafen verknotetes Haar zu kämmen. Als er an sich herabsah, wünschte er sich vergeblich, etwas anderes als einen mitgenommenen Schlafanzug angezogen zu haben, falls vor seiner Tür wirklich Logan wartete. Und wer hätte es sonst sein können?

Anstatt sich noch länger darum zu sorgen und zu zaudern, riss er mit einem Ruck die Tür auf.

Und vor der Tür stand Bryce.

8

BRYCE STIEß ein nicht allzu freundliches Brummen aus. „Mann, du siehst schlimm aus."

Milo starrte ihn an. Nachdem es ihm endlich gelungen war, seine Enttäuschung darüber zu unterdrücken, dass es sich nicht um Logan handelte, murmelte er: „Bryce. Es ist eine Weile her." *Nur nicht lange genug.* „Ich dachte, du wärst weggezogen."

„Tja, jetzt bin ich wieder hier. Schon seit einiger Zeit."

Bryce schenkte ihm ein strahlendes Lächeln und zeigte diese hübschen Zähne, die er so gern aufblitzen ließ, wenn er seinen Willen durchsetzen wollte. „Es ist schön, dich zu sehen, Milo. Willst du mich nicht hereinbitten?"

Milo blinzelte und trat widerstrebend einen Schritt zurück, um Bryce die Tür aufzuhalten. „Oh, ja, natürlich. Komm rein."

Selbst nach so langer Zeit spazierte Bryce ins Haus, als wäre er niemals fort gewesen. Milo sah entsetzt zu, wie Spanky wedelnd herumtänzelte, mit der grauen Schnauze sein Hundelächeln zeigte und Bryce wesentlich begeisterter empfing als Milo. Verräter.

Bryce sank auf die Knie, um Spanky zu umarmen und ihm kräftig über den Rücken zu streicheln, bis Spankys Hinterteil vor Wonne bebte. „Wow", sagte er. „Er erinnert sich an mich."

Milo kämpfte tapfer gegen den Drang an, die Augen zu rollen. „Wer hätte das gedacht."

Während er noch Spanky streichelte, richtete Bryce seinen Blick auf Milo, der neben der Tür stand.

„Ich habe dich wohl beim Schreiben gestört. Ich glaube mich zu erinnern, dass du mitten in einem deiner Bücher immer total fertig ausgesehen hast."

Milo bemühte sich um ein Lächeln, auch wenn es vermutlich nicht sehr überzeugend wirkte. „Du kennst mich so gut", sagte er in einem Tonfall, der selbst für seine Ohren gleichgültig klang. Ohne den Blick von Bryce' Gesicht abzuwenden, streckte er den Arm aus und zog mit einem leisen Geräusch die Tür hinter sich zu.

Milo musste zugeben, dass Bryce gut aussah. Aber das tat er immer. Er war der einzige Mann, den Milo je kennengelernt hatte, der morgens aus dem Bett sprang und kein bisschen danach aussah, als habe er geschlafen – einigermaßen ordentliches Haar, ein wacher Blick, ein geschmeidiger Körper. Milo wachte grundsätzlich jammernd und stöhnend auf, wobei er aussah, als wäre er von einem Müllwagen überfahren und ein ganzes Stück durch den dichtesten Stadtverkehr geschleift worden.

Milo bemerkte, dass Bryce nicht mit leeren Händen aufgetaucht war. Er hatte sich ganz lässig eine typischerweise für Manuskripte benutzte Mappe unter den Arm geklemmt. Bei ihrem Anblick breitete sich ein ungutes Gefühl in Milos Magen aus.

Zwar war ihre Trennung nicht wie der Dritte Weltkrieg verlaufen, war jedoch auch nicht unbedingt freundschaftlich gewesen. Mit Bryce' Eifersucht auf Milos Erfolg, Milos Eifersucht auf Bryce' Abenteuer, wobei er sich am Ende kaum noch die Mühe gemacht hatte, sie zu verheimlichen, konnte man es als Wunder betrachten, dass alles so angenehm abgelaufen war. Nun, vielleicht nicht direkt angenehm, aber es waren keine Schüsse gefallen und niemand hatte ein SWAT-Team rufen müssen.

Etwas an Bryce erinnerte Milo immer an einen dünnen Messingüberzug – auf den ersten Blick blank und glänzend, dabei jedoch nicht besonders strapazierfähig und schnell getrübt. Trotz der forschen, arroganten Fassade, die er der Welt präsentierte, schien Bryce ein undefinierbarer Aspekt melancholischer Gleichgültigkeit zu folgen wie eine kleine dunkle Wolke. Da Milo grundsätzlich den Underdog anfeuerte, war es vielleicht dieser Zug gewesen, der ihn anfangs angezogen hatte. Am Ende war es jedoch bei Weitem nicht genug gewesen, um ihre Beziehung zu retten.

Heute trug Bryce einen weißen Strickpullover und braune Chinos. Grüne Leinenschuhe schützten seine nackten Füße. Als er vor Spanky auf dem Boden hockte, konnte Milo über den gebräunten Knöcheln den Ansatz seiner schwarzen Beinbehaarung sehen, was ihn daran erinnerte, wie Bryce manchmal nackt durchs Haus gelaufen war.

Daran gab es keinen Zweifel: Bryce war heiß – mit langen, schlanken und behaarten Beinen, haariger Brust, haarigem Hintern und einem Schwanz, der kein Ende zu nehmen schien. Was er Logan über Bryce' beeindruckende Fähigkeiten im Bett erzählt hatte, war nicht übertrieben gewesen. Und warum sollte er die auch nicht besessen haben? Schließlich hatte er mehr als genug Trainingsstunden in den Betten anderer Leute damit verbracht, an ihnen zu arbeiten. Als er an ihre gemeinsame Zeit zurückdachte, über ein Jahr seines Lebens, das er an einen untreuen Mann verschwendet hatte, kehrte etwas von der alten Verbitterung zurück. Auch wenn er nicht stolz darauf war, konnte er nicht abstreiten, dass sie noch da war.

„Gibt es Kaffee?", fragte Bryce, der sich Milos Gedanken entweder nicht bewusst war oder sie nicht für wichtig hielt.

„Nein", antwortete Milo. „Ich habe keinen gekocht." Das war selbstverständlich eine Lüge. Das ganze Haus roch nach seiner geliebten, unter dem Namen „Kona" bekannten Kaffeemischung von Hawaiian Gold, von der er an jedem Arbeitstag eine Kanne nach der anderen kochte. Falls Bryce den Duft und seine offensichtliche Lüge bemerkte, zeigte er es nicht.

„Bist du mit jemandem zusammen?", fragte Bryce. Bei der Frage war in seinem Gesicht der Ansatz eines selbstgefälligen Grinsens zu sehen, was Milo nicht gefiel. Genauso wenig gefiel ihm, dass er dabei augenblicklich an Logan denken musste. Im Grunde war das natürlich nicht falsch, aber mit Bryce im Raum an die wunderbare Zeit mit Logan zu denken, kam ihm aus irgendeinem Grund so vor, als äße er auf einer schmutzigen Bahnhofstoilette sitzend mit heruntergezogener Hose ein Eis. Anders ausgedrückt war es absolut inakzeptabel und erreichte zehn von zehn Punkten auf der Ekelskala. Vielleicht auch elf.

„Ja", sagte Milo nur. Nachdem er es ausgesprochen hatte, fragte er sich, ob Logan ebenfalls der Meinung war, er sei mit jemandem zusammen. Und zwar mit Milo. Gott, er hoffte es sehr.

Bevor Bryce versuchen konnte, ihm weitere Informationen zu entlocken, fragte Milo ziemlich direkt und nicht besonders höflich: „Warum bist du hier?"

Bryce reagierte mit seinem altbewährten Schmollmund – gekünstelt, aber ausgesprochen attraktiv. Zumindest hatte Milo es damals so empfunden. Nachdem er Spanky ein letztes Mal den Kopf getätschelt hatte, entfaltete Bryce seinen langen Körper – er war beinahe so groß wie Logan –, um aufzustehen. Er straffte die Schultern, strich sich einen Schwall schwarzen, dichten Haars aus der Stirn und zeigte mit einem noch breiteren Lächeln mehr Zähne. „Ich habe Neuigkeiten", sagte er. „Ich wollte dir davon erzählen, weil ich weiß, dass du es dir immer für mich gewünscht hast."

„Dir ist also der Schwanz abgefallen?"

Bryce lachte, klang jedoch nicht sehr amüsiert. „Witzig. Du konntest schon immer alle zum Lachen bringen."

„Tja, ich bin eben charmant." Er musste seine gesamte Willenskraft aufbringen, um nicht die Mappe unter Bryce' Arm anzustarren. „Also, was ist die Neuigkeit?"

Wie erwartet streckte Bryce ihm die Mappe entgegen. Da ihm nun eigentlich keine andere Wahl blieb, nahm Milo sie an und fragte: „Was ist das?"

„Mein zweites Buch", erklärte Bryce stolz.

„Dein zweites Buch? Was war das erste?"

Milo sah sofort, dass er endlich einen wunden Punkt getroffen hatte. Zwischen Bryce' Augenbrauen bildete sich eine Falte. Sein Blick verfinsterte sich. „Ich dachte, du wüsstest es."

Milo warf einen Blick auf die Mappe, bevor er wieder Bryce ansah. „Ich wüsste was?"

„Von meinem Buch. Es wurde letztes Jahr veröffentlicht."

Und zum ersten Mal bei diesem unerwünschten Wiedersehen spürte Milo, wie sich ein aufrichtiges Lächeln auf seine Lippen legte. Er sah wieder die Mappe an und öffnete sie. Im Innern befand sich ein gebundenes Buch, geschrieben von Thomas Giles, und darunter ein getipptes Manuskript, dessen Titelblatt es ebenfalls als das Werk von Thomas Giles auswies.

Milo sah Bryce an. „Das verstehe ich nicht. Wer ist Thomas Giles?"

„Das ist mein Pseudonym", sagte Bryce mit einem rätselhaften Funkeln in den Augen.

„Mein Gott", hauchte Milo, während er die Mappe mit dem Manuskript auf den Couchtisch legte, damit er das Buch aufschlagen konnte. „Horizon Home Press", sagte er. „Ein sehr angesehener Verlag." Er blätterte ein wenig, bevor er das Buch wieder zuklappte, um den Einband zu betrachten. „Bryce, das ist wunderschön."

Bryce strahlte. „Danke. Das Manuskript möchte ich als Nächstes anbieten. Ich habe es noch nicht eingereicht."

„Warum nicht? Wenn ihnen das erste Buch so gut gefallen hat, dass sie es veröffentlichen wollten, sollten sie doch für ein zweites offen sein. Oder hatte das erste nicht genug Erfolg? Wenn das so ist, musst du verstehen, dass es manchmal einfach vorkommt. Es bedeutet nicht, dass es ein schlechtes Buch ist. Es bedeutet nur …"

Bryce kniff die Augen zusammen. „Ich weiß, was es bedeutet, Milo. Ich habe mal mit einem Schriftsteller zusammengelebt, schon vergessen? Und seit unserer Trennung habe ich eigene Erfahrungen gemacht. Also brauchst du mir keine Vorträge zu halten. Ich möchte nur …" Bryce verstummte. Zum ersten Mal, vielleicht zum ersten Mal *überhaupt*, wirkte er auf Milo unsicher, sogar etwas beunruhigt.

„Was möchtest du?", fragte Milo. Doch er wusste es bereits. Er wusste es genau.

„Ich möchte, dass du mein zweites Buch Korrektur liest. Sag mir deine Meinung dazu."

Milo hasste es, die Manuskripte zu lesen, an denen andere Autoren arbeiteten. Es ging niemals gut aus. Wenn man es nicht mochte, war der Autor am Boden zerstört. Wenn es einem gefiel, gefiel es einem nicht gut genug. Verzweifelt suchte er nach einer Ausrede. „Bryce, du bist jetzt offiziell Schriftsteller. Du hast es nicht nötig, dass ich deinem Buch mein Okay gebe. Glaub an dich. Wenn du denkst, dass es bereit ist, dann schick das gute Stück ein."

Ohne von Milo aufgefordert zu werden, sah sich Bryce im Raum um und entschied sich schließlich für einen Ohrensessel in der Zimmerecke. Er ging hinüber und ließ sich nieder, wobei er den Blick nicht von Milo abwandte. „Du hattest recht. Das erste Buch ist nicht besonders erfolgreich."

„Das tut mir leid", sagte Milo, wobei ihn selbst überraschte, wie ehrlich er es meinte. Er wusste, wie es sich anfühlte, wenn man ein Buch mit seinem Herzblut schrieb und es dann nach der Veröffentlichung dahinsiechen sah – kaum gekauft, kaum bemerkt, vielleicht sogar ganz ohne Rezensionen, bis es später auf dem Stapel mit Sonderangeboten landete, wenn es überhaupt so weit kam.

Er blickte das Buch an, dann wieder Bryce. Hauptsächlich, um sich noch etwas Zeit für seine Antwort zu verschaffen, fragte er: „Warum das Pseudonym? Ich hätte gedacht …"

„Ich weiß, was du dachtest. Natürlich hätte ich es lieber unter meinem Namen veröffentlicht. Aber die Lektorin eines Verlags, an den ich das erste Buch geschickt habe, hat mich darauf hingewiesen, dass ich unter einigen ihrer Kollegen einen schlechten Ruf hätte. Möglicherweise habe ich die eine oder andere verärgerte Antwort auf Absagebriefe geschrieben. Offenbar spricht sich so etwas unter Verlagen herum."

Milo runzelte die Stirn. Also hatten Bryce' vorlauter Mund und sein noch vorlauteres Ego ihn wieder in Schwierigkeiten gebracht. „Die Lektorin hatte recht, Bryce. Das kannst du nicht machen. Die Leute in diesem Geschäft haben ein Gedächtnis wie ein Elefant, aber einen seidenen Geduldsfaden."

Bryce biss die Zähne zusammen. „Das habe ich gemerkt. Aber jetzt hätte ich jedenfalls gern deine Hilfe bei meinem neuen Manuskript. Bitte, Milo. Ich halte viel von deiner Meinung. Was du denkst, ist mir wichtig."

Milo musste seine ganze Selbstbeherrschung aufbringen, um nicht laut loszulachen. Er hätte seinen nächsten Tantiemenscheck dafür gegeben, Bryce antworten zu können: *Wäre dir wichtig, was ich denke, hättest du mich nicht mit jedem Schwanz betrogen, der dir über den Weg gelaufen ist.* Doch er hielt sich zurück. Denn wenn er ehrlich war, wusste Milo, und hatte es direkt nach dem Ende ihrer Beziehung gewusst, dass die Trennung von Bryce das Beste war, was ihm hatte passieren können.

Bryce war noch nicht damit fertig, Milo um Gefallen zu bitten. „Wenn es dir gefällt, und falls es veröffentlicht wird, wäre es auch schön, wenn du den Klappentext mit einer Empfehlung schreiben könntest. Du hast viele Fans, Milo. Deine Unterstützung könnte großen Einfluss auf die Verkaufszahlen haben. Der Verlag bereut es wahrscheinlich schon, dem ersten Buch sein Vertrauen entgegengebracht zu haben. Du könntest mir bei dem zweiten helfen, dieses Hindernis zu überwinden."

Milo betrachtete den Buchdeckel. „Wie waren die Rezensionen?"

Bryce' Blick verfinsterte sich. „Einige waren ziemlich gut."

Mit einem aufmunternden Lächeln sagte Milo: „Dann brauchst du mich nicht. Die Mundpropaganda wird dir da durchhelfen. Ich gebe meinen Namen nicht für die Werke anderer Leute her, Bryce. Das solltest du eigentlich wissen."

„Ich dachte, für mich würdest du vielleicht eine Ausnahme machen."

Milo richtete den Blick seufzend auf die Mappe. Er wusste, dass seine Entscheidung bereits in dem Moment gefallen war, als er diese unter Bryce' Arm entdeckt hatte.

„Tut mir leid", sagte er. „Das kann ich nicht."

Bryce' Gesicht verfinsterte sich. Seine normalerweise vollen Lippen wurden zu einer verärgerten, schmalen Linie. „Warum nicht? Ich bin doch kein Fremder. Wir haben eine gemeinsame Vergangenheit. Wir sind Freunde."

Obwohl er sich etwas schuldig fühlte, als er es aussprach, tat Milo es trotzdem. „Wir sind keine Freunde, Bryce. Wir sind nur Exfreunde. Und alles, was dazu geführt hat, dass wir Exfreunde wurden, hat auch dafür gesorgt, dass du mir nicht mehr besonders wichtig bist. Du musst den gleichen Weg gehen wie andere Schriftsteller. Schreib das beste Manuskript, das du schreiben kannst – natürlich auch mit Korrekturlesern, wenn du es für hilfreich hältst. Erwarte nur nicht, dass ich einer von ihnen bin. Du hast es schon ein Stück weiter geschafft als der arme Typ an der Ecke, dem es niemals gelungen ist, etwas zu veröffentlichen. Mit dem ersten Buch hast du einen Fuß in der Tür. Nutze, was du hast, was du durch das erste Buch gelernt hast, und wende es beim zweiten an. Es tut mir leid, aber das ist mein letztes Wort. Und wahrscheinlich ist dieser Rat schon mehr wert als jede Hilfe, die ich dir bei deinem Manuskript anbieten könnte. Ich weiß ja kaum, wie ich meine eigenen Bücher schreibe. Wie soll ich da anderen Autoren Strategien für ihre vorschlagen? Ein Buch zu verfassen ist wie Selbstbefriedigung. Ein Vorhaben, das man am besten allein in die Tat umsetzt."

Bryce schnippte ein Fussel von seinem Hosenbein. Seine Hand zitterte und sein Blick war kühler, als Milo ihn je erlebt hatte, selbst nach einem ihrer heftigsten Streite. „Das ist sie dann also", sagte er. „Deine Antwort."

Milo nickte. „Ich fürchte, ja."

Ein gehässiges Lächeln hob Bryce' Mundwinkel, als er Milo von oben bis unten musterte. „Lust auf einen Fick, um der alten Zeiten willen? Aus diesem Schlafanzug hätte ich dich ganz schnell raus."

Milo schüttelte mit einem frostigen Grinsen den Kopf. „Du änderst dich wohl nie."

„Das ist keine Antwort."

„Du willst eine Antwort, Bryce? Hier hast du sie: Ich würde lieber ein Nashorn ficken."

Obwohl Bryce den Kopf in den Nacken warf und herzlich lachte, spürte Milo, dass darin eine Menge Verärgerung verborgen lag. Bryce hatte es nie gefallen, abgewiesen zu werden. Am allerwenigsten, wenn es um Sex ging.

Bryce erhob sich vom Sessel, kam auf Milo zu und nahm ihm unsanft das Buch aus der Hand, um es in die Mappe mit dem unveröffentlichten Manuskript zu schieben. Dann klemmte er sie sich unter den Arm, wo sie bei seiner Ankunft gewesen war, zog zum Abschied einen unsichtbaren Hut und ging zur Tür.

„Viel Glück mit deinen Büchern", sagte Milo, was ehrlich gemeint war.

Doch Bryce schien es nicht so wahrzunehmen. „Du kannst mich mal, Milo", sagte er. Mit einem Blick auf Spanky fügte er hinzu: „Du auch, Hund."

Als Milo zur Tür gehen wollte, um sie zu öffnen, hob Bryce eine Hand. „Nicht nötig, ich finde den Weg nach draußen."

Nach einem gemurmelten Fluch, den Milo nicht ganz verstand, tat Bryce genau das, wobei das geräuschvolle Schließen der Tür einem Zuknallen nahekam.

Milo starrte vielleicht fünf Sekunden lang die geschlossene Tür an und war verdammt dankbar, wieder allein zu sein. Dann wandte er sich Spanky zu und fragte im Plauderton: „Bereit für das Frühstück, du kleiner Verräter?"

Während er und der Vierbeiner sich wieder in sein Büro mit der riesigen Tüte Chips zurückzogen, kehrten seine Gedanken bereits zu Logan und ihrer gemeinsamen Nacht zurück.

Dann dachte er noch einmal an seinen Besucher.

„Lust auf einen Fick?", murmelte er leise kichernd vor sich hin. „Hat er wirklich ‚Lust auf einen Fick' gesagt?"

So ein Idiot.

LOGAN BEMERKTE weder das am Bordstein geparkte Auto noch den gut aussehenden Typ mit dem finsteren Blick, der im Fahrzeug saß. Er war so auf sein Vorhaben konzentriert, dass er es absolut nicht beachtete.

Er hatte hinter der nächsten Straßenecke geparkt, weil er einige Minuten gebraucht hatte, um all seinen Mut zusammenzunehmen. Da ihm das nun gelungen war, zumindest einigermaßen, schritt er mit weichen Knien auf Milos Tür zu, während er nervös an einer Zigarette zog. Die Zigarette schmeckte ekelhaft. Außerdem schmeckte sie nach Versagen und einem gebrochenen Versprechen, das er sich selbst gegeben hatte, denn vor vier Jahren hatte er sich auf Jerrys Drängen hin gezwungen, von einem Tag auf den anderen mit dem Rauchen aufzuhören. Von diesem Tag an hatte er sich stoisch keine mehr angezündet. Zumindest bis er auf dem Weg zu Milos Haus an einem Schnapsladen vorbeigekommen war, in dem er sich eine Schachtel gekauft hatte.

Millionen von Gedanken gingen ihm durch den Kopf. Einige unerfreuliche, wie Verärgerung über die Tatsache, dass er wieder rauchte. Andere waren direkt beängstigend, wie etwa die Gründe, aus denen er sich keine acht Stunden nach der nächtlichen Flucht aus Milos Bett wieder dem Haus des Mannes näherte.

Er schüttelte den Kopf, als könnte er so seine Gedanken beruhigen und seinen Blutdruck etwas senken. Und vielleicht das sonderbare Hämmern in seiner Brust stoppen, das einfach nicht verschwinden wollte, auch wenn er es ignorierte.

Natürlich hatte dieser aus Gefühlen, Zweifeln und Sorgen bestehende Brei, der durch seinen Kopf wirbelte, mit Milo zu tun. Logan wusste, dass er sich seit seiner ersten Begegnung mit Jerry vor so vielen Jahren nicht mehr so gefühlt hatte. Er hatte sich damals nicht auf den ersten Blick in Jerry verliebt und er hatte sich auch nicht nach einer Nacht mit ihm in Milo verliebt. Doch Milo zog ihn auf unwiderstehliche Weise an. So viel wusste er. Er zog ihn an, faszinierte ihn, erfüllte ihn mit überwältigender Lust. So wie Jerry ihn vor vier Jahren erwischt hatte, hatte ihn nun Milo erwischt.

Die schlichte und einfache Tatsache war, dass er Milo wiedersehen wollte. Er wollte ihn oft wiedersehen. Und das konnte er nur erreichen, indem er es ihm offen sagte. Deshalb war er hier.

Logan kam in den Sinn, dass er vielleicht ein wenig zu romantisch war. Wieso hätte er sich sonst erlaubt, in diese Situation zu geraten? Zum zweiten

Mal. Natürlich war das, was gerade passierte, auch Jerrys Schuld. Wäre er nicht gestorben, hätte Logan sich nicht schwitzend und *rauchend* Milos Haus genähert. Nur konnte man jemandem wirklich nicht den eigenen Tod vorwerfen. Schließlich war es ein Unfall gewesen.

Logan blieb abrupt stehen. Was war nur mit ihm los? Seine Gedanken ergaben absolut keinen Sinn, das wusste er. Er trat die Zigarette aus, nur um sich gleich die nächste anzuzünden, obwohl bereits die erste Übelkeit ausgelöst hatte.

Nachdem sein Kopf wieder von einer zufriedenstellenden und irgendwie beruhigenden Wolke aus Karzinogenen eingehüllt war, holte er tief Luft, wobei er beinahe erstickte. Dann gürtete er seine Lenden, wie man es im Altertum genannt hätte, und erklomm so schnell wie möglich die Stufen vor Milos Haustür, damit er es sich nicht anders überlegen konnte.

Mit der stinkenden Zigarette zwischen den Lippen und beinahe blind durch ihren Rauch klopfte er an Milos Tür. Sie öffnete sich so schnell, und Milo sah so verärgert und ungeduldig aus, als er sie aufriss, dass Logan beinahe hintenübergefallen wäre. Dennoch sandte sein Anblick, das erste Mal, seit er ihn in der Nacht zuvor in den Armen gehalten hatte, einen solch heftigen Schwall von Zuneigung durch Logans Körper, dass es beinahe wehtat.

Logan bemerkte, wie Milo seine Umgebung sondierte und offenbar feststellte, dass es sich nicht um den Besucher handelte, mit dem er gerechnet hatte. Nach dieser Erkenntnis wirkte er sichtlich erleichtert. Auch Logan verspürte Erleichterung.

„Du bist es!", säuselte Milo, während sich ein einladendes Lächeln auf seinem Gesicht ausbreitete.

Logan stand einfach da. Er versuchte es mit einem Nicken, was jedoch den Rauch der Zigarette in seine Augen dringen ließ. Also erwiderte er nur mit zusammengekniffenen Augen das Lächeln und bemühte sich, nicht wie ein Idiot auszusehen.

„Ich wusste nicht, dass du rauchst", sagte Milo.

Logan löste die Zigarette von seiner Unterlippe und warf sie ins Gras. „Bis gestern habe ich das auch nicht."

Milo warf ihm einen gespielt verärgerten Blick zu. „Wirklich? Soll ich das als Kompliment betrachten? Bedeutet es, dass du mitten in der Nacht aufgewacht bist, und da du ja deinen Spaß hattest, hast du beschlossen, dich wie ein schlechter Einbrecher rauszuschleichen und dir dann eine Schachtel Zigaretten zu kaufen, weil Männer das eben tun, wenn sie jemanden flachgelegt haben? Oder hast du dich vielleicht nur eingeengt gefühlt, weil du zugelassen hast, dass ich mich in dein Leben schleiche, und bist abgehauen, weil du nicht wusstest, wie du mich sonst loswerden solltest?" Milo stampfte mit dem Fuß auf. „Also, was war es?"

Logan grinste, obwohl er nicht vollkommen sicher war, dass Milo nur scherzte. „Die zweite Version. Bei der du dich in mein Leben geschlichen hast. Nur fühle ich mich nicht eingeengt."

„Das tust du nicht?"

Logan grinste noch breiter. „Nicht im Geringsten."

„In diesem Fall könnte ich mich versucht fühlen, dich zu küssen", sagte Milo, als er mit einem Lächeln einen Schritt aus der Tür trat.

„Wann wirst du wissen, ob du dich stark genug versucht fühlst, um es wirklich zu tun?"

„Ich glaube, jetzt." Und mit einem letzten Schritt trat er in Logans Arme, stellte sich auf die Zehenspitzen und legte seine Lippen auf Logans.

Logan umschloss ihn fest mit den Armen und hob ihn etwas höher. „Hmm", stöhnte er genießerisch in den Kuss. „Aber was ist mit deinen Nachbarn?"

Noch dicht an Logans Lippen murmelte Milo: „Die sind mir egal." Dann löste er sich etwas. „Bäh. Igitt. Würg. Du schmeckst wie ein Aschenbecher. Nein, nicht nur einfach wie ein Aschenbecher. Ein echt stinkender *ekelhafter* Aschenbecher."

„Ich glaube, das waren jetzt genug Geräuscheffekte und Adjektive."

Logan umklammerte noch Milos Arme, damit er sich nicht ganz entfernte, was Milo trotz des Gestanks nicht zu stören schien.

„Hast du wirklich wegen mir mit dem Rauchen angefangen?", fragte Milo mit großen Augen und nach hinten geneigtem Kopf, da Logan in den letzten acht Stunden nicht geschrumpft war und ihn noch immer um einen Kopf überragte.

Logan zuckte verlegen mit den Schultern. „Ja."

„Warum?"

„Es hat mich nervös gemacht, dass ich dich fragen wollte, ob ich dich wiedersehen kann."

„Bist du deshalb hier?"

„Ja."

„Du willst mich wiedersehen?"

„Ja."

„Warum bist du letzte Nacht verschwunden?"

„Schuldgefühle."

„Wegen Jerry?"

Logan blinzelte. Es war rührend, dass Milo es so schnell begriffen hatte. „Ja."

„Und jetzt fühlst du dich nicht mehr schuldig?"

„Tja ... ich versuche, es nicht mehr zu tun."

„Nur damit du es weißt, Logan, ich habe unseren Abend sehr genossen."

„Ich auch."

„Du hast einen wunderschönen Körper."

„Genau wie du."

„Dein Verstand ist auch nicht übel. Ein bisschen durcheinander vielleicht. Etwas verrückt."

„Jetzt fängst du wieder mit den Adjektiven an."

„Wenn du reinkommst, nehme ich dich wieder mit in mein Bett."

Logans Herz hämmerte. Ausgesprochen laut. „Versprochen?"

Milo lächelte. Sie standen noch immer am helllichten Tag eng umschlungen auf Milos Veranda. Da das Milo anscheinend nicht reichte, begann er, Logans T-Shirt aus seiner Hose zu ziehen. „Ja, versprochen. Ich bringe dich in mein Bett, sobald ich deine Zigaretten die Toilette hinuntergespült habe und dein Mund enge Bekanntschaft mit meiner Zahnbürste und einem Eimer Mundwasser gemacht hat, um den Tabakgestank loszuwerden.“

„Es ist unhygienisch, sich Zahnbürsten zu teilen. Du könntest unter einer Zahnfleischerkrankung leiden.“

„Wenn das so wäre, hättest du dich nach der letzten Nacht schon angesteckt.“

„Oh, stimmt. Nur damit du Bescheid weißt, Milo, ich bin nicht in dich verliebt oder so.“

„Natürlich nicht. Wir haben uns gerade erst kennengelernt.“

„Ich würde mich nur freuen, wenn wir weiterhin Spaß miteinander hätten. Ich meine, du weißt schon, vielleicht sogar regelmäßig.“

„Regelmäßig klingt gut.“

„Wirklich?“

„Ja, wirklich.“

Sie wandten sich beide der Straße zu, als ein mit quietschenden Reifen losfahrendes Auto sie aus ihrem gemeinsamen Moment riss. Das Auto raste an Milos Vorgarten vorbei und verschwand geräuschvoll hinter der nächsten Ecke.

„Wer war das?“, erkundigte sich Logan.

Milo schüttelte seufzend den Kopf. „Nur mein Ex. Er scheint eifersüchtig zu sein. Ist das nicht zum Schreien?“

„Du meinst, dass er eifersüchtig auf *mich* ist?“

„Könnte sein. Vielleicht ist er auch nur das übliche Arschloch. Wer weiß. Und wen interessiert das überhaupt? Reden wir lieber wieder über uns.“

Auch wenn Logan nicht sicher war, was er darüber dachte, dass Milos Ex eifersüchtig war, und auch nicht wusste, warum er sich so lange nach ihrer Trennung vor Milos Haus befand, beschloss er, sich in diesem Moment darum keine Sorgen zu machen. Sein Puls beschleunigte sich, als Milo eine Hand hob, um über sein Ohrläppchen zu reiben. Die Berührung war so sanft, dass Logans Augen sich vor Genuss schlossen.

„Komm jetzt rein“, sagte Milo leise. „Meine Zahnbürste wartet.“

Logan konnte nur nicken. Bei diesem sanften, sexy Timbre in Milos Stimme und diesem frechen Feuer, das in seinen Augen brannte, wäre Logan ihm überallhin gefolgt.

9

IN DEN folgenden Wochen, die für Milo wie im Flug vergingen und sich wie ein Wunder anfühlten, entwickelte sich ein fester Ablauf. Dieser war ganz simpel: Sie verbrachten so oft wie nur möglich Zeit miteinander. Sie redeten. Sie liebten sich. Sie spazierten mit Spanky im Schlepptau durch die Stadt. Sie gingen essen. Sie sahen sich Filme an. Sie besuchten Buchhandlungen. Sie liebten sich erneut.

Hauptsächlich lernten sie sich kennen.

Der Höhepunkt dieses Programms, abgesehen vom Liebemachen und Essengehen, denn diese Dinge konnte *nichts* überbieten, waren nackt im Bett verbrachte Sonntagmorgen, – entweder in Milos Haus oder Logans Wohnung –, an denen sie Mimosas tranken und sich gegenseitig etwas vorlasen. Manchmal Abschnitte von Milos aktuellem Werk – bei dem er endlich Fortschritte machte – und manchmal Logans neueste Kritiken oder Artikel in seinem Blog. Oft lasen sie auch ein Buch, das ihnen gerade gefiel. Obwohl es kein Genre war, in dem Milo schrieb oder für das Logan normalerweise Rezensionen verfasste, fanden sie schnell Gefallen an Liebesromanen mit schwulen Paaren. Bei den aufregenderen kamen sie manchmal nicht mehr dazu, sie zu beenden.

Wie auch an diesem Tag.

Ihre Haut war mit frischem Schweiß überzogen. Das Buch, aus dem Logan vorgelesen hatte, lag vergessen neben dem Bett auf dem Boden, wo es gelandet war, als Milo beschlossen hatte, dass es für diesen Morgen genug Vorlesen gewesen war. Mit dem einen oder anderen geschickt an einem strategisch ausgewählten Ort platzierten Kuss hatte er Logan davon überzeugt, dass man den Morgen auch anders verbringen konnte. Nun lag er erschöpft und zufrieden in seiner Lieblingsposition an Logans Seite, hatte die Lippen auf Logans Rippen gepresst, sein rechtes Bein über Logans geworfen, damit er dort gefangen war, und eine Hand an Logans stoppelige Wange gelegt. Während er mit dem Daumen Logans Unterlippe erkundete, noch feucht von Küssen und anderen Aktivitäten, murmelte Milo leise Worte in die herrlich duftende Haut vor seinem Mund.

„Ich liebe deinen Geruch."

Logan drehte sich auf die Seite, damit er Milo in die Arme schließen konnte, und küsste Milos Haar. Vielleicht empfand er das als eine ausreichende Antwort. Und für Milo war sie es. Eine lange, angenehme Minute lang genoss er das Gefühl der warmen, starken Arme, die sich fest um seinen Körper gelegt hatten.

„Logan?", flüsterte er dann in Logans haarige Brust, an der es ihm ebenfalls sehr gut gefiel.

„Hm?"

„Hast du immer noch Schuldgefühle, wenn du mit mir zusammen bist?"

Logan legte einen Finger unter Milos Kinn, damit er den Kopf hob und Logan ansah. Als ihre Blicke sich trafen, lächelte er. „Nein. Die habe ich schon lange nicht mehr."

Milo erwiderte das Lächeln träge. Er dachte an das Gefühl von Logans Schwanz tief in seinem Körper zurück. Er konnte sich nicht daran erinnern, sich nach dem Sex jemals so absolut zufrieden gefühlt zu haben.

„Gut", sagte er leise und senkte den Kopf wieder, um sein Gesicht an Logans warmen Hals zu schmiegen. Er liebte das kratzige Gefühl von Logans morgendlichen Stoppeln, bevor er sich rasierte. Besonders nach dem Sex, wenn seine Nerven noch summten.

„Soll ich noch etwas vorlesen?", fragte Logan, dessen Stimme so träge und zufrieden wie Milos klang.

„Nur, wenn du willst."

„Oder ich umarme dich einfach noch ein bisschen."

„Prima", murmelte Milo und presste sein Gesicht wieder an Logans Brust. Dort hörte er seinen dumpfen Herzschlag. Es war ein Geräusch, das er allmählich gefährlich lieb gewonnen hatte.

„Wen umarmst du, wenn ich nicht da bin?", erkundigte Milo sich beiläufig.

„Niemanden. Mir gefällt es nicht, zur gleichen Zeit mehr als eine Person zu umarmen."

„Und im Moment bin ich diese Person?"

„Das bist du."

„Für etwas Abwechslung beim Umarmen könntest du dir einen Hund kaufen. Seinen Hund darf man umarmen, auch wenn man bei Menschen diese Regel mit nur einer Person hat."

„Ich werde darüber nachdenken."

„Tu das. Hundebesitzer sind vertrauenswürdiger. Ich mag Hundebesitzer sehr."

„Ach ja?"

„Ja."

„Ich habe Bryce' Buch gelesen", sagte Logan. Er lächelte jetzt. Milo hörte es an seiner Stimme. Er fragte sich, ob Logan das Thema wechseln wollte, weil er keinen Hund besaß und, soweit Milo wusste, nicht plante, sich jemals einen anzuschaffen.

Milo hob den Kopf und stützte sich auf einen Ellbogen, um Logan in die Augen sehen zu können. Es war seltsam, doch nach dem Sex schienen sie grundsätzlich eine sanftere, wärmere Farbe zu besitzen. „Wirklich? Warum wolltest du Bryce' Buch lesen?"

Logan verbrachte einige Sekunden damit, eine lose Wimper aus Milos Augenwinkel zu zupfen. Als er damit fertig war, sagte er: „Ich war wohl einfach neugierig."

„Und wie war es?", fragte Milo, ohne sich ernsthaft dafür zu interessieren. Er fühlte sich zu wohl, um sich für besonders viel zu interessieren.

LOGAN ZÖGERTE mit der Antwort. Er richtete den Blick auf das Fenster, durch das ein bewölkter Himmel zu sehen war. San Diego bekam seinen ersten Regen, seit Logan vor nahezu zwei Monaten in die Stadt gezogen war. Es kam ihm merkwürdig vor, dass hier jeder einen Regenguss für ein solches Ereignis, eine solche Besonderheit hielt, während sie in seiner alten Heimat lediglich eine Unannehmlichkeit darstellten. Was das Wetter betraf, waren Kalifornier wie kleine Kinder: leicht zu beeindrucken, auf unschuldige Weise ehrfürchtig. Dennoch musste er zugeben, dass es ziemlich schön war, wieder Regen zu sehen. Logan war nicht klar gewesen, wie sehr er ihn vermisst hatte, bis er plötzlich vom Pazifik heraufgezogen war, um die Stadt zu reinigen und frische Luft zu bringen. Als über ihnen ein sanftes Donnergrollen zu hören war, musste er lächeln. Es wirkte wie die beinahe vergessene Stimme eines miesepetrigen alten Freundes.

Er richtete den Blick wieder auf Milo. „Es ist kein schlechtes Buch."

„Aber?"

„Aber es hat seine Schwachstellen."

„Es ist sein erster Roman", ergriff Milo Partei für Bryce, was ihn selbst überraschte. „Findest du nicht, dass man da etwas Nachsicht mit ihm haben sollte?"

Logan zuckte mit den Schultern. „Vermutlich. Aber die Schwachstellen waren ziemlich deutlich. Ich hätte es fast nicht ganz durchgelesen."

„Autsch. Armer Bryce. Schreibst du eine Rezension?"

„Ich habe mich noch nicht entschieden."

Kurz verlor sich Logan in Milos grünen Augen. Sie waren so wunderschön, dass er beinahe das Thema ihres Gesprächs vergaß.

„Und?", drängte Milo. „Wenn du eine schreibst, von wie vielen Sternen reden wir dann?"

„Ich weiß es noch nicht. Du hast es nicht gelesen, oder?"

Milo knabberte sanft an Logans Brustwarze. „Nein." Er hob mit schuldbewusstem Blick den Kopf. „Aber ich habe es gegoogelt. Einige der anderen Rezensionen gelesen."

Logan grinste. „Berufsneid ist etwas Hässliches."

„Leck mich."

„Habe ich das nicht schon getan?"

Milo streckte sich, um Logans Kinn zu küssen. „Und wie."

Obwohl Logan es kaum glauben konnte, spürte er, wie er errötete. „Danke."

Milo musterte ihn und schien es entzückend zu finden, den Mann erröten zu sehen, der noch vor zwanzig Minuten seinen Schwanz tief in einem bebend begierigen Milo vergraben und es ihm gründlich besorgt hatte. Beim Gedanken daran errötete er noch heftiger. Und wurde etwas erregt.

„Also?", fragte Logan, während er Milo dichter an sich zog und seine Wärme genoss. „Wie waren sie? Die Rezensionen."

Milo gab in Logans Armen ein zufriedenes Geräusch von sich, das einem Schnurren ähnelte. Als er sprach, tat er es mit den Lippen an Logans Brust, was noch erregender war. „Sie waren nicht besonders gut. Mir fallen noch ein paar Kommentare ein: ‚Ein glanzloses Erstlingswerk.', ‚Leider war das Buch nicht so gut wie der Klappentext.', ‚Ein vielversprechender, aber letztendlich unbefriedigender erster Roman.'." Milo hob den Kopf, runzelte plötzlich die Stirn. „Und jetzt stimmst auch du in den Chor ein. Armer Bryce", wiederholte er.

„Wenn du nicht möchtest, dass ich etwas dazu schreibe, tue ich es nicht."

„Nein", widersprach Milo und wandte den Blick ab, um wieder die Stirn an Logans Brust zu pressen. „Mach, was du willst. Das ist in Ordnung. Ich weiß, dass du etwas Faires schreiben wirst. Bryce muss lernen, Kritik einzustecken wie wir alle. Schreiben ist hart. Manchmal fühlt man sich in seinem Stolz gekränkt. Aber wir müssen alle lernen, damit umzugehen."

Während Logan dalag und über Milos Worte nachdachte, streichelte er in trägen Kreisen über die seidige Haut von Milos Rücken. Dann schob er sich in eine bequemere Position und zog Milo mit einem zufriedenen Stöhnen fester an sich. Bryce' Buch war schnell vergessen.

„Ich genieße unsere gemeinsame Zeit", sagte er leise, wobei Milos Haar an seinen Lippen kitzelte.

Milo nickte und schmiegte sich an ihn. Als er sprach, war es so leise, dass Logan ihn kaum hörte. „Ich auch."

„Ich möchte, dass sie niemals aufhört."

„Das möchte ich auch nicht."

Wie aufs Stichwort entfernten sie sich etwas voneinander, damit Milo Logan in die Augen sehen konnte, während Logan auf Milo hinabsah. Seine eigene Stimme kam ihm heiser und schwach vor, irgendwie verletzt, als er sagte: „Wir sind nicht mehr einfach Freunde, Milo. Ich glaube, darüber geht es jetzt hinaus. Zumindest für mich."

Milo nickte. „Ich weiß. Für mich ebenfalls."

Logan schloss ihn wieder in die Arme und zog ihn an sich. So lagen sie still da und lauschten dem Wind, der am Fenster neben dem Bett rüttelte, während sie das seltene Geräusch des hoch am Himmel grollenden Donners genossen. Ihren eigenen Gedanken nachhängend hielten sie einander fest. Milos warmer Atem weckte die Nervenenden in Logans Haut, während Logan weiter Milos Rücken streichelte.

Bald war Milo eingeschlafen. Mit einem verträumten Lächeln, in verträumte Gedanken versunken, zog er sanft Milos Kopf unter sein Kinn, vergrub die Finger in seinem Haar und hielt ihn dort fest, während er schlief. Sicher. Geschützt. Geschätzt.

Innerhalb kürzester Zeit hatte sich alles verändert, das wusste Logan. Er war ziemlich sicher, dass Milo es ebenfalls wusste.

IN LETZTER Zeit hatte Logan sich angewöhnt, öfter in Milos Haus als in seiner Wohnung zu sein. Es überraschte ihn stets, wie sehr sich sein Leben seit dem Umzug nach Kalifornien verändert hatte. Als hätte das Schicksal ihn quer durchs ganze Land gezerrt, ihn ohne das geringste Zögern und Zaudern vor Milo Cooks Füße geworfen und sich dann zurückgezogen, um die zwischen ihnen bestehende Anziehungskraft den Rest erledigen zu lassen.

Das hatte sie getan. Und wie.

Als er sich nun in seiner Wohnung umsah, stellte er fest, dass er sich dort noch immer nicht zu Hause fühlte. Bei Milo und Spanky tat er das viel mehr. Hier fühlte er sich wie ein Fremder. Selbst die Einrichtung wirkte nicht vertraut, als gehörte sie einer völlig anderen Person.

Als sein Handy klingelte, hoffte er auf Milo, denn wenn er ganz ehrlich war, führte jeder Gedanke dorthin. Zu Milo.

Doch er wurde von Kathys Stimme überrascht, Jerrys Schwester. „Logan", sagte sie etwas atemlos klingend. „Ich versuche schon seit ein paar Wochen, dich zu erreichen. Ich habe von diesen ermordeten Rezensenten gehört und mir solche Sorgen um dich gemacht."

Plötzlich wurde Logan von heftigen Schuldgefühlen erfasst. Er hatte sich die Nachrichten angehört, die von ihr hinterlassen worden waren. Doch er hatte sich nie im richtigen Gemütszustand befunden, um sich mit der Vergangenheit auseinandersetzen zu wollen, mit den Erinnerungen, die es mit sich gebracht hätte. Da Kathy immer eine Freundin gewesen war, die ihre Beziehung uneingeschränkt unterstützt hatte, fühlte er sich natürlich dennoch schuldig. Er wusste, dass es unfair war, sie unvermittelt aus seinem Leben auszuschließen.

„Tut mir leid, Kath", stammelte er wenig überzeugend. „Ich hatte vor, zurückzurufen. Aber diese Morde sind weit weg von hier passiert und hatten nichts mit mir zu tun."

„Bist du sicher?"

„Ja, ganz sicher."

Sie klang nicht verärgert, nur leicht beunruhigt. „Na gut. Dann werde ich großzügig sein und dir verzeihen, dass du dich nicht gemeldet hast. Also, hast du dich schon richtig eingelebt? Fühlst du dich zu Hause? Hier vermissen dich alle. Ich soll dich von Mom und Dad grüßen."

Jerrys Eltern, auch wenn sie ihre Beziehung nicht ganz so begeistert unterstützt hatten wie Kathy, waren Logan stets mit leicht verwirrter Höflichkeit begegnet, als hätten sie nicht ganz begreifen können, dass ihr Sohn einen Mann geheiratet hatte. Dennoch waren sie bemüht gewesen, ihn als Teil der Familie zu akzeptieren. Auch wenn Logan wusste, dass er das eher ihrer Liebe zu Jerry zu verdanken gehabt hatte als Zuneigung zu ihm, konnte er es ihnen nicht vorwerfen. Sie hatten es immer versucht.

„Sag ihnen, dass sie mir auch fehlen", antwortete Logan. Und dann passierte es. Ohne jede Vorwarnung hörte er die Worte aus seinem Mund kommen. „Ich habe jemanden kennengelernt, Kath."

Die Reaktion auf diese Aussage war völlige Stille. Bis nach einigen Sekunden ein leises, wohlklingendes Lachen an sein Ohr drang. „Tja, das wurde auch Zeit", sagte Kathy. „Jerry ist vor über einem Jahr gestorben. Du warst lange genug allein!"

Plötzlich wurde Logan klar, wie es geklungen haben musste. Er schränkte das Gesagte etwas ein: „Versteh das nicht falsch. Wir sind kein richtiges Paar oder so. Aber ich …"

„Was?"

Er wusste, dass er erneut nicht besonders überzeugend klang. „Ich, na ja, ich *mag* ihn einfach."

Kathy lachte wieder. „Ich weiß noch, wie es am Anfang mit meinem Bruder war. Jerry hat gesagt, es wäre harte Arbeit gewesen, dir ein Liebesgeständnis abzuringen. Einmal hätte er die Sache mit dir deshalb fast aufgegeben."

„Ich weiß."

„Also mach diesmal bitte nicht den gleichen Fehler, Logan. Für mich klingt das nicht so, als würdest du den Typen nur *mögen*. Es hört sich an, als wärst du bis über beide Ohren in ihn verliebt. Und wenn das stimmt, solltest du es ihm auf jeden Fall sagen. Der arme Kerl ist wahrscheinlich kein Gedankenleser und besitzt keine Kristallkugel. Du musst ihm sagen, was du empfindest. Schütte ihm dein Herz aus. Wie soll er es sonst erfahren?"

„Bist du neuerdings für die Ratgeberecke einer Zeitschrift zuständig?"

Kathy schnaubte entrüstet. Logan hoffte, dass es nur gespielt war.

„Nein, du Arsch, das bin ich nicht. Aber ich bin die einzige Person unter deinen Bekannten, die dir die Wahrheit sagt, ohne Rücksicht auf deine legendären empfindlichen Gefühle zu nehmen."

Jetzt war es Logan, der lachen musste. „So unsicher bin ich nun auch wieder nicht!" Dann fügte er unsicher hinzu: „Oder?"

Kathy schnaubte erneut, diesmal vor Lachen. „Okay, schon gut. So unsicher bist du nicht. Also, wie heißt der Typ? Womit verdient er sein Geld? Und wie viel davon? Wie ist er im Bett? Aktiv oder passiv? Wenn wir schon dabei sind: Was davon bist du eigentlich? Und dann kann ich dich auch gleich fragen, was überhaupt genau der Unterschied ist. Ich bin mir nie ganz sicher."

Kathy hörte erst auf zu reden, als Logan einige Male mit dem Handy gegen die Wand geklopft hatte, um sie zum Schweigen zu bringen. Brüllend vor Lachen brachte er heraus: „Ich beantworte die ersten zwei Fragen und das ist alles! Er heißt Milo Cook und ist Schriftsteller. Zufrieden?"

Kathy klang angemessen beeindruckt. „Meine Güte, ich glaube, ich habe von ihm gehört."

„Und das von der Frau, die nur Kochbücher und ‚Die andere Seite'-Comics liest."

„Ach, hör schon auf. Und sag mir die Wahrheit, Logan: Bist du in ihn verliebt?"

„Ich … ich glaube schon."

„Aber du hast es ihm nicht gesagt."

„Na ja, nein. Noch nicht. Ich hoffe die ganze Zeit, dass er es allein herausfindet."

„Tja, das ist einfach nur dämlich. Du musst es ihm *sagen*!"

Logan nickte, als ob sie sich im Zimmer befände. Als er es bemerkte, unterbrach er sich. Du liebe Güte, er wurde mit jeder Minute dümmer. „Ja. Ich weiß. Aber …"

„Aber was?"

Logan schluckte mühsam. Bis zu diesem Augenblick hatte er sich nicht ernsthaft damit auseinandergesetzt, warum er sich so sehr davor fürchtete, Milo seine Gefühle zu gestehen. Irgendwie hatte Kathy ihm dabei geholfen, es zu erkennen. Und als er es laut aussprach, wusste er, dass es sich um die reine Wahrheit handelte.

„Ich habe Angst, ihn damit abzuschrecken."

„Baby", säuselte sie, „lass mich dir einige Fragen stellen. Wenn ihr euch liebt, klammert er sich danach an dich? Haltet ihr euch in den Armen und redet stundenlang über total dummes Zeug? Und wenn er dich überraschend küsst, schließt du automatisch die Augen und verlierst dich in seinem Geschmack?"

Logan brummte frustriert. „Wovon redest du? Das ist das Dümmste, w…"

„Sag es mir. Ist es so?"

Aus irgendeinem Grund fühlte sich Logan plötzlich, als ob ein Paar zusammengeknüllte Socken in seiner Kehle steckte. Er saß auf seinem Schreibtischstuhl, ohne ganz sicher zu sein, wie und wann er dort hingekommen war. Genauso wenig wusste er, wann er die Schreibtischschublade geöffnet und seinen alten Ehering herausgenommen hatte, um ihn sich anzustecken. Den Ring, dessen Partner noch immer am kalten Finger des armen Jerry zweitausend Meilen von hier ruhte.

Er starrte ihn an. Wie immer gefiel ihm das Glänzen des makellosen Silbers. Ihm gefielen die perfekte Symmetrie und das vertraute Gewicht an seinem Finger. An seiner Hand. Die Art, auf die er Erinnerungen wachrief. Glückliche Erinnerungen. Erinnerungen an seine Zeit mit Jerry.

Kathy wartete. Durch das Telefon konnte er ihre Frustration spüren wie von einem Kanonenofen ausströmende Hitze. Er hörte, wie sie beim Atmen leise keuchte, ungeduldig wie immer. Er glaubte auch, ihr Lächeln zu spüren, als wüsste sie bereits, was er sagen würde. Und sie hatte recht. Das wusste sie vermutlich.

Logan seufzte entnervt, denn er wusste, dass er es nicht länger leugnen konnte, selbst wenn er es gewollt hätte. Gott, Kathy konnte anstrengend sein. „Ja", gab er zu. „Als Antwort auf alle deine Fragen. Ja."

„Und als ich angerufen habe, hast du gehofft, dass er es ist, oder?"

„J-ja."

„Dann sag es ihm, Logan. Wenn du ihn das nächste Mal siehst. Sorg dafür, dass es das Erste ist, was aus deinem Mund kommt. Kriegst du das hin?"

„I-ich glaube."

„Ich freue mich übrigens für dich. Ich habe mich für Jerry und dich gefreut und jetzt freue ich mich auch. Weil ich dich lieb habe."

„Ich weiß", sagte Logan. Seine Stimme wurde heiser, seine Augen feucht. „Ich dich auch, Kath. Jerry hat dich wohl nicht umsonst für die klügste Frau der Welt gehalten."

Da kicherte sie. Endlich. Die Spannung ließ nach. Détente. „Ich bin froh, dass er sich meiner vielen Talente bewusst war."

Einige Sekunden herrschte Schweigen. Es dauerte an, bis Logan atemlos und verzweifelt, beinahe lautlos flüsterte: „Glaubst du, Jerry wird es verstehen?"

Er hörte ein winziges Einatmen. Dicht gefolgt von: „Ja, Baby. Ich glaube, das wird er. Ich *weiß*, dass er es wird. Als er noch hier war, wollte er, dass du glücklich warst, und auch wenn er es jetzt nicht mehr ist, möchte er das immer noch. Da bin ich sicher."

„Das glaubst du wirklich, oder?"

„Das glaube ich wirklich."

Eine weitere Stille, diesmal weniger gequält, breitete sich zwischen ihnen aus. Logan atmete zittrig ein. „Danke, Kath. Ich denke, ich glaube es endlich auch."

Mit einem Lächeln in der Stimme sagte sie: „Gut. Gern geschehen. Es freut mich für dich, Logan. Du bist ein guter Mensch. Du hast es verdient, geliebt zu werden."

„Milo ist auch ein guter Mensch."

„Bestimmt."

„Wenn er nein sagt, werde ich zu einem heulenden Elend."

„Er sagt nicht nein."

„Ich bin unsterblich in ihn verliebt."

„Unsterblich?", sagte Kathy. „Ans Sterben solltest du jetzt nicht denken. Liebe ihn einfach im Hier und Jetzt. Liebe ihn heute und morgen. Liebe ihn in jeder gemeinsamen Minute."

Logan grinste. „Du bist eine wahre Dichterin."

„Ach, sei still." Dann hörte er ein leises, ganz leises Kussgeräusch und sie legte auf.

Fünf Minuten später verließ Logan Todesängste ausstehend die Wohnung und stieg ins Auto.

Seine Gedanken wirbelten so wild durch seinen Kopf, dass er durch die Stadt fuhr und kaum über sein Ziel nachdachte. Als er vor sich den Abzweig zu Milos Straße entdeckte, bog er nicht ab. Er fuhr nicht einmal langsamer. Denn plötzlich war ihm klar, dass ihm ein anderes Ziel vorschwebte. Das hatte es schon die ganze Zeit getan. Er war nur nicht klug genug gewesen, um es zu wissen. Als er sich nun eingestand, was es wirklich war, wurde sein besorgter Gesichtsausdruck zum ersten Mal seit Kathys Anruf von einem Grinsen verdrängt.

„Eins nach dem anderen", murmelte er dem leeren Auto und den uninteressierten Leuten zu, die rechts und links von ihm vorbeizischten und sich auf ihre eigenen banalen Beschäftigungen konzentrierten. Mit einem so breiten Lächeln, dass er durch seine zusammengekniffenen Augen kaum noch etwas sehen konnte, flüsterte er: „Unterstützung. Ich brauche Unterstützung."

Er gab Gas, schoss an Milos Straße vorbei und in Richtung Autobahn.

10

DA ES noch später Winter war, bewegte sich das Quecksilber des Thermometers zwischen dreiundzwanzig und sechsundzwanzig Grad. Die Einheimischen von El Centro bezeichnen das als Kälteeinbruch. In den Sommermonaten sinkt die Temperatur niemals unter achtunddreißig. Oft steigt sie über vierzig. An jedem einzelnen Tag. Die Einheimischen bezeichnen das als normal.

Trist, trocken, ausgebleicht und bis zum Gehtnichtmehr versengt – dank der 350 Tage ihm Jahr mit glühend heißem Sonnenschein – liegt die kalifornische Stadt El Centro zwölf Meter unterhalb des Meeresspiegels am nördlichen Rand der Sonora-Wüste wie ein in der Pfanne brutzelndes Stück Speck. Direkt oberhalb der Grenze zu Mexiko, nördlich von Mexicali, ist El Centro die Winterheimat der zur US Navy gehörenden Kunstflugstaffel *Blue Angels*.

Doch noch wichtiger, zumindest in Bezug auf das für den Abend geplante Vergnügen, war die Tatsache, dass es sich ebenfalls um die Heimat von Evelyn Tomes handelte, auch bekannt als BookBlogger.com.

Es waren lediglich dreißig Minuten katzenhaft verstohlener Suche im Internet nötig gewesen, um herauszufinden, dass BookBlogger in einem einsamen Wohnwagen in der hässlichen Wüstenei gleich außerhalb der Stadtgrenze von El Centro lebte. Dort stand der schmale Wagen der Marke Fleetwood auf zerbröselnden Betonblöcken, während er zwischen Dünen und Wüstensalbei verschmorte und verwitterte.

Die Anzeichen der Vernachlässigung leuchteten einem entgegen. Roststreifen zogen sich an den gewellten Wänden hinab, die an den meisten Tagen des Jahres zu heiß waren, um sie mit bloßen Händen zu berühren. Vor dem Eingang sorgte eine schiefe Veranda mit durch die Hitze verzogenem Gitterwerk für das einzige bisschen Schatten. Unter dem Gitterdach standen einige Töpfe mit ausgetrockneten Rosensträuchern, die seit Jahren nicht geblüht hatten. Zwischen ihnen befand sich ein einzelner gut gedeihender Kaktus, das einzige sichtbare Grün. Dass er seit Monaten nicht begossen worden war, schien ihn absolut nicht zu stören. Schließlich waren Kakteen das Einzige, was mit oder ohne Pflege in diesem schrecklich heißen Klima gedeihen *konnte*. Nun ... Kakteen und Klapperschlangen. Und Schweiß.

Jedenfalls konnte man ziemlich sicher sein, dass das Tomes-Eigenheim in nächster Zeit nicht in der Rubrik mit den Behausungen berühmter Persönlichkeiten in einer Architekturzeitschrift auftauchen würde. Erstens weil es sich um einen totalen Schrotthaufen handelte und zweitens weil Evelyn Tomes nicht berühmt war.

Dass sie außerhalb dieser wüstengebackenen Hütte, die sie ihr Zuhause nannte, überhaupt jemand kannte, war schon überraschend. Dass sie in der recht kultivierten Welt von Autoren und Rezensenten bekannt war, die Bücher schätzten, war nahezu unglaublich. Andererseits bedeutet Bekanntheit nicht immer auch Beliebtheit. Genau genommen wurde Evelyn Tomes in literarischen Kreisen bis ins Ausland als boshafte, übellaunige Ziege betrachtet. Es fiel leicht, wenn man einige ihrer Rezensionen gelesen hatte, die einander durch ihren Blog jagten wie wilde Hunde, die ihre gehässigen Zähne knurrend und beißend in jedem nichtsahnenden Schriftsteller versenkten, den sie packen konnten. Der Reisende stand keine fünfzig Meter von Evelyns miesem Wohnwagen entfernt in der Dunkelheit. Über ihm erstreckte sich wie ein weiter Baldachin der mit Sternen gesprenkelte Wüstenhimmel prachtvoll von einem Horizont zum andern. In diesem Moment war von ebendiesem Fleck in der Dunkelheit ein leises Lachen zu hören, das dem Geräusch von Laub ähnelte, wenn es vom trockenen Wind taumelnd und tanzend über eine leere Straße geschoben wurde. In dem Geräusch schwang kein Humor mit. Es erinnerte eher an ein Todesröcheln. Blutleer und trocken, doch zugleich seltsam schrill. Vielleicht ein Vorbote für das, was kommen sollte. Bei diesem Gedanken wurde das Lachen heftiger.

Für das Gelächter gab es drei Gründe. Der erste war, dass sich der Reisende schon lange auf diesen Abend freute. Zweitens war es amüsant, dass sie in einer solchen Klapperkiste lebte, obwohl sie in ihrem Blog eine Villa im Tudorstil zeigte, die majestätisch zwischen hohen Gelbkiefern aufragte. Mit ihren bleiverglasten Fenstern und efeubewachsenen Wänden stand sie hoheitsvoll auf einem sorgfältig gepflegten Rasen. Der Rasen fiel zu einem See hin ab und war mit Büschen dekoriert, die durch perfekten Formschnitt wunderliche Waldwesen nachahmten. Die Realität war weit weniger wunderlich. Das einzige Waldgeschöpf, das man an diesem Ort vielleicht gesehen hätte, wäre ein struppiger, unter Räude leidender Kojote gewesen, der einen guten Platz suchte, an dem er sein nächstes Häufchen hinterlassen konnte.

Und zu guter Letzt verspottete das Gelächter die Fotos auf ihrer Internetseite, die Evelyn als hübsche junge Frau darstellten, die ihre schlanke, aber mit üppigen Kurven ausgestattete Gestalt gern in Kaftane und Saris hüllte. Sie besaß karamellbraune Haut, Mandelaugen und eine lange Mähne aus glänzendem schwarzem Haar, das ihr in großen Wellen attraktiv über die Schultern fiel. Der Anblick des heruntergekommenen Wohnwagens in der staubigen Wüste konnte in einem den leisen Verdacht wecken, dass diese Bilder, wie die der Villa, ein weiteres gebrochenes Versprechen darstellten. Was unseren fröhlichen Eindringling allerdings nicht ernsthaft störte. Die Schlampe umzubringen würde Spaß machen, ganz egal wie sie aussah.

Im Chaparral zwischen Amaranten verborgen beobachtete der Reisende einige Zeit den Wohnwagen. Ein Mietwagen war ein Stück vom Highway entfernt hinter einer Anhöhe geparkt, verdeckt durch eine Ansammlung großer Kakteen, die wegen ihres Aussehens auch als „Teddybär-Kaktus" bezeichnet wurden, jedoch so gefährliche Stacheln besaßen, dass sie einem das Fleisch von den Knochen reißen konnten, wenn man sich unachtsam darin verfing. Ein unendlich schöner Sonnenuntergang hatte für einen traumhaften Anblick gesorgt, als der Himmel orange, pink und schließlich dunkelrot verfärbt worden war, bevor die Finsternis gesiegt und die Farben endgültig vom Himmel getilgt hatte. Einmal war das *Schkkk* einer Klapperschlange in einem nicht weit entfernten Busch zu hören gewesen, doch der Reisende war bewegungslos stehen geblieben, bis das Tierchen endlich davongekrochen war. Zwei Raubtiere, die respektvoll grüßend den Hut zogen, um sich dann wieder ihrer ganz eigenen Art des Unheilbringens zu widmen.

Von seinem Versteck aus sah der Reisende, dass neben Evelyns Behausung ein schmutzverkrusteter alter Kombi geparkt war. Als die Dunkelheit zunahm, wurde im Wohnwagen das Licht eingeschaltet und erhellte die staubigen Fenster. In dem Teil, in dem sich vermutlich die Küche befand, bewegte sich ein Schatten hinter der abgrundtief hässlich bedruckten Kattungardine mit Sonnenblumen, die in der Hitze schlaff herabhing. Vielleicht bereitete Evelyn das Abendessen zu oder hantierte an der Spüle. Der Schatten war riesig und bewegte sich schwankend wie ein Seelöwe.

Die in den Büschen verborgene mysteriöse Gestalt kicherte freudlos. Damit war es klar. BookBlogger hatte auch bei ihren Fotos gelogen.

Die Wüstenluft trug, selbst über den Gestank von Salbei und Staub hinweg, den schweren Geruch von heißem Öl heran und bald danach das unverwechselbar fettige Aroma von erhitzten Tortillas.

Es hatte keinen Hinweis auf Hunde oder andere Personen gegeben. Kein Telefon hatte geklingelt. Keine Lachkonserve aus irgendeiner Fernsehserie hatte ihre erzwungene Kameradschaft in die Abendstille geplärrt. Selbst der Highway befand sich so weit entfernt, dass das Geräusch durch die Wüste rasender Fahrzeuge kaum zu hören war.

Evelyn und ihr Besucher waren ganz allein, wurden nur durch eine rostige Aluminiumhülle und eine sonnengequälte Kattungardine getrennt.

Diesmal trug der Reisende über seiner Kleidung einen bei Walmart gekauften billigen Overall und ein neues Paar Gummihandschuhe von Playtex. Kanariengelb. Die Art, die Hausfrauen zum Reinigen der Küchenspüle überstreiften. Aus der Tasche des Overalls zog er ein Paar blaue Überschuhe aus Papier, wie sie im medizinischen Bereich verwendet wurden, und schlüpfte mit seinen staubigen Schuhen hinein. Ein braungraues Stück Nylon, das er aus einer Strumpfhose geschnitten hatte, verdeckte dicht über den Kopf gezogen sein Haar und ließ seine Gesichtszüge, die der Reisende normalerweise als recht ansprechend empfand, zu einem erschreckenden Anblick verschmelzen.

Als Letztes nahm die im Chaparral verborgene Gestalt eine Plastiktüte aus der Gesäßtasche. Es war die Tüte, in der sich der Overall befunden hatte. Der Reisende fand, dass sie sehr hübsch in der Dunkelheit knisterte. Sehr frisch. Sehr unschuldig. Sehr tödlich.

Interessant, was man alles zu einer Mordwaffe machen konnte, wenn man es nur wollte.

Nachdem sie ihr Gesicht wie immer gut verborgen und ihre Instrumente vorbereitet hatte, blieben der schattenhaften Gestalt lediglich die stecknadelkopfgroß am Himmel leuchtenden Sterne und das Rechteck aus schmutzigem Licht, welches durch BookBloggers schmutziges Fenster fiel, um sich daran zu orientieren. Mit langen Beinen trat sie zwischen den Büschen hervor und schritt zügig über den krustigen Boden, um sich auf die von Gitterwerk umschlossene Veranda zu schieben, die den Eingang des Wohnwagens schützte.

Die Stufen bestanden aus dicken Betonblöcken, die dort ungenau gestapelt worden waren. Ohne befestigenden Zement wackelten sie beim Betreten und gaben ein mahlendes Knirschgeräusch von sich.

Ohne sich von dem Geräusch stören zu lassen, klopfte der Reisende fröhlich mit einer kanariengelben Hand an die abgewetzte Tür des Fleetwood-Wohnwagens. Kurz darauf schwankte der ganze Wagen, als sich der riesige Schatten im Innern dem Geräusch näherte.

„Moment!", rief eine liebliche, melodische Stimme. Die Stimme sprach mit einem australischen Akzent, eine überraschende, jedoch schnell vergessene Tatsache. Den Reisenden interessierte es nicht, ob BookBlogger sich wie die Königin von England ausdrückte, sang wie Julie Andrews oder Ella Fitzgeralds Talent zum Scat besaß. Es waren die Worte in ihrem Blog, die ihr Schicksal besiegelt hatten, nicht die Art, wie sie diese im wahren Leben von sich gab.

Evelyn Tomes öffnete ihre quietschende Tür und schaute heraus. Nachdem sie kurz mit zusammengekniffenen Augen in die Dunkelheit gestarrt hatte, betätigte sie einen Schalter, der eine nackte 100-Watt-Glühbirne neben der Tür zum Leuchten brachte. Licht fiel sowohl auf ihren Besucher als auch auf sie. Wie erwartet ähnelte Evelyn dem Foto in ihrem Blog kein bisschen. Sie war massig. Ihr Haar umrahmte fettig ein rundes, bleiches Gesicht, das von viel zu viel schlecht aufgetragenem Make-up bedeckt wurde. Von karamellfarbener Haut und Mandelaugen war nichts zu sehen. Eine plumpe Hand mit billigen Ringen an allen Fingern hob sich, um eine schmutzige Perlenkette zu umklammern, die über ihrem gewaltigen Busen baumelte. Eindeutig nicht von einem BH festgehalten, wogte dieser Busen ungehindert wie zwei schwere Pendel unter einem bunten Hauskleid im hawaiischen Stil. Evelyns Blick wanderte verblüfft über den Besucher, erfasste den Overall, die Gummihandschuhe und die blauen Überschuhe. Als er das schauerlich in Nylon gehüllte Gesicht erreichte, weiteten sich ihre Augen ängstlich.

„Nein!", rief sie. Doch noch während sie diese unsinnige Antwort auf eine nicht gestellte Frage ausstieß, leuchtete in ihren Augen plötzlich eine schreckliche Erkenntnis auf. Eine grauenhafte Furcht erblühte dort. Ihr Mund erschlaffte, ihr Blick wich zur Seite aus. Ohne Vorwarnung streckte sie eine zitternde schwere Hand aus, um die Tür zuzuschlagen.

Doch ihr Besucher war schneller.

Ein Fuß schoss nach vorn und die dünne Metalltür federte zurück, um mit einem ausgesprochen befriedigenden Knirschen das Gesicht der Frau zu treffen. Sie heulte vor Schmerz auf und stolperte zurück, während bereits blutige Rinnsale über ihren Mund flossen und ihre Kleidung mit roten Tropfen bedeckten. Mit rudernden Armen kämpfte sie vergeblich um ihr Gleichgewicht, bis sie an die gegenüberliegende Wand prallte. Noch heftigere Panik erfüllte ihren Blick, als sie eine Hand gegen ihr verletztes Gesicht presste und sich duckte, sich so weit wie möglich von dem Eindringling zurückzog.

Was nicht annähernd weit genug war.

Mit zwei großen Schritten durchquerte der Reisende den Raum. Als Evelyn die Arme heben wollte, um den Angreifer abzuwehren, schoss eine Hand vor und schlug sie ins Gesicht. Die Wucht des Schlags warf sie zur Seite und ihr Kopf stieß gegen die Kante eines Beistelltischs, wobei sie eine Lampe zu Boden stieß und sich eine Verletzung an der Stirn zuzog, die einen weiteren blutigen Streifen in ihr Gesicht malte.

Die neue Wunde entlockte ihr einen mitleiderregenden, jammernden Schrei.

Als der Angreifer sich mit erhobener Hand näherte, um sie erneut zu schlagen, rief sie weinend: „Bitte fassen Sie mich nicht an!"

Bei diesen Worten erstarrte der Besucher. Selbst durch das die Gesichtszüge verzerrende Nylon war ein Ausdruck angewiderter Verwunderung zu sehen. Der Reisende starrte auf die Frau hinab und brach in Gelächter aus. Und während das Lachen geradezu aus seinem Mund sprudelte, streckte sich eine Hand zu Evelyn Tomes hinunter, die wie ein gestrandeter Wal auf dem Boden lag, um sanft – und, so schien es, recht respektvoll – den Saum ihres Kleides über ihr dickes, blasses Bein zu ziehen, das bei ihrem Sturz entblößt worden war.

„Glauben Sie mir", sagte der Reisende, der noch mit schrillem Gelächter erbebte, „für Ihre Keuschheit besteht bei mir keine Gefahr."

Evelyns Blick bewegte sich nun hektisch durch den Raum. Der schlanke Besucher sah zu, wie sie überlegte, was sie tun sollte. Was sie als Waffe benutzen könnte. Wie sie entkommen könnte. Doch das war alles Fantasie. In Wirklichkeit gab es nichts, was sie tun konnte. Im Grunde war sie bereits so gut wie tot.

Die Tatsache, dass sie es vermutlich wusste, gefiel ihrem Angreifer sehr.

Wieder gefasst, auch wenn das Lächeln noch hinter der Nylonmaske lauerte, musterte der Angreifer das blutige Gesicht mit kühlem, mitleidlosem Blick.

„Wissen Sie, warum ich hier bin?", fragte der Reisende.

Während Evelyn Tomes sich mit dem Handrücken Blut vom Mund wischte, keimte in ihren Augen ein kleiner Zweig von Trotz auf. „Ja. Ich habe darüber gelesen. Das müssen Sie sein. Es … es liegt daran, dass Sie meine Rezensionen nicht mögen."

Die schlanke Gestalt verschränkte die Arme vor ihrer schmalen Brust und starrte die Frau an, völlig verblüfft durch ihre Untertreibung. Dann sagte sie fröhlich, während das Gelächter drohte, wieder loszubrechen: „Oh, meine Liebe, Sie haben ja keine Ahnung, *wie sehr* ich Ihre Rezensionen nicht mag. Sie haben keine Ahnung, wie sehr ich *absolut keine* von Ihren Rezensionen mag." Der Angreifer beugte sich hinunter und sprach mit jedem Satz lauter. Seine Augen blitzten vor Wut und in seinen verärgert verzogenen Mundwinkeln bildete sich hinter dem Nylon Schaum. Speichelspritzer flogen durch die Luft. „Ich sehe Sie überall im Internet. Gladreads, Amazon, ein Dutzend andere Seiten. An jedem Ort verreißen Sie Bücher. Machen sich über die Autoren lustig. Behandeln sie wie Idioten. Manchmal verreißen und verspotten Sie fünf oder sechs Bücher am Tag." Der Angreifer beugte sich noch weiter vor, während sich seine Stimme zu einem wütenden Schreien erhob. „*Sind Sie etwa eine verdammte Schnellleserin?*"

Evelyns dicke Hände mit den vielen Ringen umklammerten wieder die Perlenkette. Doch selbst während sie noch gegen ein verängstigtes Schluchzen ankämpfte, wurde ihr Blick boshaft. „Das können Sie nicht tun. Sie können nicht einfach in mein Haus kommen und …"

Ihr Besucher schüttelte verwundert den Kopf und zog die zusammengeknüllte Walmart-Tüte aus der Tasche. Lächelnd, da er die Wut nun wieder unter Kontrolle hatte, glättete er die Tüte – strich sorgfältig jede einzige Falte glatt, entfernte jeden Knick im Plastik – und hängte sie sich gut erreichbar über ein Handgelenk.

„Wie ich sehe, sind Sie sich Ihrer Situation noch nicht ganz bewusst. Ich fürchte, dass Ihre Tage, in denen Sie das Leben anderer Menschen zerstört haben, gleich auf abrupte und ausgesprochen schmerzhafte Weise gezählt sein werden." Evelyns Selbstsicherheit war augenblicklich verflogen. „Nein, bitte nicht …"

Der Angreifer ignorierte sowohl ihr Flehen als auch die in ihrem Gesicht erkennbare Furcht. Er näherte sich noch weiter, platzierte seine Füße rechts und links von ihrem aufgedunsenen Körper, zog ihr vorsichtig die Hände vom Gesicht und legte sie auf den Boden. Sie sah mit einem Hauch von Hoffnung zu ihm auf. *Mein Gott*, dachte der Reisende, als er begriff. *Sie hält es für Freundlichkeit, sie glaubt, ich möchte ihr helfen.* Um sie schnell vom Gegenteil zu überzeugen, stellte er einen blau überzogenen Fuß auf jede Hand, um sie auf das billige Linoleum zu pressen.

Die aus ihr hervorbrechenden Schreie waren ohrenbetäubend. Und als sie ihre schrillste Höhe erreichten, zog ihr der Reisende die Plastiktüte über den Kopf und befestigte sie mit einem Altweiberknoten unter ihrem Kinn. Er war so stramm, dass er fast ganz in den Falten aus Fett verschwand.

Glücklicherweise, da Evelyn eine wirklich unangenehme Stimme besaß, wurden ihre Schreie dadurch augenblicklich gedämpft. Ihr massiger Körper, der weiterhin von den Beinen des Reisenden festgehalten wurde, warf sich wild hin und her. Die kleinen Knochen ihrer Finger brachen knackend und krachend, während die Schuhsohlen sie zermalmten und die vielen Ringe sich in ihre zerquetschten Hände gruben, und sie warf den Kopf vor Schmerzen von einer Seite zur anderen. Die Plastiktüte knisterte, bauschte sich bei jedem gequälten Atemzug auf, bevor sie wieder in sich zusammenfiel. Das verängstigte und schmerzerfüllte Brüllen wurde lauter. Als die Luft in der Tüte dünner wurde, trommelten ihre nackten Fersen wie bei einem fröhlichen Stepptanz auf den Boden. Ihr Stakkato hallte durch den Wohnwagen.

Aus der Richtung der Küche zog bläulicher Rauch heran. Offenbar hatte die gute Frau leichtsinnig eine Tortilla auf dem Herd gelassen. So unvorsichtig hätte sie wirklich nicht sein sollen. Küchenbrände waren eine der Hauptursachen für tödliche Unfälle im Haushalt. Da ein Mensch jedoch nur einmal sterben kann, musste sie sich deshalb nicht allzu viele Sorgen machen.

Die Plastiktüte blähte sich immer langsamer auf. Der Sauerstoffmangel erledigte allmählich seine Aufgabe. Das Trommeln ihrer Fersen ließ nach. Mit einem Würgen verkrampfte sich ein letztes Mal ihr ganzer Körper, als sich die Walmart-Tüte mit einem Schwall von Erbrochenem füllte. Danach wurden die Geräusche aus dem Innern wirklich grauenhaft.

Der maskierte Eindringling hob die Füße von Evelyns zermalmten, blutigen Händen und entfernte sich einen Schritt, um fasziniert zuzusehen, wie Evelyn Tomes, auch bekannt als BookBlogger.com, würgte, bebte und gurgelte, während sie langsam, oh, so langsam, an ihrem eigenen Erbrochenen erstickte, während ihre armen, gequälten fetten Finger gekrümmt auf dem Boden zitterten.

Als der Körper endlich bewegungslos zusammenbrach, entfernte der lächelnde Besucher erst seine Strumpfmaske, dann die Gummihandschuhe. Auch als er sie mit dem Fuß anstieß, reagierte die Leiche nicht. Der riesige Busen, noch mit Blutflecken gesprenkelt, wogte nicht mehr. Erst nun begann der Gestank des Erbrochenen allmählich aus der Tüte zu dringen, um die Luft zu verpesten.

Mit einem angewiderten Schnauben drehte sich der Reisende um und trat wieder in die Nacht hinaus. Die schattenhafte Gestalt hatte sich erst etwas mehr als fünf Meter entfernt, als die überhitzte Pfanne in Evelyns Küche mit einem lauten *Wuuuusch* in Brand geriet. Wenige Sekunden später stand die schäbige Kattungardine in Flammen.

Der Reisende sah interessiert zu, wie sich das Feuer ausbreitete. Der alte Fleetwood-Wohnwagen, dessen Fenster nun ausnahmslos mit reinigendem, goldenem Feuer ausgefüllt waren, ähnelte einer riesengroßen Kürbislaterne.

Ein durchaus recht festlicher Anblick.

11

„Hı, Logan." Milo sah ihn strahlend an, starrte dann jedoch sofort auf die Stufen zu seiner Veranda hinab. „Hi! Wer ist das denn?"

Logan folgte Milos Blick mit seinem zu dem winzigen Welpen, der von der untersten Stufe heraufsah. Im Braun und Grau seines Fells befanden sich so viele Wirbel, dass es aussah, als wäre es explodiert. Aus diesem haarigen Chaos blickten zwei glänzende schwarze Augen hervor und nahmen alles in sich auf. Der Welpe hatte eine brandneue Leine, die an seinem brandneuen Halsband befestigt war, und zwischen seinen scharfen kleinen Welpenzähnen hielt er sicher eine brandneue Stoffente, etwa doppelt so groß wie er selbst, als hätte er nicht vor, sie jemals abzugeben. Das Ende der Leine lag sicher in Logans Hand.

„Das ist Emerson", erklärte Logan stolz. „Nach Ralph Waldo."

„Sein Name ist größer als er."

„Er wird hineinwachsen."

„Glaubst du, er wird jemals in die Ente hineinwachsen?"

„Möglich."

Milo wirkte skeptisch. „Wenn du meinst. Ähmm, ich dachte, du magst keine Hunde."

„Das habe ich nie gesagt. Ich *hatte* nur keinen Hund. Das ist ein Unterschied."

Zu diesem Zeitpunkt war Milo bereits auf die Knie gesunken und der Welpe hatte die Stoffente zumindest so lange abgelegt, dass er sich auf die Hinterbeine stellen und sich Milos Gesicht widmen konnte. Sein kleiner Schwanz wedelte wie verrückt und seine Zunge bewegte sich sogar noch schneller. „Er ist so winzig", brachte Milo zwischen den auf sein Gesicht regnenden Hundeküssen hervor.

Logan lächelte. „Er ist ein Yorkie."

„Ich weiß. Vom Tierschutzbund?"

„Ja."

„Führst du ihn für sie aus? Oder hast du ihn zum Ausprobieren mitgenommen?"

„Nein, er gehört mir. Oder …"

„Oder was?"

„Oder … uns."

Milo hob den Kopf und sie starrten einander an.

„Was meinst du mit ‚uns'?", fragte Milo. „Meinst du zwei Leute mit einem Hund? Meinst du als gemeinsames Eigentum? Meinst du, wir rufen dann ‚hierher, Junge' und er kommt zu dem, der gerade am einsamsten wirkt, weil er uns beide liebt? Die Art von ‚uns'?"

Logan drehte sich zur Straße um und schaute nach rechts und links, bevor er sich wieder an Milo wandte. „Steh auf. Und können wir bitte reingehen? Ich knie mich gleich hin." Genau genommen stand er kurz vor einer Ohnmacht, aber das gab er nur ungern zu.

Milos Augen waren weit aufgerissen, als er sich auf die Füße kämpfte. „Das tust du?"

Logan schluckte. Seine Augen waren vermutlich ähnlich groß. „Ja, das tue ich."

Milo wirkte besorgt. „Okay, dann komm rein." Er ergriff Logans Hand, um ihn sanft durch die Tür zu führen und aus dem Blickfeld neugieriger Nachbarn zu entfernen. Emerson schnappte sich seine Ente und folgte ihnen mit fröhlich auf dem Boden klappernden Krallen, während er sich alles genau ansah, als erlebe er ein großes Abenteuer. Da er bisher nur das Tierheim kannte, war es das vermutlich auch.

Nachdem er die Tür geschlossen hatte, wandte Milo sich erwartungsvoll Logan zu, wobei er noch immer seine Hand hielt und in seine weit aufgerissenen Augen blickte.

„Warum bist du so nervös? Und warum willst du dich hinknien? Weil du mit deinem neuen Hund spielen willst?"

Logan runzelte die Stirn. Die ganze Sache lief nicht nach Plan. „Nein."

„Das hat eigentlich auch keinen Sinn ergeben", sagte Milo. „Dafür hättest du dich genauso gut draußen auf die Veranda knien können, wie ich es getan habe. Schließlich ist es doch egal, wo du dich hinkniest, um mit deinem Hund zu spielen, solange …"

Logan verdrehte die Augen und zupfte an seinem Kragen. „Könntest du kurz still sein?"

Milos Mund schloss sich wie die Klappe eines Briefkastens.

Logan holte tief und zittrig Luft, bevor er auf ein Knie sank, ohne Milos Hand loszulassen.

Milo wirkte augenblicklich entsetzt. „Du tust es wirklich. Du hast dich hingekniet."

„Du solltest doch still sein."

„Ach ja."

Logan sah zu Milos Gesicht hinauf, während eiskalte Schweißtropfen über seine Rippen rannen. Ein weiteres Rinnsal tropfte von seinem linken Auge. Es fühlte sich wärmer an. Vermutlich war es bei seinem anderen Auge nur eine Frage der Zeit. „Ich möchte, dass du mir vertraust", sagte er. Er schluckte mühsam. „Das wünsche ich mir mehr als alles andere."

Milo blinzelte überrascht. „Warum glaubst du, dass ich das nicht schon tue?"

„Weil du gesagt hast, du könntest niemals jemandem vertrauen, der kein Haustier besitzt."

„Das habe ich gesagt?"

„Ja."

„Tja, dann war es nicht genau, was ich gemein…"

„Still."

Der Anflug eines Lächelns zog Milos Mundwinkel hoch, als er den Mund wieder schloss und Logan mit diesen unglaublich grünen Augen betrachtete, die Logan jedes Mal ein wenig schwindlig machten, wenn sie ihn so eindringlich ansahen. Vor allem in Augenblicken wie diesem. Glücklicherweise erlebte er nicht viele Augenblicke wie diesen. Er war nicht sicher, ob sein Herz es durchgehalten hätte.

„Warum ist es dir so wichtig, dass ich dir vertraue?", fragte Milo.

Nachdem Logan den Blick kurz zum Boden gesenkt hatte, richtete er ihn wieder auf Milos Gesicht. „Ich will, dass du mir vertraust, weil ich ein Haustier besitze."

Milos verwirrter Gesichtsausdruck zeigte Logan, dass er ihm nicht folgen konnte.

„Ooookay", sagte Milo gedehnt. Er wirkte wie jemand, der sich sehr darum bemühte, eine verrückte Situation zu begreifen, jedoch ohne besonders großen Erfolg.

„Ich will nicht, dass Emerson nur mir gehört, Milo. Er soll uns gehören."

„Uns."

„Ja, wie du es gesagt hast. Als gemeinsames Eigentum."

Milos Verwirrung schien nachzulassen. Er wirkte von Sekunde zu Sekunde gefasster. „Du meinst, als wenn wir zusammen wären?"

„Genau!", rief Logan so schrill, dass Milo wie von einer Nadel gestochen zusammenzuckte. „Genau das ist es! Als wären wir zusammen!"

„Sind wir das nicht schon?"

„Nicht offiziell", antwortete Logan.

Und endlich verstand Milo ihn genau. Er verstand alles.

„Darum geht es hier? Du möchtest mich fragen, ob wir aus unserer Beziehung eine ganz offizielle Sache machen können?"

Logan fiel vor Erleichterung beinahe hintenüber. „Ja!"

„Warum hast du das nicht gleich gesagt? Und ich verstehe immer noch nicht, warum du das Gefühl hattest, dir einen Hund kaufen zu müssen."

„Ich flehe dich an, Milo. Bitte sei einfach still."

Milo kniff die Augen zusammen, zog jedoch gehorsam mit den Fingern einen unsichtbaren Reißverschluss vor seinem Mund zu, tat dann, als schlösse er ihn mit einem unsichtbaren Schlüssel ab, und warf den unsichtbaren Schlüssel trotzig über seine Schulter. Als wäre das nicht genug gewesen, presste er noch wie zum Schwur eine Hand auf sein Herz, bevor er sich wie ein braver Katholik, der er ganz sicher nicht war, bekreuzigte. „Bin schon still, Boss. Zu Befehl, Sir."

Noch immer von seiner Position mit einem Knie auf dem Boden zu Milo aufsehend, zog Logan Milos Hand an den Mund und presste sie an seine Lippen.

„Ich bin verrückt nach dir, Milo."

„Ich weiß. Und ich nach dir."

„Ich weiß", sagte Logan, während er das Gefühl der kleinen Härchen auf Milos Handrücken genoss, die seine Nase kitzelten.

Milos Stimme klang heiser. Wie seine eigene. „Das tust du? Du weißt es?"

„Ja. Zumindest hatte ich es gehofft. Und jetzt habe ich das Bedürfnis, dir zu sagen, wie *ich* mich fühle."

„Warum? Wie fühlst du dich?"

„Ich fühle mich, als wäre ich verliebt."

Die Hand an Logans Lippen verspannte sich. „In mich?"

„Nein, in Spanky. Ja, natürlich in dich!"

Während sich Logans Lippen beim Sprechen über seine Handfläche bewegten, streckte Milo den Daumen aus, um Logans Wange zu streicheln. „Dann muss es ansteckend sein", sagte er leise, „denn so fühle ich mich auch."

Logan blinzelte. „Tatsächlich?"

Milo nickte. „Mhm. Schon seit einiger Zeit."

„Als wärst du verliebt?"

„*Ganz genau* als wäre ich verliebt."

„In mich?"

„Nein, in Vanna White. Ja, natürlich in dich!"

Milo wandte den Blick von Logans Gesicht ab, um den kleinen Hund zu betrachten. „Weißt du, du hättest dir nicht gleich einen Hund kaufen müssen, um mich dazu zu bringen, dir genug zu vertrauen, um dir zu sagen, dass ich dich auch liebe."

„Hast du gerade gesagt, dass du mich auch liebst?"

„Ja. Das glaube ich zumindest. Es war kein sehr verständlicher Satz. Dabei bin ich Schriftsteller. Das sollte ich besser können."

Sie lächelten einander zu. Es war ein seltsam unschuldiger Augenblick.

Noch kniend küsste Logan erneut Milos Handfläche. „Gehörst du jetzt mir?", fragte er leise.

„Das tue ich seit dem Tag mit den Hamburgern in Coronado."

„Da hatten wir uns gerade erst kennengelernt."

Milo zuckte mit den Schultern. „Ich weiß. Aber meine Signierstunde war eine totale Pleite und dann kamst du mit diesen Tennisshorts rein und hast mich um ein Autogramm gebeten. Außerdem hast du zwei Bücher gekauft. Daran hat es wohl gelegen."

„Meine Güte. Was wäre passiert, wenn ich drei gekauft hätte?"

Milos Grinsen flackerte auf. „Darüber denke ich lieber gar nicht erst nach."

Milos Gesicht verschwamm, als sich Logans Augen mit Tränen füllten. Eine rollte über seine Wange, doch er machte sich nicht die Mühe, sie fortzuwischen – er war ziemlich sicher, dass bald weitere folgen würden. „Dann sind wir jetzt ein Paar?"

Milo nickte. Dann fragte er schüchtern: „Du liebst mich wirklich, Logan?"

Logan erwiderte das Nicken. Seine Lippen zuckten. Er wusste nicht, ob das Zucken zu einem Lächeln führen würde oder dazu, dass er wie ein kleines Kind losheulte. „Milo Cook, ich liebe dich mehr als alles andere."

Milo legte seine warme Hand an Logans Wange und betrachtete ihn mit sanftem Blick. „Und du glaubst, Jerry hat dafür Verständnis?"

„Ja", antwortete Logan ohne das geringste Zögern. „Ich glaube, Jerry hat dafür Verständnis."

Dann zog er Milo dichter an sich, schlang die Arme um Milos Beine und presste das Gesicht an Milos Bauch. So kniete er auf dem Boden, hielt Milo einfach nur fest, hielt ihn in den Armen.

„Ich liebe dich auch", flüsterte Milo, während er mit den Fingern durch Logans Haar streichelte.

Logan atmete Milos himmlischen Duft ein, genoss seine vertraute Wärme. Milos Beine zitterten unter seinen Armen. „Ich wünsche mir schon so lange, dich das sagen zu hören."

Schließlich ließ er Milos Beine los und ging in die Hocke, um sich die Tränen von den Wangen zu wischen. Er lächelte schwach, jedoch ohne Verlegenheit. Auch wenn er einen Meter sechsundneunzig groß war und trotzdem wie ein kleines Kind weinte. Na und? Milo schien es nicht zu stören, also störte es ihn ebenso wenig.

Allerdings nahm er erneut Milos Hand, um sie wieder an seine Lippen zu pressen. „Aber es geht nicht nur um uns. Wir sollten Emerson dem Rest seiner neuen Familie vorstellen."

Milo straffte die Schultern und wischte sich über die Augen, die ebenfalls Tränen über seine Wangen sandten. Dann schüttelte er den Kopf, als wollte er sich wieder auf das Wesentliche konzentrieren. „Du hast recht", sagte er. In Richtung Pool gewandt rief er laut: „Spanky! Beweg deinen Hintern hier rein. Mein Freund und ich wollen dir deinen kleinen Bruder vorstellen!"

Sie feierten das Ganze mit einem Bier und einem nackten Bad im Pool. Logan hatte die Arme um Milo geschlungen und ihre nackten Körper pressten sich im von der Sonne gewärmten Wasser dicht aneinander, während sie zusahen, wie sich die Hunde am Zaun besser kennenlernten. Den größten Teil der Arbeit schien Emerson zu übernehmen.

Spanky wirkte verwirrt und leicht entsetzt, als könnte er kaum glauben, dass gerade ein Meerschweinchen – oder was auch immer dieses rattenähnliche Etwas war – auf seinem Schwanz herumkaute.

Emerson dagegen hüpfte, knabberte, neckte und kletterte letztendlich Spankys Rücken hinauf, als wäre er ein Berg. Als er den Gipfel erreicht hatte, die Stelle hinter Spankys riesigem Kopf, der zehnmal so groß war wie sein eigener, ließ er sich in das Fell des großen Hundes sinken, machte es sich bequem und schlief tief und fest ein. Spanky warf Milo einen finsteren Blick zu, als wollte er fragen, womit er das verdient habe.

Logan und Milo lachten und sahen einander an.

„Sie werden gut miteinander auskommen", sagte Milo.

„Meinst du?"

Milo nickte. „Ja. Und ich glaube, das werden wir auch."

Logan lächelte und kniff Milo sanft ins Kinn. „Das glaube ich auch", flüsterte er leise, während das Wasser seine Lippen umspülte, und näherte sich für einen Kuss.

Unter Wasser rieben sich ihre Erektionen aneinander und Logan hatte das Gefühl, nie zuvor so glücklich gewesen zu sein. Er dachte gerade darüber nach, unter die schimmernd gekräuselte Oberfläche zu tauchen und Milos Schwanz als Schnorchel zu benutzen, als Milos Worte ihn ablenkten.

„Zieh bei mir ein, Logan."

Logan löste sich etwas von Milo, um ihn besser ansehen zu können. „Was hast du gesagt?"

„Ich sagte: Zieh bei mir ein. Wenn wir uns lieben, sollten wir zusammenwohnen. Wir schlafen sowieso immer beide entweder in meinem oder in deinem Bett. Warum ziehen wir dann nicht einfach zusammen?" Milos Hand glitt ins Wasser und legte sich um Logans Schwanz, woraufhin Logan die Augen schloss und ein sexy Stöhnen ausstieß. Milo schob sich dichter an ihn und legte die Lippen an Logans Hals. „Wenn du mein Freund bist, möchte ich dich bei mir haben. Hier in meinem Haus. Bitte. Lass uns deine Sachen holen und herbringen. Heute. Jetzt. Sofort."

Logan hatte sich so sehr im Gefühl von Milos Fingern und Milos Lippen verloren, ganz zu schweigen von Milos Worten, dass er beinahe den Schmerz der Antwort ignorieren konnte, die er geben würde. Beinahe. Er zog Milo an sich und legte das Kinn auf Milos Schulter. Während er ihm über den Rücken streichelte, um das Gefühl seiner Wärme zu genießen, näherte er sich mit den Lippen seufzend Milos Ohr.

Es brach ihm fast das Herz, die Worte auszusprechen: „Es geht nicht. Ich kann nicht einfach aus der Wohnung ausziehen. Der Mietvertrag läuft noch zu lange."

Milo kuschelte sich an ihn. „Wir finden einen Untermieter."

Logan erstarrte, dachte über den Vorschlag nach. „Meinst du, das funktioniert?"

„Klar. Warum nicht? Es ist eine tolle Wohnung."

„Aber … aber hast du hier Platz für mich?"

„Wir schaffen Platz."

„Was ist mit Emerson?"

„Emerson wiegt ungefähr zweihundert Gramm. Wie viel Platz kann er da schon brauchen?"

„Ich habe Möbel."

„Was nicht reinpasst, lagern wir ein. Oder wir lagern meine ein und behalten deine. Ich bin nicht wählerisch."

Logan küsste Milos Wange, presste ihn weiter an sich. Anstelle von Logans Schaft streichelte Milo nun Logans Rücken, wie dieser seinen streichelte. Ihre Schwänze waren nicht mehr steif. Die Sehnsucht war vorübergehend von anderen Gedanken verdrängt worden, doch Logan wusste, dass sie schon bald zurückkehren würde.

„Du wirst meine Musik hassen", sagte Logan. „Und ich höre sie sehr laut."

„Ich kaufe mir Ohrstöpsel. Wenn das nicht funktioniert, mache ich einfach deine CDs kaputt."

„Manchmal stehe ich mitten in der Nacht auf und plündere den Kühlschrank. Dann werden morgens überall Krümel und schmutzige Löffel liegen."

„Das mache ich auch."

„Ich bin unordentlich. Ich bin nur nach Kalifornien gezogen, damit ich in der Wohnung in New York nicht das Badezimmer putzen musste."

„Das macht nichts. Es gibt Tage, an denen ich ganz gern putze."

„Ernsthaft?"

„Gott, nein. Das habe ich nur so gesagt."

„Ich habe noch nie einen Hund ausgeführt oder seine Häufchen eingesammelt."

„Daran gewöhnt man sich."

Logan sah Milo in die Augen, während er sich den Kopf über weitere Gegenargumente zerbrach. Als ihm keine weiteren einfielen, sagte er: „Ich könnte dir Miete zahlen."

„Hör schon auf, das Haus ist abbezahlt."

„Dann beteilige ich mich an den Nebenkosten."

„Und ob du das tust. Ich bin zu jung, um ein Sugardaddy zu sein."

Logan lachte schallend.

Dann ließen sie sich still im Wasser treiben, hielten einander fest, während die Sonne auf ihre Köpfe schien und das Gefühl nackter Haut ihre Schwänze allmählich wieder mit Verlangen füllte.

Logan fühlte sich in Milos Armen so herrlich wohl, so sehr als gehörte er wirklich dorthin, dass ihm erneut Tränen in die Augen stiegen. Allmählich wurde es peinlich.

„Ich wusste nicht, dass ich so ein emotionaler Typ bin", murmelte er an Milo geklammert.

„Liebe verändert uns alle", flüsterte Milo und schloss ihn fester in die Arme, während seine Finger Logans Nacken liebkosten.

Logan wartete, als Milos Hände und das himmlische Gefühl von Milos schlankem Körper an seinem eigenen die nächsten paar Sekunden in eine Erinnerung trugen, die er für immer in Ehren halten würde.

Irgendwann fragte er: „Wir tun das Richtige, oder? Mit dem Zusammenziehen meine ich."

Mit dem Kopf unter Logans Kinn nickte Milo. „Es ist das *einzig* Richtige. Wir lieben uns. Wir müssen zusammen sein. Bitte sag, dass du es tun wirst. Ich möchte dich bei mir haben. An jedem einzelnen Tag."

„Und in den Nächten?"

„Gott, ja. Und in den Nächten."

Logan legte eine große Hand an Milos Hinterkopf, um ihn sanft an sich zu pressen und zu wiegen, als sie dort träge Wasser traten. Dann schloss er die Augen und eine weitere Träne rollte über seine Wange. Als hätte er sie gespürt, hob Milo den Kopf und küsste sie fort.

Diesmal waren ihm seine Tränen nicht peinlich. Er lächelte auf Milo hinab und legte ihm die Hände an die Wangen, sodass seine Daumen sanft an Milos Schläfen ruhten. Unter Wasser pochten ihre Schwänze wieder heftig, während ihre Beine sich langsam bewegten, um sie über Wasser zu halten.

„Ja", sagte Logan. „Okay. Ich werde es tun. Ich ziehe ein."

In diesem Moment flog plötzlich ein winziger Fellball über das Wasser hinaus, zappelte mit vier kleinen Beinen in der Luft und klatschte direkt neben ihnen auf die Wasseroberfläche. Kurz versank Emerson wie ein Stein, tauchte jedoch schnell wieder vor Vergnügen quietschend auf. Mit seinen kleinen Vorderbeinen paddelte er zu ihnen, um beide Männer mit Hundeküssen zu bedecken und sie abzulecken, als hätte er sie seit einer Woche nicht gesehen.

Logan hob ihn lachend aus dem gekräuselten Wasser und setzte ihn sich auf die Schulter, wo er sich Tropfen aus dem Fell schüttelte und sich umsah wie ein Tourist.

Noch immer eng aneinandergeschmiegt drehten sich Logan und Milo – und Emerson – zu Spanky um, der noch unter der Liege am Zaun lag. Spanky erwiderte die Blicke nahezu völlig uninteressiert, warf sich gähnend auf die Seite und schlief wieder ein.

„Mein Liebster", murmelte Milo und küsste Logans Kinn.

„Dein Liebster und sein Hund", murmelte Logan, während Emerson sie wieder glücklich mit seiner Zunge bearbeitete.

Am Zaun war Schnarchen zu hören.

NACH NUR einer Woche hatte Logan ein junges Navy-Paar als Untermieter für seine Wohnung gefunden. Zehn Minuten nachdem die neuen Mieter den Vertrag mitunterzeichnet hatten, rief Logan bereits ein Umzugsunternehmen an. Wie Milo es vorgeschlagen hatte, ließ er den größten Teil seiner Möbel einlagern und behielt lediglich den Schreibtisch, den Fernseher für das Schlafzimmer und seine Bücherregale mit den Büchern, ohne die er nicht leben konnte, also allen.

Am ersten Abend nachdem sich endlich alles an seinem Platz befand, saß Logan mit Milo an seiner Seite vor dem Kamin in ihrem neuerdings gemeinsamen Heim. Sie tranken Martini, weil Milo feiern wollte und weil er die Cocktails für hübsch und die Stielgläser für festlich hielt. Außerdem mochte er Oliven. Sie sprachen leise, um Emerson nicht zu stören, der sich wie ein kleiner Fellball zwischen Logans Beinen zusammengerollt hatte und tief und fest schlief. Spanky hatte sich auf dem Sofa ausgebreitet, auf das eigentlich die Menschen gehörten, doch als sie versucht hatten, ihn davon zu überzeugen, hatte der alte Hund so sehr geknurrt und gebrummt, dass sie ihn dort gelassen und sich stattdessen für den Boden am Kamin entschieden hatten, was ohnehin viel romantischer war.

Logan fühlte sich in dem Haus in South Park bereits heimisch. Sein Schreibtisch stand im Arbeitszimmer gegenüber von Milos. Seine Büchersammlung befand sich wieder in ihren Regalen, die überall dort im Haus verteilt waren, wo sie hingepasst hatten. Logans Flachbildfernseher war an der Wand vor dem Bett angebracht worden, damit sie sich die neuesten Serien ansehen konnten, wenn sie dort nichts Besseres zu tun hatten, was absolut nie vorkam.

Im Augenblick lehnte Milos Kopf sanft an Logans Schulter, während sie an ihren Cocktails nippten und zufrieden in die Flammen schauten. Vor nicht ganz einer halben Stunde hatten sie sich dort geliebt, direkt vor dem Kamin unter den Augen der Hunde.

Logan war ziemlich sicher, dass er sich so zufrieden fühlte wie noch nie. Doch diese Zufriedenheit wurde schnell von Milos ersten Worten in den letzten zehn Minuten erschüttert.

„Es gab wieder einen Mord", sagte er, während sich sein Kinn in Logans Schulter bohrte, als er den Kopf hob, um Logans Reaktion auf die Neuigkeit sehen zu können. „Ich habe es beim Duschen im Radio gehört."

Logan wurde es schwer ums Herz, als wäre er von einer plötzlichen Erschöpfung ergriffen worden, die ihm seine gesamte Energie raubte. „Oh, Gott. Wer war es diesmal?"

„Eine Frau namens Evelyn Tomes. Sie hat in El Centro gelebt und unter dem Namen BookBlogger Rezensionen geschrieben. Sie wurde völlig verbrannt in ihrem verkohlten Wohnwagen irgendwo in der Wüste gefunden. Die Todesursache war allerdings Ersticken. Jemand hatte ihr eine Plastiktüte um den Kopf gebunden. Und sie wurde offenbar gefoltert. Jeder ihrer Finger war zerschmettert. Die Morde werden immer bösartiger."

„Außerdem kommen sie uns immer näher", seufzte Logan. „El Centro liegt nur hundert Meilen entfernt."

„Ich weiß."

Sie schwiegen. Beide tranken einen Schluck und lauschten dem Knistern des Feuers. Obwohl es eigentlich zu warm für ein Feuer war, wirkte es so romantisch, dass sie nicht darauf verzichten wollten. Logan beugte sich vor und küsste Milos Nasenspitze, nur weil er es gerade wollte. „Kanntest du sie?", fragte er leise.

Milo schüttelte den Kopf. Er kaute eine Olive, die er mit dem Zahnstocher aus seinem Glas gefischt und sich in den Mund gesteckt hatte. Nachdem er sich noch etwas dichter an Logan gekuschelt hatte, sagte er: „Nein. Aber ich habe gerade kurz ihren Namen im Internet gesucht. Sie war eigentlich keine ernsthafte Rezensentin, sondern wie die anderen Opfer. Eher ein Troll. Echte Rezensenten verreißen nicht fünf Bücher am Tag mit jeweils einem Stern."

„Das hat sie getan?"

„Ja. Bei Gladreads standen auf ihrer Liste über zweitausend bewertete Bücher und davon haben nur eine Handvoll mehr als zwei Sterne bekommen. Alle stammten aus den letzten sechs Monaten. Ihre Kommentare waren bissig und herabsetzend und sie schien Spaß daran zu haben, die Autoren anzugreifen. Zu solchen Leuten habe ich eine Theorie."

„Welche wäre das?"

„Ich glaube, sie sind mit ihrem eigenen Leben so unzufrieden, dass sie es an allen auslassen, die auch nur ansatzweise glücklich oder erfolgreich wirken. Einige dieser Trolle sind vermutlich auch gescheiterte Schriftsteller. Eifersüchtig, gehässig und unbarmherzig kleinlich. Sie greifen jeden an, der erreicht hat, was ihnen selbst nicht gelungen ist."

Logan nickte, wobei Milos rötliches Haar angenehm sanft seine Wange kitzelte. „Das denke ich auch immer. Aber den Autoren, die von ihnen zerfleischt werden, hilft das nicht."

„Nein", stimmte Milo zu. „Das tut es nicht. Es bringt ihnen auch nicht die verlorenen Kunden zurück, die sich vielleicht von den furchtbaren Rezensionen und niedrigen Bewertungen abschrecken lassen, weil sie diese für berechtigt halten, obwohl sie es nicht sind."

„Damit sind es jetzt also drei Opfer", sagte Logan leise und blickte in die Flammen. „Zumindest drei, von denen wir wissen."

„Du glaubst, es gibt weitere?"

„Ich hoffe nicht."

Milo stellte sein leeres Glas ab. „Das hoffe ich auch." Er streckte sich auf dem Boden aus und legte seinen Kopf auf Logans Bein. Mit einem Blick in Logans Gesicht sagte er: „Ich liebe dich so sehr. Mach bei deinen Kritiken keine Bücher schlecht. Es scheint nämlich nicht zu einem langen Leben beizutragen, und ein langes Leben ist genau das, was ich mir von dir wünsche. Versprich es mir."

Logan grinste. „Keine Rezensionen mit einem Stern. Das schwöre ich." Er streichelte mit einer Fingerspitze über Milos Wange und liebte das Gefühl der weichen Lippen, die sich unter seinem Finger zu einem Lächeln verzogen.

Doch den Mann selbst liebte er noch mehr.

MILO KUSCHELTE sich dicht an Logan. „Ich hoffe, du bist hier glücklich", flüsterte er, um Emerson nicht zu stören, der leise zwischen ihnen auf dem Boden schnarchte, während der Feuerschein golden über sein Fell tanzte.

„Ich bin so glücklich wie noch nie", sagte Logan, wobei er beinahe wie eine schnurrende Katze klang, als er Milos Haar küsste.

Milo seufzte, denn die Worte und die liebevolle Zärtlichkeit von Logans Stimme beruhigten ihn. „Gut." Er wandte kurz den Kopf, um das Feuer zu betrachten, bevor er wieder Logan ansah. „Komm morgen mit. Der Buchclub aus der Nachbarschaft veranstaltet wieder ein Treffen. Wenn du dabei bist und wir auffällig genug frisch verliebt spielen, werde ich vielleicht nicht wie beim letzten Mal zu den Morden ausgefragt."

„Wissen die Leute, dass du schwul bist?"

„Interessiert es mich, ob sie es wissen?"

Logan lachte leise. „Anscheinend nicht."

„Also kommst du mit?"

„Ja, ich komme mit."

Ein spitzbübisches Leuchten erhellte Milos Augen. „Da wartet auch etwas Besonderes auf dich. Mein Ex steht ebenfalls auf der Gästeliste."

„Der legendäre Bryce? Der Bryce, der mit quietschenden Reifen beleidigt davonrast, weil er einen neuen Verehrer auf der Veranda seines Exfreunds sieht?"

„Genau der. Mir wurde ein Programm des Abends geschickt. Essen, ich, Bryce – obwohl er unter seinem Pseudonym Thomas Giles aufgeführt ist – und einige andere Schriftsteller aus der Gegend. Sag mal, hast du eigentlich eine Rezension für Bryce' Buch geschrieben?"

„Nein, ich habe wegen Befangenheit abgelehnt. Es gab einen Interessenskonflikt."

„Was für einen Interessenskonflikt?"

Logan lächelte. „Dich."

„Oh."

„Jedenfalls können die Kritiken nicht so übel sein, wenn er vom Buchclub eine Einladung zu einem Schwätzchen und kostenlosem Essen ergattert hat."

„Da hast du wohl recht."

„Auf deiner Facebook-Seite habe ich ein Foto von ihm gesehen", sagte Logan. „Er ist verdammt attraktiv."

Milo zuckte mit den Schultern. „Er ist auch ein Arschloch. Bist du sicher, dass du mitkommen willst?"

Logan rutschte auf dem Boden herum wie ein aufgeregtes Kind. „Solange ich bei dir bin, bin ich zufrieden. Und kostenloses Essen gefällt mir ausgesprochen gut. Dann muss nämlich keiner von uns kochen. Als täten wir das jemals. Jedenfalls kann ich es kaum erwarten."

„Es wird Spaß machen." Milo drehte sich grinsend auf die Seite und hob Logans Hemd an, um seinen Bauchnabel zu küssen.

„Oh", hauchte Logan. „Da möchte wohl jemand spielen."

„Am liebsten im Bett", flüsterte Milo und setzte sich auf, um Logans Lippen mit seinen zu streifen. „Bitte. Ich will dich nackt sehen. Jetzt."

„Ganz schön aufdringlich", sagte Logan, ohne im Geringsten abgeneigt zu wirken, erst recht nicht, als sich Milos Hand mit einer vielversprechenden Geste an seine Hoden legte. „Du weißt, dass das letzte Mal noch keine Stunde her ist?"

Milo blinzelte unschuldig. „Was willst du damit sagen?"

Logan lachte. „Gar nichts. Ich mache nur Small Talk."

Kurz darauf lag Emerson auf dem Sofa zwischen Spankys Vorderbeinen, wo Logan ihn abgesetzt hatte, und vor dem Kamin stand der Ofenschirm, sodass der letzte Rest des Feuers gefahrlos verlöschen konnte.

Noch während Milo Logan zum Bett zerrte, entledigten sie sich ihrer Kleidung.

Wie immer hing der vor Kurzem angebrachte Flachbildfernseher unbeachtet an seinem Platz hoch an der Wand, während sie sich mit anderen Dingen beschäftigten. Auch wenn diese Dinge von keiner einzigen Fernsehzeitschrift empfohlen wurden, waren sie ausgesprochen unterhaltsam.

KURZ NACHDEM die antike Schuluhr im Arbeitszimmer verkündet hatte, dass es drei Uhr morgens war, schob sich Logan vom Bett und schlich sich aus dem Raum, in dem er einen schnarchenden Milo zurückließ. Leise schloss er die Schlafzimmertür. Als er dort nackt im Flur stand, hörte er das Klappern von Krallen auf dem Boden. Es kam von Emerson, der wie üblich fürchtete, etwas zu verpassen. Logan beugte sich hinunter, hob ihn hoch und presste den kleinen Welpen sicher an seine Brust. Gemeinsam betraten sie das Arbeitszimmer, dessen Tür Logan ebenfalls schloss.

Mit Emerson auf dem Schoß machte er es sich an seinem Schreibtisch bequem und schaltete den Computer ein.

Da er nicht einschlafen konnte und die Morde ihm keine Ruhe ließen, sah er sich Grace Connors Website an. Zumindest versuchte er es, denn sie war nicht mehr erreichbar. Nachdem er einige Minuten gesucht hatte, fand er jedoch die von BücherAufRädern, die noch funktionierte, obwohl nach Edgar Price' Tod keine neuen Beiträge hinzugekommen waren. Weder ein Freund noch ein prahlender Mörder hatte seinen Tod dort bekannt gegeben.

Logan überflog die lange Reihe seiner mehr als dreitausend Rezensionen und Bewertungen und sah genau das, was er erwartet hatte. Beinahe jedes Buch, das unter das Mikroskop von BücherAufRädern geraten war, hatte entweder einen oder zwei Sterne erhalten, ganz selten drei. Vier oder fünf hatte keines bekommen.

Bei einem Blick auf die Namen der Autoren entdeckte Logan viele, für die er selbst Rezensionen geschrieben hatte, und bei den meisten dieser Bücher bewiesen sie gute schriftstellerische Fähigkeiten. Der gute alte Edgar Price schien das jedoch anders gesehen zu haben und hatte sich beim Äußern dieser Meinung nicht zurückgehalten.

Bei seinen Rezensionen war er noch gnadenloser gewesen als bei der Sternevergabe. Beißend, grausam, spöttisch und unbeirrt unverfroren. Seine Kritiken strahlten eine Überheblichkeit aus, die darauf schließen ließ, dass er seine Meinung für die einzig richtige gehalten hatte, die keinen Widerspruch duldete und mit der in literarischer Hinsicht das letzte Wort gesprochen war. Nachdem er einige dieser Rezensionen gelesen hatte, wäre Logan beinahe selbst bereit gewesen, den Mann umzubringen. Vor allem, als er auch Milos vier Werke unter den Opfern von BücherAufRädern fand. Das neuste war derart verrissen worden, dass Logan entrüstet schnaubte und mit einem gemurmelten Fluch die Website schloss.

Als Nächstes suchte er Evelyn Tomes, auch bekannt als BookBlogger. Auch auf ihrer Seite waren seit etwa einer Woche, also vermutlich seit dem Tag des Mordes, keine neuen Einträge verfasst worden. Ihr Tod wurde dort ebenfalls nicht erwähnt. Logan nahm an, dass die Seite wie erstarrt ihr Leben fristen würde, bis die Domain wegen der fehlenden Zahlungen ausgelaufen war. Ein ziemlich tristes Karriereende. Und mit einer Walmart-Tüte erstickt zu werden war natürlich auch nicht der stilvollste Tod.

Die Rezensionen von BookBlogger ähnelten denen auf der Website von BücherAufRädern. Ein oder zwei Sterne. Drei waren selten. Vier oder fünf kamen nicht vor. In einer Hinsicht hatte Evelyn Tomes jedoch Edgar Price übertroffen. Sie hatte manchmal auch einen Stern an großartige Klassiker wie *Wer die Nachtigall stört* oder *Der Herr der Ringe* verteilt. Als wäre sie furchtlos von einem Machtgefühl dazu angetrieben worden, sich munter wie ein Arschloch zu verhalten und auch die Gefahr ewiger Verdammnis zu ignorieren, hatte sie sogar die King-James-Version der Bibel mit einem Stern bewertet und sie als „... pedantisch, abgedroschen, auf lästige Weise aufwendig und eine wahre Fundgrube für sinnlose Metaphern ..." bezeichnet.

Logan saß vor dem Bildschirm und bemühte sich, das Lachen zu unterdrücken, um nicht den Welpen auf seinem Schoß, seinen Liebsten im Schlafzimmer oder den auf dem Wohnzimmersofa schnarchenden alten Hund zu wecken.

Mit ihrem über das Wort Gottes verfassten Verriss hatte Evelyn Tomes den Gipfel der Gehässigkeit erreicht. Kein Wunder, dass sie zu einem Kohlenbrikett geworden war.

Logan begab sich zur Rezensionsseite Gladreads – von der jeder Autor wusste, dass sie einem Besuch des brutalsten Ghettos der Welt im leichtsinnig unbewaffneten Zustand gleichkam – und versuchte, im Kopf eine Tabelle mit den Autoren anzulegen, die von den Rezensionen der Ermordeten am heftigsten betroffen waren. Doch dabei tauchten so viele bekannte Namen bei allen drei Opfern auf, darunter auch Milo Cook, dass Logan den Plan, durch das Vergleichen der von allen dreien am schlimmsten kritisierten Autoren dem Mörder auf die Spur zu kommen, schnell wieder aufgab. Verdammt, die drei Rezensenten hatten *jeden* kritisiert. Demzufolge hätte jeder Schriftsteller ein Motiv gehabt.

Zum ersten Mal empfand Logan etwas Mitleid für die zuständigen Polizisten. Wenn man einen Verdächtigen mit einem Motiv suchte, konnte es nicht angenehm sein, plötzlich tausende zu finden. Obendrein waren die Morde an Orten begangen worden, die tausende Meilen voneinander entfernt lagen. In New York, Indiana und der Wüste von Südkalifornien. Jeder, der echte Polizei-Krimis las, konnte sich vorstellen, wie entmutigend das durch die Entfernung verkomplizierte Prozedere sein musste.

Nachdem er der Polizei im Stillen ein wenig Mitgefühl ausgedrückt hatte, schaltete er den Computer aus und saß einige Minuten im Dunkeln, ohne ernsthaft über irgendetwas nachzudenken.

Als die Tür quietschte, drehte er sich um und sah Milo, der nackt in den Raum spähte.

Milos Stimme war vom Schlaf heiser. „Ich bin aufgewacht und du warst nicht da", sagte er. „Stimmt was nicht?"

Dort in der Dunkelheit, vom Mondlicht gestreift, sah Milo so wunderschön aus, dass Logan spürte, wie seine Lippen sich zu einem Lächeln verzogen. „Nein, Baby. Alles in Ordnung."

Milo betrat auf leisen Sohlen das Zimmer und drehte Logans Schreibtischstuhl, um sich vor ihn zu knien. Dann schlang er seine Arme um Logans Taille und legte seinen Kopf neben Emersons. Der Welpe wachte auf und leckte ihm zu Begrüßung träge über das Gesicht, während Logan sie beide streichelte. Kurz darauf war Emerson wieder eingeschlafen.

„Ich habe dich vermisst", flüsterte Milo mit den Lippen an Logans Oberschenkel. „Ich mag es nicht mehr, allein aufzuwachen. Komm wieder ins Bett."

„Okay", sagte Logan durch ein liebevolles Lächeln. Sie ließen Emerson schlafend auf dem Stuhl zurück und schlichen Arm in Arm durch das dunkle Haus, bis sie das Bett erreicht hatten, wo sie sich instinktiv aneinanderschmiegten.

„Ich kann niemals genug von dir bekommen", flüsterte Logan in der Dunkelheit.

„Und ich nicht von dir", flüsterte Milo merkwürdig ernst.

Dann drehte sich Milo ohne ein weiteres Wort um. Logan lächelte und war nicht überrascht, dass Milo sich dem großen Drängen zwischen seinen Beinen hingab, das schwule Männer lenkt. Sekunden danach liebten sie sich erneut, hungrig vor Verlangen.

Diesmal trug sie der Hunger bis ins Morgengrauen. Als die ersten Sonnenstrahlen um sie herum den Raum erhellten, stießen sie endlich zur gleichen Zeit einen Schrei aus, als ihre Körper erbebten, ihre Säfte sich ergossen.

Danach klammerten sie sich zitternd vor Erschöpfung aneinander. Irgendwann schlief Logan verliebt wie nie zuvor in Milos Armen ein. Fühlte Milo dasselbe? Logan glaubte, dass er es vielleicht tat.

Und war das nicht verblüffend?

12

LOGAN UND Milo fuhren die Juniper Street entlang, denn sie befanden sich auf dem Weg zu ihrer Gastgeberin, die ihr Haus für das heutige Spektakel des South Park Reading Club zur Verfügung gestellt hatte. Milo hatte erklärt, dass es ihm nicht darum gehe, Bryce zu sehen – oder andere Leute. Er hoffte hauptsächlich darauf, dass der Käsedip so gut sein würde wie beim letzten Mal. Auf den Abend freute er sich dennoch. Am meisten freute er sich darauf – wie er mit einem frechen Funkeln in den Augen verkündet hatte –, mit Logan anzugeben.

Logan hatte pflichtbewusst gelacht, obwohl es ihm eigentlich nur darum ging, bei Milo zu sein. Alles andere interessierte ihn nicht. Allmählich war er etwas besorgt. Vor allem nach der letzten Nacht. Denn wenn er sich noch heftiger verliebte, würden ihm Amorflügel aus dem Rücken wachsen und er würde kleine rote Herzen in die Luft rülpsen, sobald er den Mund öffnete. Und er war einen Meter sechsundneunzig groß. Typen dieser Größe sollten sich doch männlich verhalten. Vielleicht sogar etwas unnahbar. Es war beunruhigend, wenn sich so jemand rührselig romantisch benahm.

Logan schüttelte den Kopf und lachte auf dem Beifahrersitz leise vor sich hin. Als sich Milos Hand über die Mittelkonsole schob und seine ergriff, verstummte er. Er wandte den Kopf, um Milos von den Lichtern des Armaturenbretts erhelltes Profil zu betrachten. Allein bei seinem Anblick klopfte Logans Herz wie wild. Oh nein. Er musste aufpassen, dass er nicht wieder rührselig wurde.

„Weiß Bryce, dass du einen neuen Freund hast?", fragte er.

Milo kitzelte Logans Handfläche. „Er weiß, dass ich mit jemandem zusammen bin."

„Gut. Welche Autoren kommen eigentlich?"

„Adrian Strange, der Science-Fiction schreibt. Lois Knight, die auf schwule Liebesromane spezialisiert ist. Dann natürlich Bryce, der sich an Krimis versucht und ein Talent dazu hat, mich wütend zu machen. Und ich. Was ich mache, weißt du ja."

Logan schnalzte zustimmend mit der Zunge. „Und zwar ganz genau. Jedenfalls scheint es ein bunter Haufen zu sein."

Milo legte seine Hand fester um Logans Finger, bis einer davon knackte. „Na, vielen Dank."

Lachend entzog ihm Logan seine Hand und bewegte die Finger, um das Blut wieder zum Fließen zu bringen. Als sie stark genug kribbelten, schob er sie wieder in Milos Hand.

Nach kurzem Schweigen sagte Milo: „Nach all den ermordeten Kritikern habe ich darüber nachgedacht, ob wir uns vielleicht eine Pistole kaufen sollten."

Logan grinste. „Woher weißt du, dass ich nicht schon eine habe?"

„Hast du eine?"

„Nein."

„Gut. Hätte ich gedacht, du wärst bewaffnet, hätte ich letzte Nacht nicht in deine Eier gebissen."

„Das hat mir irgendwie gefallen."

„Tja, woher hätte ich das wissen sollen? Ich hätte erschossen werden können, oh ja."

Breit grinsend betrachteten sie durch die Windschutzscheibe die vorbeiziehende Stadt, während sie noch immer Händchen hielten.

„Hat es dir wirklich gefallen?", fragte Milo lächelnd.

„Ja, wirklich."

„Vielleicht mache ich es dann heute Nacht wieder. Aber nur, wenn du dich ganz brav benimmst."

„Ich kann mich auch brav benehmen, wenn ich eigentlich gar nicht brav bin."

„Wenn du nicht brav bist, gefällst du mir eigentlich noch viel besser, als wenn du brav bist."

„Jetzt wird es verwirrend."

Logan lachte, während Milo auf ein Haus vor ihnen zeigte. Es war hell erleuchtet, denn jedes einzelne Licht brannte. Auf dem Gehweg standen rauchende, quatschende Leute und durch die Fenster waren im Innern des Hauses weitere zu sehen. Als sie sich langsam näherten, sah Logan, dass es in der Umgebung keine freien Parkplätze gab.

Milo stöhnte. „Ich habe bei diesen Treffen noch nie so viele Leute gesehen. Gott, wirklich jeder scheint gekommen zu sein. Ich frage mich, ob die Morde sie hergelockt haben. Das wird ein Albtraum."

„Und das Essen könnte nicht ausreichen", murmelte Logan gespielt besorgt.

Milo sah ihn an und sagte trocken: „Es gelingt dir immer, dich durch die Spreu zu kämpfen und das eine Körnchen wahren Schreckens in einer Situation zu finden."

„Danke", antwortete Logan mit einem schüchternen Lächeln. „Ich bemühe mich sehr."

ALS SIE das Haus betraten, hatte die Gastgeberin, vor deren Türschwelle so unerwartet viele Menschen aufgetaucht waren, bereits einen leicht glasigen Blick und wirkte auf Milo etwas gehetzt. Da sie bemerkten, dass sie beunruhigte Blicke auf das Büfett warf, beluden sie ihre Teller mit Essen, solange sie noch die Gelegenheit dazu hatten. Als die Veranstaltung offiziell begann, hatten sie bereits alles Essbare ausprobiert und Milo bemühte sich, nicht zu rülpsen, während er noch aß.

Milo bemerkte einige neugierige Blicke aus Bryce' Richtung, der sich übermäßig dafür zu interessieren schien, wer der praktisch an Milos Seite klebende große und attraktive Mann war, nach dem man eigentlich nur lechzen konnte. Als Reaktion darauf verhielt sich Milo noch besitzergreifender, als er es normalerweise getan hätte, flüsterte Logan Bemerkungen ins Ohr, tätschelte ihm liebevoll den Arm und legte hin und wieder eine Hand auf seinen Oberschenkel, nur um Bryce zu ärgern. Mann, er konnte echt fies sein.

Dagegen beschäftigte Bryce sich, vermutlich, um es Milo heimzuzahlen, ausgesprochen auffällig mit dem Science-Fiction-Autor Adrian Strange. Dieser war eindeutig stolz wie ein Pfau, weil ein so gut aussehender junger Mann an ihm Interesse zeigte. Beide Männer waren beinahe so groß wie Logan. Da es sich bei Adrian Strange nicht unbedingt um den attraktivsten Mann der Welt handelte, hatte Milo nicht erwartet, dass er Bryce' Typ sein würde. Aber da Liebe bekanntlich blind machte, kam Milo zu der Erkenntnis, dass es ihn freute, wenn Bryce jemandem nähergekommen war, auch wenn er ihn, gelinde gesagt, nicht mehr besonders mochte. Außerdem kam er zu der Erkenntnis, dass es ihn freute, als diese Person Adrian Strange zu sehen, weil Milo diesen ebenfalls nicht mochte. Seiner Meinung nach verdienten die zwei einander.

Logan senkte den Kopf und flüsterte: „Du hast doch irgendeinen finsteren Plan. Hör auf, deinen Ex und seinen neuen Freund anzustarren. Iss eine Frühlingsrolle. Die sind sehr lecker."

Milo brummte zustimmend und stibitzte eine von Logans Teller.

„He!", beschwerte sich Logan. „Ich meinte nicht meine!"

Als sich der Buchclub für den Hauptteil des Abends versammelte, konnte Milo sehen, dass es sich um fünfzig oder sechzig Leute handelte. Die Gastgeberin, sichtlich erleichtert über das Ende des großen Fressens, klatschte eifrig in die Hände, um die Aufmerksamkeit der Anwesenden auf sich zu lenken.

Die vier Autoren wurden vorgestellt, wobei Bryce unter dem Namen Thomas Giles als willkommener neuer Gast präsentiert wurde. Man musste Bryce lassen, dass er die Begrüßung freundlich entgegennahm. Er erhob sich sogar, um sich nach den netten Worten mit einer höflichen kleinen Verbeugung zu bedanken. Als er sich wieder neben Adrian Strange niederließ, strahlte dieser stolz und klopfte Bryce auf den Rücken. Wieder war Milo fasziniert davon, dass sich diese zwei so nahegekommen waren.

Zu guter Letzt stellte die Gastgeberin zu Milos Freude einen weiteren neuen Besucher vor, nämlich Logan Hunter, auch bekannt als BookHunter, den sie stolz als einen ihrer Lieblingsrezensenten bezeichnete.

Dann trat sie kichernd und mit einem spitzbübischen Funkeln in den Augen zwischen Logan und Milo, um sie auf die Füße zu ziehen. „Außerdem würde ich gern bekannt geben", sagte sie kokett, während ihr das Blut geradezu in die

Wangen schoss, „dass Milo Cook und Logan Hunter nun offiziell ein Paar sind. Beglückwünschen wir sie doch mit einem kleinen Applaus."

Die Gäste kamen der Aufforderung gehorsam nach. Zustimmender Beifall brandete auf. Milo stellte zufrieden fest, dass die meisten Anwesenden sich aufrichtig für sie zu freuen schienen. Wenn es unter ihnen homophobe Personen gab, waren diese so klug, es sich nicht anmerken zu lassen. Lois Knight, die Verfasserin schwuler Liebesromane, reagierte mit einem entzückten Kichern auf die Neuigkeit. Milo sah sie häufig bei Messen und wusste, dass sie aus San Diego stammte. Sie war eine unscheinbare unverheiratete Frau, groß und gertenschlank, die als Gesundheitsfanatikerin galt und Marathons lief oder durch die hochgelegene Wüste von Kalifornien wanderte, wann immer sich ihr die Gelegenheit bot. Wie üblich ohne den ausgeprägtesten Modegeschmack hatte sie eine bizarre Auswahl von Haarspangen in Anspruch genommen, um ihr lockiges Haar zu zähmen. Als hätten diese nicht gereicht, waren darin weitere zehn bis fünfzehn Spangen, alle in verschiedenen Farben und Formen, ohne ersichtlichen Grund verteilt worden. Für den heutigen Anlass hatte sie sportliche zweifarbige Lederschuhe, eine Kaschmirstrickjacke mit Knöpfen an den Ärmeln und einen weiten Rock mit Pudelmotiv ausgewählt, der direkt aus den Fünfzigerjahren zu stammen schien. Bei ihrem Anblick musste man sich fragen, ob sie die Veranstaltung mit einer Halloweenparty verwechselt hatte, zu der sie bereits eingeladen worden war.

„Bravo!", rief sie nun, während sie aufsprang und dicke Freudentränen weinte, was Milo für etwas übertrieben hielt, da sie in all den Jahren kaum fünf Worte miteinander gesprochen hatten. Doch sie reagierte freundlich und begeistert auf etwas, das Milo sehr wichtig war, weshalb er sie trotz dieser verdammten Haarspangen liebte wie eine lange verschollene Schwester.

Dagegen wirkten Bryce und Adrian Strange nicht besonders entzückt. Milo wusste nicht, ob es daran lag, dass er Bryce' Ex war, oder daran, dass es sich bei Logan um einen Kritiker handelte. Wenn er ehrlich war, interessierte es ihn nicht. Nachdem es ihm und Logan gelungen war, sich aus den Armen der Gastgeberin zu winden und wieder ihre Plätze einzunehmen, schnappte sich Milo eine zweite Frühlingsrolle von Logans Teller, was ihm einen weiteren mörderischen Blick einbrachte, und lehnte sich zurück, um auf das weitere Programm des Abends zu warten. Auch Logan entspannte sich neben ihm und wirkte erleichtert darüber, nicht mehr im Mittelpunkt zu stehen, auch wenn er dabei zwei Frühlingsrollen verloren hatte. Es war nicht das erste Mal, dass Milo einen Hauch von Schüchternheit in Logans Wesen bemerkt hatte. Dieser kleine Makel in der Perfektion führte jedoch lediglich dazu, dass er ihn noch heftiger liebte. Vor allem, weil Milo denselben Makel besaß. Außerdem hatte er festgestellt, dass man vorsichtig sein musste, wenn man unerlaubt etwas von Logans Teller stibitzte. Anscheinend konnte man bei einem solchen Vorhaben durchaus eine Hand verlieren.

Nachdem alle Gäste vorgestellt worden waren, wurde Milo als Erster darum gebeten, eine selbst ausgewählte Passage aus einem seiner Werke vorzulesen. Da er vorsichtshalber sein iPad mit einigen Seiten seines im Entstehen begriffenen Werkes mitgebracht hatte, holte er es nun hervor und las ein Stück. Während er rezitierte, blieb Logans Hand die ganze Zeit an seiner Seite, wo sie unauffällig sein Bein berührte, und hin und wieder streichelten die Finger den Stoff seiner Hose, als ob Logan ihm zeigen wollte, dass er für ihn da war und ihn unterstützte.

Als Milo das Ende der Passage erreicht hatte, applaudierten die Zuhörer, lobten seine Worte und versicherten, dass sie die Veröffentlichung kaum erwarten könnten und das Buch ganz sicher kaufen würden, sobald es in den Regalen stand.

Lois Knight war die Nächste. Sie hatte einen Auszug aus einem älteren Werk ausgewählt. Dieser war so angefüllt mit schwulem Sex (in jeder Form), Massen von in jede Richtung spritzender Samenflüssigkeit und einigen der größten Schwänze, die je in einem Buch Erwähnung gefunden hatten, dass sich am Ende ein nicht unerheblicher Teil des Publikums mit leuchtend rotem Gesicht verlegen auf seinen Stühlen wand. Dass Lois Knight wie jemandes schrullige alte Tante wirkte, die einen Schwanz selbst dann nicht erkannt hätte, wenn er ihr ins Gesicht gesprungen wäre, machte ihre Lesung nur noch verwirrender. Als sie das Ende erreicht hatte, klappte sie so energisch das Buch zu, dass alle zusammenzuckten. Hochzufrieden sah sie sich im Raum um und betrachtete die schockierten Gesichter.

Die Gastgeberin wirkte besonders erleichtert darüber, dass Lois' Lesung geendet hatte, und ging hastig zu Bryce – beziehungsweise Thomas Giles – über, der seinen Laptop aufklappte und eine lange Passage aus der Rohfassung des Buchs vorlas, an dem er zurzeit arbeitete, dem er den Titel „Sonnenuntergang" gegeben hatte.

Während er mit stolzer Stentorstimme rezitierte, wobei er immer wieder innehielt, als wollte er dem Publikum wichtigtuerisch die Gelegenheit geben, die Schönheit seiner Sprache und die geschickten Formulierungen zu würdigen, spürte Milo, dass Logan sich neben ihm versteifte. Als er ihm einen Blick zuwarf, sah er, dass Logan mit gerunzelter Stirn auf seinen Schoß starrte.

„Was ist los?", flüsterte Milo.

Logan schüttelte lediglich den Kopf und hob nicht ein einziges Mal den Blick, um Bryce anzusehen. Auch Milo sah er nicht an. Er saß nur da und schien sich von allen im Raum abgeschottet zu haben wie hinter einer verschlossenen Tür, durch die er selbst Milo nicht einließ.

Bryce wurde mit anerkennendem Beifall belohnt, der zweifellos noch anerkennender war, weil Bryce nicht ein einziges Mal auf schrecklich detaillierte Weise einen Orgasmus beschrieben oder auch nur einen Tropfen durch den Raum gespritzte Samenflüssigkeit erwähnt hatte.

Nach Bryce war nun Adrian Strange an der Reihe. Er las einen Abschnitt aus einem älteren Roman vor, was vermutlich daran lag, dass er, soweit Milo wusste, von seinen früheren Erfolgen lebte. Er hatte seit einigen Jahren kein neues Buch geschrieben. Dennoch machte er bei Veranstaltungen Werbung für seine alten. Und man musste zugeben, dass er nach wie vor ein beliebter Science-Fiction-Autor war. Milo wusste nicht, warum er keine neuen Bücher veröffentlichte, doch im Augenblick interessierte es ihn nicht. Er wartete ungeduldig auf das Ende des Abends, damit er Logan unter vier Augen fragen konnte, was ihn bei Bryce' Lesung so verstört hatte.

Allerdings würde das noch warten müssen. Nachdem Adrian Strange mit freundlichem, wenn auch etwas zurückhaltendem Applaus bedacht worden war, bewegte sich der Abend augenblicklich in die von Milo befürchtete makabre Richtung.

Da nun alle Autoren vorgelesen hatten, meldete sich mit großtuerischem Räuspern ein älterer Mann im Tweed-Jackett mit Lederflicken an den Ellbogen zu Wort. Er hätte nicht mehr wie ein aufgeblasener Möchtegernliterat aussehen können, wenn er mit Gänsefeder, Pergament und Tintenfass aufgetaucht wäre.

„Was ist mit den ermordeten Kritikern?", verlangte er mit wie ein Nebelhorn durch den Raum hallender Stimme zu wissen. „Ich wüsste gern, was unsere Gäste *dazu* sagen." Sowohl Adrian als auch Bryce wirkten leicht verstimmt, als gefiele es ihnen nicht, dass sie über etwas anderes als sich selbst reden sollten. Lois Knight tauchte lediglich einen Chip tief in ihren Bohnendip und schob ihn sich in den Mund, als interessierten sie Morde nicht, solange es noch Essen gab. Dagegen horchten viele Zuschauer, einschließlich der Gastgeberin, bei der Erwähnung der Morde auf und warteten gespannt auf eine Antwort.

Doch das Nebelhorn war noch nicht fertig. „Als Erstes würde ich gern hören, was BookHunter dazu sagt, da es seine Berufsgruppe ist, die auf so furchtbare Weise angegriffen wird. Mr. Hunter? Was denken Sie, Sir?"

Falls es Logan überraschte, direkt angesprochen zu werden, ließ er es sich nicht anmerken. Er erwiderte lediglich den Blick des Mannes und dachte in Ruhe über seine Antwort nach.

Dann räusperte er sich und sagte ruhig, aber bestimmt: „Erst einmal möchte ich etwas richtigstellen, das ich für einen Irrtum halte. Alle reden darüber, dass der Mörder es auf Kritiker abgesehen hat. Ich sehe das anders. Er hat es nicht auf Rezensenten abgesehen, sondern auf Trolle. Unruhestifter. Auch wenn sie sich vielleicht als Rezensenten *bezeichnen*, handelt es sich in Wirklichkeit um Menschen, die sich auf das niedrigste Niveau herablassen und Autoren demütigen und verspotten, um sich und ihrer Website einen Namen zu machen. Diesen Bloggern geht es ausschließlich darum, mehr Leser für sich zu gewinnen und dadurch bekannter zu werden. Dabei stellen sie sich als Experten dar, obwohl sie eigentlich nur Hetzer sind. Sie interessieren sich nicht dafür, Literatur zu fördern. Sie interessieren sich nicht dafür, Leser zu bilden. Sie interessieren sich nur für Aufmerksamkeit. Und sie erfreuen sich daran, den Ruf seriöser Schriftsteller zu ruinieren. Sie sind die moderne Version eines Pausenhof-Prüglers und verstecken sich hinter der Anonymität des Internets. Mit anderen Worten: Sie sind Feiglinge."

Milo betrachtete voller Stolz Logans Profil, als dieser redete. Auch unter den Zuhörern herrschte absolute Stille. Abgesehen von Logans Stimme war nichts zu hören. Alle Blicke waren auf sein Gesicht gerichtet, alle Ohren lauschten ihm. Milo entging nicht, dass Logan beinahe dasselbe sagte, was Milo dem Detective aus New York erklärt hatte. Die Opfer waren keine Rezensenten gewesen, sondern etwas völlig anderes.

Doch da Logan offenbar noch mehr zu sagen hatte, schob er den Gedanken von sich und hörte wieder zu. Er wollte nichts von dem seltenen Einblick in das öffentliche Gesicht seines Liebsten verpassen.

Logan sah sich mit einem traurigen Lächeln im Raum um, als sei er darüber erstaunt, dass die Menschen nicht von sich aus die Wahrheit erkannten. „Zwei der ermordeten Personen haben online ihr Unwesen getrieben, ohne ihre wahre Identität preiszugeben. Ihr richtiger Name war auf ihren Seiten nicht zu finden. Eine hat sogar behauptet, in einer Villa am See tausende Meilen von ihrem eigentlichen Wohnort entfernt zu leben. Mit gestohlenen Fotos hat sie sich als schöne Frau dargestellt. In Wirklichkeit waren beide Behauptungen gelogen. Ein ehrlicher Rezensent hätte solche Lügen nicht nötig. Ein ehrlicher Rezensent muss sich für nichts schämen. Außerdem würde ein echter Kritiker nicht verbrannte Erde hinterlassen, indem er an einem Tag mehrere Rezensionen veröffentlicht, von denen jede noch beleidigender und rufschädigender ist als die vorhergehende."

Milo war dankbar, als er aus der Menge beifälliges Gemurmel hörte. Einige Köpfe bewegten sich nickend auf und ab. Zustimmende Blicke wurden getauscht. Falls Logan es bemerkte, sah man es ihm nicht an. Er betrachtete mit gesenktem Kopf seine Hände, während er ruhig redete – laut genug, um in jedem Winkel des Raums gehört zu werden, jedoch nicht so laut, dass er wie ein Prediger klang. Sein Tonfall war der eines freundlichen Professors, der seinen Studenten gelassen den Semesterplan vorstellte, den er seit Jahren auswendig wusste. Er hatte eindeutig schon lange vor der Frage an diesem Abend gründlich über die Morde nachgedacht.

Irgendwann hob Logan den Kopf, um sich im Raum umzusehen, und ergriff Milos Hand, ohne danach suchen zu müssen, als hätte er die ganze Zeit gewusst, wo sie sich befand. Als er sie so selbstbewusst und besitzergreifend in seine nahm, war Milos Herz von Stolz erfüllt. „Dieser Mann gehört mir", sagte Logans Geste und zeigte den Menschen im Raum, dass er ebenfalls stolz darauf war. In diesem Moment liebte Milo ihn mehr als je zuvor.

Logan fuhr fort: „Grace Connor war das einzige Opfer, das stolz – oder leichtsinnig – unter seinem eigenen Namen Kritiken schrieb. Sie besuchte öffentliche Veranstaltungen und hat sich allen Menschen offen gezeigt. Wegen einer solchen Veranstaltung war sie auch in New York, als sie ermordet wurde." Logan hielt inne, um die ihn betrachtende Menge zu mustern, und runzelte die Stirn. „Doch wenn Sie einige ihrer Rezensionen lesen und sehen, wie grausam diese sein konnten, wird Ihnen klar sein, dass sie wahrscheinlich hätte vorsichtiger sein sollen, was ihre Identität betraf, oder zumindest dafür sorgen, dass sie für mögliche Angreifer weniger leicht erreichbar war. Ich sage das nur ungern, da sie mit Milo befreundet war, aber es ist die Wahrheit."

Logan warf Milo einen Blick zu, jedoch nur einen kurzen. Er entschuldigte sich nicht für das, was er über Grace gesagt hatte, und Milo rechnete nicht damit. Es war nicht nötig. Logan wandte sich wieder an die Zuschauer. „Trotz allem möchte ich jedoch sagen, dass ich die ganze Sache schrecklich finde. Auf Papier können Morde ziemlich cool sein und zu einem spannenden Krimi führen. Im wahren Leben sind sie abstoßend. Es ist furchtbar und feige, dass jemand diese Morde begangen hat, und es bringt die Literaturszene in Verruf. Zweifellos. Ich empfinde Mitgefühl für die Opfer, auch wenn ich verabscheue, was sie getan haben. Und ich bedaure den Verlust der Unschuld, zu dem die Morde in dieser Welt, die wir so lieben, geführt haben. Dieser Welt, die uns heute hier zusammengebracht hat. Der Welt der Bücher."

Plötzlich blitzte Wut in Logans Augen auf. Seine Hände ballten sich in seinem Schoß zu Fäusten. „Es *ärgert* mich, dass so viele Leute seriöse Kritiker hassen, weil eine Handvoll Verrückte uns in ein schlechtes Licht rücken! Die meisten Rezensenten sind klug und wohlmeinend. Sie verstehen Schriftsteller. Viele arbeiten als Lektoren und sie alle lieben Bücher. Einige Kritiker, die ich kenne, sind sogar selbst Autoren. Sie haben das nicht verdient. *Keiner* von ihnen hat das verdient."

Als Logan verstummte, war er so aufgewühlt, dass seine Hände zitterten.

Milo berührte sein Knie, als könnte er ihm so sagen: „Ganz ruhig, alles wird gut."

Logan nickte, sah sich noch einmal schüchtern im Raum um und stand langsam auf. Milo erhob sich mit ihm.

„Das reicht erst mal", flüsterte Logan verhalten nur für Milos Ohren. „Ich glaube, ich sehe jetzt nach, ob es noch Frühlingsrollen gibt, nachdem du ja meine gegessen hast. Plappern macht mich hungrig."

Milo hob eine Hand, um Logans Wange zu berühren und ihm so mitzuteilen, dass er jedes seiner Worte unterstützte. Gleichzeitig begannen die Zuschauer, leise zu applaudieren.

„Ja!", rief Bryce eifrig von seinem Platz am anderen Ende des Raums. Mehrere Köpfe drehten sich in seine Richtung, auch Logans. Milo bemerkte, dass Logan ihn mit zusammengekniffenen Augen ansah. Es war nicht der erste Hinweis darauf, dass er Bryce absolut nicht mochte. Er fragte sich, warum. Mit diesem einen spontanen Ausruf hatte Bryce sich in den Mittelpunkt gestellt. Und wie er es schon immer getan hatte, wenn das passierte, nutzte er es aus. Um bei einem höflichen Gespräch zu bleiben, hielt er sich etwas zurück und wählte einen ruhigeren, besonnenen Ton. Doch in Bryce' Augen brannte ein Feuer, bei dessen Anblick die Anwesenden verstummten. Seine Worte sorgten dafür, dass es sogar noch stiller wurde.

„BookHunter hat recht", erklärte er, während er von einem Gesicht zum anderen schaute, um sicherzugehen, dass er ihre ungeteilte Aufmerksamkeit hatte. „Grace Connor und die anderen Opfer haben bekommen, was sie verdienten."

„Das habe ich nicht gesagt!", brüllte Logan. Seine Kiefermuskeln waren angespannt und seine Finger schlossen sich fester um Milos Hand.

Bryce tat den Einwand mit wedelnder Hand ab, als scheuchte er eine Fliege vom Kartoffelsalat. „Aber nur, weil Sie zu höflich sind, um es zuzugeben", sagte er mit einem flüchtigen Blick in Logans Richtung. „Wahr ist es trotzdem. Grace Connor und die anderen hatten vor, Menschen wütend zu machen, und hatten dabei mehr Erfolg, als sie sich je erträumt hätten. Man kann nicht über das Internet Leute angreifen, ohne sich dabei Feinde zu machen. Und in diesem Fall scheinen sie sich die falsche Person zum Feind gemacht zu haben. Zu ihrem Unglück wurde dafür Rache geübt. Im Grunde haben die sogenannten Opfer nur den falschen verrückten Typen verärgert. Und dafür mussten sie mit ihrem Leben bezahlen."

„Das klingt ausgesprochen anmaßend", säuselte Lois Knight von ihrem Platz auf dem Diwan. Sie hatte aufgehört zu essen und hörte nun interessiert zu.

Bryce fuhr zu ihr herum, als hätte sie ihn angegriffen, doch sie erwiderte lediglich seinen bösen Blick.

„Tatsächlich?", fragte er steif und sah sie kühl an. „Und warum sollte Sie das stören?"

Lois Knight lachte, was Milo überraschte, denn es schien die seltsamste Reaktion des ganzen Abends zu sein. Was sie dann sagte, überraschte ihn jedoch noch mehr.

„Ich wollte nicht sagen, dass die Opfer es nicht verdient hätten. Meinen Verkaufszahlen haben die Trolle auch geschadet. Ich möchte nur Ihre Annahme infrage stellen, dass es sich bei dem Mörder um einen ‚verrückten Typen‘ handelt. Wenn er verrückt ist, merkt man es nicht. Er scheint mit der Situation ziemlich kompetent umzugehen. Verstehen Sie mich nicht falsch, die Morde sind selbstverständlich entsetzlich, aber ich habe Verständnis für das Motiv."

Die Gastgeberin keuchte und selbst Bryce wirkte kurz schockiert. Dann fasste er sich und fuhr in seiner entrüsteten Rede fort, wobei er Lois Knight allerdings so gut wie möglich ignorierte.

„Jedenfalls bleibt es bei der Tatsache, dass es keine angesehenen Rezensenten sind, die hier sterben. Das waren sie nicht. Wie Hunter schon sagte, waren es Internettrolle. Die Anstifter für Spott mit der einzigen Absicht, so viele Schriftstellerkarrieren wie möglich zu sabotieren. Dabei schaden sie professionellen Kritikern wie Logan Hunter, die stolz darauf sind, sich anständig zu verhalten und faire Rezensionen zu schreiben."

„Lassen Sie mich da raus!", flackerte Logans Verärgerung erneut auf.

Auch diesmal ignorierte ihn Bryce. „Menschen wie Logan Hunter und tausende andere angesehene Kritiker da draußen, die Bücher lieben, die Autoren lieben, die sich darum bemühen, der Welt der Leser hervorragende Beispiele schriftstellerischen Könnens näherzubringen und talentierte neue Autoren ins Rampenlicht zu stellen, wo sie angemessen gewürdigt werden. Wenn Sie mich fragen, warum diese Opfer, diese Unruhestifter, wie Mr. Hunter sie genannt hat, sich so verhalten, könnte ich es Ihnen nicht sagen.Vielleicht sind sie einfach keine netten Menschen. Aber wenn Sie mich fragen, warum sie getötet wurden, denke ich, ich *kann* es Ihnen sagen. Wie Lois Knight kann ich es absolut verstehen. Was ihnen zugestoßen ist, war eine direkte Folge ihres Handelns. Gott möge mir dafür vergeben, dass ich das sage, aber jeder Einzelne von ihnen hat es herausgefordert!"

Wie im Chor erhoben sich zustimmende und widersprechende Stimmen im Raum. Logan saß verbissen schweigend da, ohne seine Meinung zu sagen, doch in seinen Augen blitzte noch die Wut auf. Sie zeigte deutlich, wie sehr ihn Bryce' und Lois Knights Worte empörten.

Die einzige Person im Raum, die völlig unbeteiligt dasaß und keine Meinung zu der Angelegenheit zu haben schien, war Adrian Strange. Er hatte sich unbeschwert eine Serviette in den Kragen geklemmt und knabberte an einem Stück Möhre, während er seinen Teller gefährlich auf seinem iPad balancierte.

Als das Raunen der Menge etwas nachgelassen hatte, stellte er den Teller zur Seite und hob die Hände.

„Bitte, bitte", sagte er gerade laut genug, um alle auf sich aufmerksam zu machen. „Es handelt sich um ein emotionales Thema, von dem wir uns vielleicht alle etwas zu sehr mitreißen lassen. Bryce ist ein leidenschaftlicher junger Mann, der eben seine eigene Meinung hat. Wie Logan Hunter seine hat. Und ich meine."

„Genau wie ich", murmelte Lois Knight gereizt.

„Ja", seufzte Adrian. „Genau wie Sie."

„Was *ist* Ihre Meinung?", fragte ihn jemand aus der Menge. „Und was wird Ihrer Meinung nach als Nächstes passieren?"

Adrian Strange schob sich sein letztes Stück Möhre in den Mund und kaute geräuschvoll, während er ausweichend sagte: „Meine Meinung ist meine eigene. Und was als Nächstes passiert, hängt doch vom Mörder ab, oder? Da es bei seiner Mission offensichtlich um Vergeltung geht, gibt es da viele Möglichkeiten." Adrians langes Gesicht verzog sich zu einer fröhlichen Grimasse. „Wie wir alle wissen, macht es deshalb so viel Spaß, über literarische Bösewichte zu schreiben und zu lesen. Man weiß nie genau, was sie als Nächstes tun."

„Oder wer sie wirklich sind", murmelte Lois Knight mit einem misstrauischen Blick in Adrians und Bryce' Richtung. „In einem guten Buch ist der Mörder schließlich die Person, bei der man am wenigsten damit gerechnet hätte."

13

ALS DIE Diskussion wieder ihren Lauf nahm, führte Logan Milo unauffällig aus dem Raum und in die angrenzende Küche. Kaum waren sie weit genug von den anderen Gästen entfernt, packte er Milos Schultern und flehte: „Wir müssen gehen, und zwar *sofort*."

Milo hatte Logan noch nie so aufgewühlt gesehen. „Warum? Was ist los?"

Logan antwortete nicht, doch seine störrische Haltung – erhobener Kopf, gestraffte Schultern, entschlossener Blick – ließ Milo vermuten, dass es keinen Sinn hatte, darüber zu diskutieren.

„Dann gehe ich kurz und verabschiede mich von unserer Gastgeberin."

„Gut", sagte Logan. „Ich warte draußen auf dich."

Milo legte eine Hand auf Logans Brust, als könnte er mit dieser Berührung herausfinden, was hier eigentlich vor sich ging, wie durch Blindenschrift für Verliebte. Da Logan noch immer keine Anstalten machte, es ihm zu erklären, trat Milo schließlich einen Schritt zurück. Logan eilte augenblicklich mit gesenktem Kopf durch den Flur zur Haustür und trat, ohne sich noch einmal umzusehen, in die Dunkelheit hinaus. Milo ging in die andere Richtung, um im Wohnzimmer ihre Gastgeberin zu finden und sich leise dafür zu entschuldigen, dass sie die Veranstaltung so früh verließen. Zwei Minuten später fand er Logan auf den Stufen vor der Haustür vor, wo er auf Milo wartend saß. Nachdem Milo ihn auf die Füße gezogen hatte, machten sie sich auf den Weg zum Auto. Beide atmeten erleichtert darüber, den vielen Menschen entkommen zu sein, die kühle Abendluft ein.

„Ich brauche eine Zigarette", sagte Logan.

„Nein, die brauchst du nicht!", fauchte Milo. „Also, verrätst du mir jetzt, was dich so wütend gemacht hat? Lag es an der Diskussion über die Morde?"

Logan ergriff Milos Hand. Zögernd sagte er letztendlich: „Ich war nicht wütend."

„Das sah aber anders aus. Wenn du nicht wütend warst, was war dann los?"

„Vieles."

„Zum Beispiel?"

Logan sah ihn im Licht einer Straßenlaterne an. Seine normalerweise vollen Lippen waren zu einer schmalen Linie zusammengepresst. Auch wenn er es nicht zugeben wollte, war er eindeutig noch verärgert, was Milo etwas einschüchterte. Schließlich war der Mann riesig. Riesige Männer wirkten einschüchternd, wenn sie wütend wurden. Es war natürlich nicht so, dass er sich jemals tatsächlich vor Logan gefürchtet hätte, aber seine Wut war beeindruckend.

Als Milo ihn so genau musterte, wich Logan seinem Blick aus, und Milo sah erleichtert, dass die Verärgerung nachließ, die Wut allmählich verflog. Logans natürliche Gutherzigkeit schien zu helfen, sie unter Kontrolle zu bringen. Seit dem kurzen Gespräch in der Küche zeigte sich nun zum ersten Mal ein schiefes Lächeln auf Logans Lippen. Er wirkte verlegen. Als er sprach, war seine Stimme zum normalen Tonfall zurückgekehrt. Vielleicht sogar etwas sanfter. Seine Lippen sahen wieder voller aus, luden zum Küssen ein, wie Milo es mochte.

Logan hob eine Hand, um mit dem Daumen auf das hinter ihnen liegende Haus zu deuten. „Erstens ist Adrian Strange ein Arschloch. Er scheint es lustig zu finden, dass da draußen ein Verrückter Leute ermordet. Als wäre es eine nette Handlung für einen Krimi, aber im wirklichen Leben ziemlich uninteressant."

Milo lachte. „Er ist wirklich so seltsam wie sein Name. Aber das kann nicht alles gewesen sein, Logan. Ich weiß, dass dich noch etwas anderes gestört hat. Du warst schon angespannt, bevor über die Morde geredet wurde."

Bei diesen Worten kehrte etwas von Logans Verärgerung zurück. Er schwieg. Und Milo fand, dass er zu lange schwieg.

„Also?", hakte Milo nach. „Was war es? Was hat dich so sauer gemacht?"

Logans Hand legte sich fester um Milos Finger und er schob sich näher an ihn, bis sich ihre Schultern beim Gehen berührten. Dann stieß er einen langen Seufzer aus, als wäre er von einer plötzlichen Erschöpfung erfasst worden. „Wenn wir zu Hause sind, muss ich etwas überprüfen. Hab bis dahin Geduld. Wenn ich mich irre, werde ich den Rest der Nacht damit verbringen, mir neue, aufregende Wege einfallen zu lassen, mich bei dir für den ruinierten Abend zu entschuldigen."

Milo wackelte mit den Augenbrauen. „Ein verlockendes Versprechen. Aber du hast den Abend nicht ruiniert. Und du musst dich auch nicht entschuldigen. Ich würde nur gern wissen, was passiert ist. Bist du sicher, dass du es mir noch nicht sagen kannst?"

Logan verfiel wieder in Schweigen. Sein stur gesenkter Kopf teilte Milo mit, dass er sich weitere Fragen sparen konnte. Logan würde alles erklären, wenn er es erklären *wollte*. Und keine Sekunde eher.

OBWOHL SIE während der Rückfahrt kein Wort sprachen, herrschte keine Missstimmung. Logans Hand lag die ganze Zeit auf Milos Oberschenkel und Milo hörte beim Fahren nicht eine Sekunde damit auf, Logans Handrücken zu streicheln. Als sie das Haus betreten hatten, zog Logan sich nicht einmal die Schuhe aus, sondern durchsuchte sofort systematisch eines seiner verstreuten Bücherregale nach dem anderen. Bei seinem Einzug vor einigen Wochen waren die Bücher ungeordnet verteilt worden. Logan hatte sich vorgenommen, sie wieder zu sortieren, hatte es jedoch noch nicht getan. Daher war eine längere Suche nötig, bis sich das gewünschte Buch zeigte.

Als er es fand, zerrte er es mit einem lauten „Aha!" aus dem Regal.

Er fand Milo auf einem Liegestuhl beim Pool. Seine Kleidung hatte er auf die Terrasse geworfen, bevor er in einen Bademantel geschlüpft war. Spanky und Emerson hatten sich gemeinsam auf Milos Schoß gezwängt, um sich mit offenbar dringend benötigtem Bauchkraulen versorgen zu lassen.

Als Logan durch die Schiebetür auf die Terrasse trat, hob Milo den Kopf. Er betrachtete das Buch in Logans Hand, sagte aber nichts. Stattdessen streckte er seine Hand aus, um einen Gartenstuhl neben sich zu ziehen, und bedeutete Logan, sich zu setzen. Bevor er der Aufforderung nachkam, warf Logan das Buch auf den Stuhl und verschwand noch einmal im Haus. Keine Minute danach trat er wieder auf die Terrasse hinaus, während er noch den zu Milos passenden Bademantel schloss. Darunter war er so nackt wie Milo.

Ohne etwas zu sagen, schob er den Stuhl noch dichter an Milo und sank darauf. Dann beugte er sich vor, um beide Hundeköpfe zu küssen. Anschließend unternahm er einen kleinen Umweg und schob den Stoff von Milos Bademantel aus dem Weg, damit er auch die Narbe der Blinddarmoperation auf Milos Bauch küssen konnte, was er immer sehr gern tat. Als er sah, dass Milos Schaft darauf reagierte und begann steif zu werden, schloss er den Bademantel wieder und richtete sich zufrieden auf.

„Gemein", brummte Milo. Dennoch nahm er zwei frisch geöffnete Bierflaschen vom Boden neben dem Liegestuhl und reichte ihm eine. Logan nahm sie dankbar an und trank einen großen Schluck, während er sich zurücklehnte und das Buch aufschlug.

MILO HATTE mit den Hunden gespielt und Bier getrunken, während Logan tat, was auch immer er tat. Milo verstand nicht, wie das Buch mit der ganzen Sache zusammenhing. Während Logan wieder ins Haus gegangen war, um sich umzuziehen, hatte er einen Blick auf das Buch geworfen, dabei jedoch weder das Buch noch den Namen des Autors wiedererkannt. Auch das verblasste Logo des Verlags auf dem Buchrücken kam ihm nicht bekannt vor. Das Buch war alt und entweder gern gelesen worden oder lediglich wegen seines Alters etwas ramponiert und schlaff. Der Buchdeckel wies auf einen Thriller hin. Schriftart und Stil ließen Milo vermuten, dass es in den Vierzigerjahren oder sogar noch eher veröffentlicht worden war. Die Ecken des gebundenen Buches waren umgeknickt und abgenutzt, der Stoff des Einbands leicht eingerissen. In der oberen rechten Ecke des Deckels war ein runder Fleck zu sehen, der vermutlich von einer Kaffeetasse stammte, die jemand einst auf dem Buch abgestellt hatte, ohne es anschließend zu reinigen. Logan blätterte das Buch nun durch, wobei er hin und wieder die Hand ausstreckte, um abwesend einen der Hunde zu streicheln. Manchmal strich er damit auch träge über das Haar an Milos Oberschenkel.

Plötzlich brüllte Logan: „Da!", während er mit dem Buch vor Milos Gesicht wedelte. Milo war so überrascht, dass er beinahe vom Stuhl gefallen wäre. Auch

Spanky war eindeutig nicht begeistert. Er brummte gereizt und kroch mit steifen Gliedern von Milos Liegestuhl, um darunter zu verschwinden. Nur Emerson schien es nicht zu stören. Er blieb tief schlafend, alle vier Beinchen in die Luft gestreckt, mit dem Kopf auf Milos Knie liegen. Dem Zucken seiner Pfoten nach zu urteilen, ging er vermutlich auf die Jagd nach Traumkaninchen oder Ähnlichem, die er aus einer Art genetischem Erinnerungsspeicher abgerufen haben musste, denn seine Erfahrung mit *echten* Kaninchen war doch eher dürftig.

Logan wirkte so selbstzufrieden, dass Milo ein Lachen unterdrücken musste. „Was ist *da*?", fragte er eher amüsiert als neugierig. Logan lehnte sich wieder auf seinem Stuhl zurück und sah ihn an. Er schaute auf das Buch hinunter und räusperte sich. Dann begann er, die Worte auf der Seite laut vorzulesen. Milo hörte verwirrt zu und fragte sich, was sein Liebster damit beabsichtigte. Als Logan umblätterte und die nächste Seite las, wurde Milo plötzlich aufmerksamer. Langsam, aber sicher weiteten sich seine Augen. Die Bierflasche ruhte vergessen in seiner Hand. Er starrte Logans wunderschöne Lippen an, als sie Worte formten, die er erst vor etwa einer Stunde gehört hatte.

Als Logan am Ende des Abschnitts angelangt war, richtete er den Blick auf Milo, um seine Reaktion einzuschätzen. Offenbar sah er, was er erwartet hatte, denn er klappte energisch das Buch zu, während sich seine Lippen zu einem Lächeln verzogen.

„Er hat es gestohlen!", keuchte Milo und starrte Logan mit loderndem Blick an. „Alles, was Bryce als sein aktuell entstehendes Werk dargestellt hat, jedes einzelne Wort, hat er *gestohlen*!"

Logan nickte. „Sein Name war an diesem Abend nicht die einzige Lüge."

Milo nahm das Buch von Logans Schoß. „Seite 56", sagte Logan leise und Milo schlug sie auf. Während er dort saß und die Worte mit eigenen Augen las, verkrampfte sich sein ganzer Körper. Endlich klappte er das Buch zu, hob die Bierflasche an den Mund und trank, bis sie halb leer war. Während er noch trank, richtete er den Blick auf Logan.

„Es tut mir leid", sagte Logan.

Milo stellte die Flasche ab und betrachtete wieder das Buch. „*Sonnenuntergang* hat er es genannt. Von wegen Sonnenuntergang. Es ist ein Plagiat."

„Beinahe Wort für Wort", bestätigte Logan.

Milo hob das Buch an, um sich noch einmal den Titel, den Namen des Autors und den des Verlags anzusehen, die ihm alle unbekannt waren. „Woher hast du das?"

Logan zuckte mit den Schultern. „Ich habe es seit Jahren. Es ist ein Buch, das ich in meiner Jugend geliebt habe. Der Autor ist, was man als Eintagsfliege bezeichnen würde. Nicht einfach nur unbekannt, sondern völlig vergessen. Niemand erinnert sich an ihn. Er hat danach nie wieder etwas veröffentlicht und ich weiß nicht, wie viele Exemplare er hiervon verkauft hat. Trotzdem habe ich es immer gern gelesen. Es ist ein verdammt guter Thriller. Gruselig, blutig und gut geschrieben – zumindest fand ich das, als ich jünger war. Anscheinend mochte Bryce es auch."

„Ja", sagte Milo. „Er mochte es so sehr, dass er es gestohlen hat und als sein eigenes präsentiert. Ich kann kaum glauben, dass er so etwas getan hat."

Logan legte ihm sanft seine Finger auf den Arm. „Du hast doch selbst gesagt, dass sein Talent nicht so groß ist."

„Aber ein Plagiat!", rief Milo. „Wie kann er denken, dass er damit durchkommt?"

Logan sagte leise: „Es gibt eine andere Frage, die wir uns stellen sollten."

Milo hatte wütend und schockiert mit zusammengekniffenen Augen auf das Buch gestarrt. Nun hob er den Blick widerstrebend zu Logans Gesicht. „Und welche?"

Flüsternd, als könnten sich selbst die Hunde durch seine Worte angegriffen fühlen, sagte er: „Es tut mir leid, Milo, aber ich glaube, wir müssen herausfinden, ob das erste Buch ebenfalls ein Plagiat ist."

Milo starrte ihn mit offenem Mund an, als die Logik dieser Worte ihn durchströmte. „Mein Gott, du hast recht. Aber könnte er wirklich so dumm sein?"

Logan seufzte. Seine Finger lösten sich nicht von Milos Arm. „Wenn er es beim ersten Buch nicht getan hätte, warum sollte er dann alles riskieren, indem er es beim zweiten tut?"

Milo blinzelte. Betrachtete das abgenutzte alte Buch auf seinem Schoß. Er wurde vom beinahe unkontrollierbaren Drang erfasst, das verdammte Ding in den Pool zu schleudern.

„Ja", sagte er ruhig. „Warum sollte er das tun?"

ALS LOGAN und Milo im Bett lagen, warf der Mond einen Streifen blassblauen Lichts auf die zerwühlte Decke. Die Fenster waren offen und eine Brise bewegte die Vorhänge, weshalb sich der Streifen auf dem Bett wie eine Schlange wand. Da draußen der Frühling in voller Blüte stand, trug die Luft aus dem an Milos Grundstück grenzenden Canyon den Duft von Geißblatt heran. Logan lag hellwach in die Dunkelheit starrend auf dem Rücken und wusste, dass Milo neben ihm dasselbe tat. Milos Hand lag in seiner. Ihre Füße berührten sich am Ende des Bettes, wo sie über die Matratze hinausragten, Logans etwas weiter, weil er größer war.

Sie waren ans untere Ende der Matratze gerutscht, weil die Hunde, friedlich schlafend auf den Kissen ausgestreckt, den oberen Teil beansprucht hatten, als wären sie schrecklich verwöhnt. Was sie auch waren. In den letzten Wochen hatten sie einander so lieb gewonnen, dass sie sich kaum noch voneinander trennten. Sie fraßen zusammen, sie schliefen zusammen, sie spielten zusammen. Sie hatten sogar begonnen, zusammen im Pool zu schwimmen, mit den Menschen oder ohne sie. Auch wenn Emerson ein ganzes Stück gewachsen war, hätte Spanky ihn noch mit einem Happs verschlingen können. Vor einigen Tagen hatte Milo überrascht angemerkt, dass Spanky durch Emersons Gegenwart selbst ein wenig von seiner Welpenzeit wiederaufleben ließ. Dass sie so unzertrennlich geworden waren, stellte eine noch größere Überraschung dar, jedoch eine ausgesprochen willkommene.

Seit Logan eingezogen war, hatten sie sich an diesem Abend zum ersten Mal nicht geliebt, was bei Logan zu Schuldgefühlen führte. Doch er war zu sehr mit seinen Gedanken beschäftigt. Er bezweifelte, dass er in der Lage gewesen wäre, sich auf Sex zu konzentrieren, selbst wenn er es versucht hätte.

Nach dem Treffen des South Park Reading Clubs am Vorabend hatten Milo und er den ganzen Tag damit verbracht, Bryce' erstes Buch nach Hinweisen darauf zu durchsuchen, dass er Teile daraus abgeschrieben hatte, wie es bei „seinem" noch entstehenden Buch der Fall gewesen war, aus dem er vorgelesen hatte. Vor wenigen Stunden waren sie fündig geworden. Indem sie Passagen aus Thomas Giles' erstem Buch gegoogelt hatten, waren sie auf Abschnitte und sogar ganze Kapitel aus einem anderen vergessenen Werk eines anderen vergessenen Autors gestoßen, in denen lediglich die Namen der Protagonisten geändert worden waren. Sie hatten viele Stunden damit verbracht, ihren Verdacht zu bestätigen, bis es keinen Zweifel mehr gab.

Bryce' gesamtes Buch, vom ersten Satz bis zum Epilog, war gestohlen worden. Lediglich Namen und Titel hatte er geändert. Er hatte nicht nur ein Plagiat begangen, sondern war faul genug gewesen und hatte sich sicher genug gefühlt, um alles Wort für Wort zu übernehmen.

Da sie in der Nacht zuvor deshalb kaum geschlafen hatten, waren sie nun, vierundzwanzig Stunden später, früh zu Bett gegangen, um hoffentlich etwas Schlaf nachholen zu können, bevor sie entschieden, was sie mit ihrem Wissen tun würden.

Doch der Schlaf lag für sie beide noch in weiter Ferne.

„Warum hat er es getan?", fragte Milo zum hundertsten Mal und schob sich näher an Logan, um seine Schulter zu küssen. „Warum riskiert er dafür alles? Und sieh uns an! Weil er das getan hat, befinden wir uns jetzt in der unangenehmen Situation, die Hoffnung eines Freundes auf die Karriere in dem Beruf zu zerstören, von dem er schon immer gesagt hat, wie sehr er ihn liebt."

„Ist er das?", fragte Logan, dem der Schmerz in Milos Stimme nicht entging. „Ein Freund, meine ich."

„Das war er einmal", sagte Milo fast ohne jedes Zögern. „Verdammt, er war *mehr* als ein Freund. Selbst wenn Beziehungen unglücklich enden, bleiben Gefühle zurück, auch wenn man es manchmal nicht zugeben möchte."

Logan drehte sich auf die Seite und schob einen Arm über Milos Brust. „Baby, es gibt für dich überhaupt keinen Grund, dich am Bekanntmachen von Bryce' Vergehen zu beteiligen. Ich bin der Rezensent. Damit ist es *meine* Pflicht. Mir gefällt es ebenfalls nicht, aber ich habe wirklich das Gefühl, dass die Wahrheit aufgedeckt werden muss. Wenn man an die vielen anderen Schriftsteller denkt, die ihren Erfolg durch harte Arbeit erreicht haben, ist es das einzig Faire."

Milo rutschte noch weiter auf der Matratze nach unten, damit er das Gesicht an Logans Brust legen konnte. „Ich weiß. Aber es fühlt sich trotzdem falsch an. Er war so stolz darauf, endlich etwas veröffentlicht zu haben."

„Und sein Stolz basiert auf einer Lüge. Jedes bisschen davon."

„Ich weiß. Es ist mir nur unangenehm, derjenige zu sein, der ihm den Boden unter den Füßen wegzieht. Dann wird er für den Rest seines Lebens geächtet. Selbst ein Künstlername kann ihn nicht vor den Folgen schützen, wenn er als Plagiator entlarvt wird."

„Das sollte er auch nicht." In der Hoffnung, ihn zu trösten und zu beruhigen, streichelte Logan Milo durchs Haar. „Aber deshalb möchte ich nicht, dass du etwas damit zu tun hast. Wenn du mich bei dem Treffen nicht gedrängt hättest, hätte ich es vielleicht sogar für mich behalten. Vielleicht hätte ich nicht auch das erste Buch nach gestohlenen Stellen durchsucht. Vielleicht hätte ich die Sache auf sich beruhen lassen und geglaubt, er hätte nur bei dieser einen Lesung gelogen. Doch jetzt wissen wir, dass es nicht der Fall ist. Eigentlich wollte ich dir nichts davon sagen, weil ich wusste, dass es dich verletzen würde. Aber du hast mich dazu gedrängt und jetzt lässt es sich nicht mehr ändern."

Milo seufzte. „Das stimmt. Das habe ich wirklich." Er hob den Kopf, um Logan trotz der Dunkelheit ins Gesicht sehen zu können. „Ich mache dir wegen der Sache keine Vorwürfe. Absolut nicht. Es ist schade, dass es nicht eines der Mordopfer vor uns herausgefunden hat. Wenn sie sowieso zum Tode verurteilt waren, hätten *sie* die Sache vorher aufdecken können. Dann hätten sie endlich mal jemanden fertigmachen können, der es auch verdient hatte."

„Also gibst du zu, dass er es verdient hat, entlarvt zu werden?"

„J-ja. Ich fürchte, das lässt sich nicht vermeiden. Aber gibt es nicht einen Weg, es heimlich zu machen? Ohne dich damit in Verbindung zu bringen, meine ich."

Logan legte eine Hand an Milos Wange und senkte die Stimme zu einem Flüstern, als könnte er seine Worte dadurch weniger schmerzhaft machen. „Das wäre so hinterhältig wie das, was Bryce tut. Ich lege Wert darauf, ein ehrlicher Kritiker zu sein, verstehst du? In meinem ganzen Leben habe ich noch nicht ein einziges Mal versucht, jemandem mit den Worten meiner Rezensionen zu schaden. Wenn ich ein Buch absolut nicht mag, schreibe ich normalerweise einfach keine. Aber das hier ist etwas anderes. Hier geht es um mehr als eine Rezension. Ein Plagiat kann man nicht ignorieren. Und ich kann niemanden eines Plagiats beschuldigen, ohne bereit zu sein, es in meinem Namen zu tun und dabei meinen Ruf zu riskieren. Ich stehe immer zu dem, was ich geschrieben habe. Damit kann ich jetzt nicht aufhören."

Mit einem langen Seufzer murmelte Milo: „Ich weiß."

Die stille Dunkelheit legte sich über sie, als Logan über mögliche Vorgehensweisen nachdachte. In Gedanken hatte er bereits mit dem Schreiben des

148

Artikels begonnen, des Artikels, der den erfundenen Thomas Giles als Plagiator entlarven – und Bryce' Karriere für immer zerstören würde.

Er legte die Arme fest um Milo und flüsterte: „Es tut mir leid."

Milo küsste Logans Kinn. „Du tust nur, was du tun musst. Das weiß ich."

„Wirklich?"

Milo nickte. Dann setzte er sich plötzlich müde im Bett auf, schob seine Beine über den Rand der Matratze und griff nach einem Bademantel.

„Was machst du?", fragte Logan und streckte eine Hand aus, um Milos warmen Rücken zu streicheln, die Finger in das Haar an seinem Nacken zu tauchen. „Warum stehst du auf?"

„Um zu tun, was *ich* tun muss. Ich kann nicht zulassen, dass Bryce einen so plötzlichen Schlag ins Gesicht bekommt. Ich muss ihn wenigstens vorwarnen."

Mit diesen Worten schob Milo sich vom Bett. Seine Füße machten auf dem Teppich leise Geräusche, als er langsam das Zimmer verließ.

„Natürlich", murmelte Logan leise, traurig, mit schmerzendem Herzen. Nicht wegen Bryce, sondern wegen Milo. „Natürlich."

ÜBERNÄCHTIGT SAß Milo im nur vom Mondlicht erhellten Wohnzimmer. Obwohl es noch früh am Abend war, fühlte er sich nach dem Schlafmangel der letzten Nacht und dem durch ihre Entdeckung verursachten Stress so müde wie nie zuvor. Im Schlafzimmer hörte er Logan. Kurz darauf tappte dieser nackt ins Büro und schloss leise die Tür hinter sich. Milo musste nicht fragen, was er vorhatte. Logan würde den Artikel für sein Blog verfassen. Den Artikel, der Bryce' Traum vom Schreiben endgültig zerstören würde.

Er musste Bryce wenigstens warnen. Selbst wenn Bryce es sich selbst zuzuschreiben hatte, verdiente er zumindest eine Warnung.

Milo wappnete sich seufzend und wählte mit seinem Festnetztelefon die Nummer. Bryce meldete sich beim vierten Klingeln.

„Ja?" Bryce' Stimme war heiser vom Schlaf. Er klang so müde, wie Milo sich fühlte.

Bryce murmelte etwas, das Milo nicht verstand. Dann räusperte er sich, woraufhin seine Stimme klarer und kräftiger klang. Nicht mehr so vom Schlaf beeinträchtigt. Milo hörte ein Quietschen, als hätte sich Bryce im Bett aufgesetzt, vielleicht um einen Blick auf die Uhr zu werfen, sich wachzublinzeln und zu begreifen, was überhaupt passierte. Dann hörte Milo eine zweite Stimme, die sich gedämpft aus dem Schlaf erhob, um einen fragenden Fluch zu murmeln. „Wer zum Teufel ist das?"

Milo kannte die Stimme. Sie gehörte zu Adrian Strange. Also war es wirklich wahr. Er und Bryce hatten eine Affäre.

Bevor Milo weiter über dieses Rätsel nachdenken konnte, fragte Bryce so brummig, dass es einem Knurren ähnelte: „Wer ist da? Was wollen Sie?"

Mit schmerzendem Herzen wurde Milo augenblicklich klar, dass er es nicht tun konnte. Vorsichtig, mit nur leicht zitternder Hand, legte er auf, bevor er ein einziges Wort gesagt hatte. Anschließend saß er mit dem Hörer in der Hand da, während sein Herzschlag in seinem Kopf widerhallte. Er richtete den Blick auf das Wohnzimmerfenster und schaute auf die Decke aus Sternenlicht hinaus, die über der schlafenden Stadt lag.

Der Anblick war so unschuldig schön, stand so sehr im Gegensatz zu allem, was er fühlte, dass er die Augen schloss, um ihn zu verdrängen.

14

KAUM EINE Stunde später saß Logan nackt vor seinem Computer – nackt, weil es ihm für die Enthüllung der nackten Wahrheit passend vorkam –, hielt einen langen Moment die Luft an und drückte schließlich widerstrebend mit dem Zeigefinger die Entertaste. Da. Der Artikel war veröffentlicht.

An der Geschichte, die er für seine vielen Leser verfasst hatte, gab es nichts Missverständliches. Sie war ziemlich geradlinig. Er hatte klar, verständlich und emotionslos die Fakten dargelegt. Geurteilt hatte er dabei nicht. Er hatte lediglich Abschnitte aus den zwei Büchern gegenübergestellt – dem originalen Text aus den Vierzigerjahren und Bryce' Plagiat, das erst vor einem Jahr veröffentlicht worden war. Bryce' angebliches neues Werk, aus dem er beim Treffen des Buchclubs vorgelesen hatte, blieb unerwähnt. Es wäre natürlich sein gutes Recht gewesen, auch darüber zu schreiben, aber es war nicht nötig. Was er veröffentlicht hatte, würde mehr als genug sein, um Bryce' Karriere dem Untergang zu weihen. Und das tat Logan ehrlich leid.

Während Logan seinen Worten noch den letzten Schliff gegeben hatte, war Milo ins Zimmer gekommen. Beide Männer saßen vornübergebeugt an ihren Schreibtischen, während die Hunde draußen im Pool spielten, da sie sich offenbar entschieden hatten, ebenfalls aufzustehen, wenn ihre Herrchen es taten. Der Raum wurde nur vom Mondlicht und Logans Computer erhellt.

Logan unterbrach kurz seine Arbeit, um zu fragen, wie Bryce auf Milos Nachricht reagiert hatte.

Im Dunkeln hörte er Milo seufzen. „Ich konnte es ihm nicht sagen. Ich habe aufgelegt."

Logan schaute durch die Finsternis des kaum erleuchteten Raums zu Milo hinüber. „Alles in Ordnung?"

Milo schüttelte den Kopf, ohne etwas zu sagen. Er schien es nicht ertragen zu können, darüber zu reden. Logan hatte noch nie so heftige Schuldgefühle in Milos Augen gesehen. Und das Schlimmste war, dass er sie verursacht hatte. Dennoch wusste er – und Milo wusste es ebenfalls –, dass die Wahrheit ans Licht kommen musste. Das hätte sie früher oder später ohnehin getan, nur nicht in Logans Worten.

Nachdem Logan den Artikel veröffentlicht hatte, zeigte die Uhr auf seinem Schreibtisch zehn Uhr abends an. Er schaltete den Computer aus und zog das Telefonkabel aus der Buchse. Milo tat dasselbe. Dann saßen sie still in der Dunkelheit des unordentlichen Büros, während der kalifornische Mond vor dem Fenster die Hunde neben dem Pool erleuchtete. Sie hatten bis zur Erschöpfung gespielt und lagen nun mit nassem Fell auf einer der Liegen, Emerson auf dem Rücken mit dem Kopf auf Spankys Bauch. Beide Hunde schliefen tief und fest.

„Wie viele Follower hat dein Blog?", fragte Milo leise.

„Knapp zwanzigtausend."

„Dann wird sich die Neuigkeit schnell verbreiten."

Logan antwortete traurig: „Ja."

„Und was ist mit dem Verlag?"

Diesmal war es Logan, der seufzte. „Dem Verlag habe ich zusätzlich eine E-Mail geschickt und alles erklärt. Wahrscheinlich fegt dort schon ein Sturm der Schadensbegrenzung durch die Büros. Oder zumindest morgen früh, wenn die E-Mails gelesen wurden."

„Glaubst du, Bryce oder der Verlag werden verklagt?"

Logan zuckte mit den Schultern. „Ich habe herausgefunden, dass der Autor des ursprünglichen Buches schon lange tot ist. Was seine Familie tun wird, falls er eine hat, ist schwer zu sagen. Aber ich bezweifle, dass die Sache vor Gericht enden wird. Das Original hat sich nicht besonders gut verkauft. Seine Erben können also nicht behaupten, wegen des Plagiats viel Geld verloren zu haben. Man darf nicht vergessen, dass das Plagiat ebenfalls ein ziemlicher Flop war."

Milo antwortete nicht.

Logan stand auf und durchquerte nackt den Raum, wobei er seinen mit Rollen ausgestatteten Schreibtischstuhl hinter sich herzog. Nachdem er ihn direkt vor Milo abgestellt hatte, setzte er sich und rutschte so weit nach vorn, dass sich ihre Knie berührten. Dann beugte er sich vor und schob Milos Bademantel von seinen Oberschenkeln, damit er seine Hände auf die nackte Haut legen konnte. Selbst nach der langen gemeinsamen Zeit sandte das Gefühl noch ein hungriges Beben durch seinen Körper. So saß er da und betrachtete wartend Milos gesenkten Kopf, bis sich diese schönen, traurigen Augen hoben, um ihn im Mondlicht anzusehen.

„Schaffen wir das?", flüsterte Logan. „Wirst du mir das verzeihen können?"

Da verzogen sich Milos Lippen zum ersten Mal zu etwas, das einem Lächeln ähnelte.

„Da gibt es nichts zu verzeihen", sagte Milo leise. „Du tust, was du tun musst. Das verstehe ich. Und du bist derjenige, den ich liebe, Logan. Nicht Bryce. Das scheinst du zu vergessen. Was du auch tust, ich stehe dir zur Seite."

„Aber ich habe dich verletzt."

„Nein. Wenn überhaupt, dann hat mich Bryce verletzt. Und zwar, indem er sich selbst verletzt hat. Es überrascht mich, dass es mich noch so trifft. Aber das tut es. Ich kann einfach nicht begreifen, weshalb er sich so zerstört. Kann er wirklich etwas so sehr wollen, dass er dafür alles riskiert? Wie konnte er nur glauben, dass er damit durchkommen würde?"

„Er ist nicht der Erste", antwortete Logan traurig. „Und ich bezweifle, dass er der Letzte sein wird. Plagiate tauchen immer wieder auf. Manchmal fallen ihnen sogar erfolgreiche Autoren zum Opfer. Du besitzt genug Talent, um dir deine

Karriere wirklich verdient zu haben, Milo. Du bist ein erfolgreicher Autor. Du hast es mit vier wunderbar geschriebenen, fantasievollen Büchern bewiesen. Leider ist nicht jeder mit diesen Fähigkeiten gesegnet."

Eine Minute lang ließen sie wieder Stille in den Raum strömen. Dann streckte Milo eine Hand aus, um Logans zu ergreifen. „Ich glaube, das bringt ihn um. Bryce wird das nicht überstehen. Alles, was er sich jemals gewünscht hat, war das Schreiben."

„Quäl dich nicht mit dem Gedanken", sagte Logan mit einem kaum hörbaren Flüstern. „Es war Bryce' Entscheidung, das zu tun. Die Konsequenzen haben die ganze Zeit auf ihn gewartet. Das muss er gewusst haben. Da die Wahrheit jetzt ans Licht gekommen ist, muss er den Mut finden, sich seinen Fehlern zu stellen."

Milo nickte. Erneut ersetzte Schweigen den Klang ihrer Stimmen und trug nur das Echo ihrer Trauer darüber mit sich, was nun passieren würde.

„Komm ins Bett", bat Logan schließlich und hob eine Hand, um Milos Hals zu streicheln. „Du bist erschöpft. Ich nehme dich in den Arm, bis du einschläfst." Bei diesen liebevollen Worten rollte eine einzelne Träne über Milos Wange und er stand auf, um sich den Bademantel abzustreifen.

Logan legte sanft eine Hand auf Milos seidenweichen Rücken und führte ihn zum Bett.

STUNDEN SPÄTER wurden sie von einem jaulenden Aufruhr der Hunde aus dem Schlaf aufgeschreckt.

Als Milo die Augen aufriss, waren das Klirren von Glas und Schritte im Haus zu hören. Die Schritte eines Menschen. Im Dunkeln streckte er eine Hand aus und fand Logans vertrauten Körper neben sich, wo er hingehörte. Er fühlte sich so angespannt an wie Milo. Auch ihn hatten die Geräusche geweckt.

„*Jemand ist im Haus!*", zischte Milo.

Die Hunde bellten mittlerweile wie verrückt. Milo warf sich panisch aus dem Bett und blinzelte, als er hastig seinen Bademantel suchte, um hineinzuschlüpfen. Auf der anderen Seite des Bettes tat Logan dasselbe. Die Geräusche kamen aus dem Wohnzimmer. Obwohl der Eindringling leise ging, waren das Schlurfen der vorsichtigen Schritte und das Knirschen von Glas nicht zu überhören. Die Schritte näherten sich nun, als wüsste der Eindringling genau, wo er Milo und Logan finden würde. Auch die sich unruhig bewegenden Hunde hörte er. Spanky war nun still. Nur Emerson kläffte und bellte mit seiner zarten Yorkie-Stimme. Der sich nähernde Eindringling reagierte auf den Lärm mit einigen gemurmelten Flüchen.

Milo wandte sich um und suchte den Raum nach etwas ab, das man als Waffe benutzen konnte, irgendetwas. Logan machte sich nicht erst die Mühe. Mit wütend zu Fäusten geballten Händen stürzte er durch die Schlafzimmertür, und Milo konnte ihm nur folgen.

Das Haus war dunkel. Emersons schrilles Bellen erfüllte die Finsternis. Am Ende des Flurs durchschritt eine Person das durch die Wohnzimmerfenster fallende Mondlicht. Sie sah wie ein Mann aus. Ein großer, dünner Mann. Er bewegte sich auf sie zu. Spanky war an seiner Seite. Seltsamerweise wedelte Spanky mit dem Schwanz, während der kleine Yorkie noch bellend durchs Zimmer tänzelte und mit Schlimmem drohte, wenn der Eindringling nicht stehen bliebe.

Als die Person sich einige Schritte von dem lauten kleinen Hund entfernte, erkannte Milo augenblicklich die Bewegungen und die Silhouette.

„Bryce", brüllte er mit einem Schritt in seine Richtung, während er Logan hinter sich schob. „Was zum Teufel willst du hier? Wie bist du reingekommen?" Dann erinnerte er sich an das Klirren und Knirschen von Glas. Ungläubig fragte er: „Hast du etwa ein Fenster zerbrochen?"

Bei Emersons Kläffen und Spankys fröhlichem Begrüßungsbellen, da er den Mann nur als Freund kannte, konnte Milo kaum denken. Verärgert rief er: „Hunde! Hierher!"

Vorerst vom Befehl ihres Herrchens eingeschüchtert, schlichen Spanky und Emerson in Milos Richtung. Gleichzeitig wurde der Flur plötzlich von Licht durchflutet, als Logan um Milo herum den Schalter betätigte.

Bryce stand unter dem Bogen des Durchgangs zum Wohnzimmer. Als das Licht zu leuchten begann, erstarrte er. Milo hatte ihn nie zuvor so aufgewühlt und ungepflegt gesehen. Sein Haar war zerzaust, seine Kleidung knittrig. An einem Handrücken befand sich eine Wunde, aus der Blut auf den Boden tropfte.

„Du hast dich geschnitten", teilte ihm Milo mit.

Bryce starrte ihn an. In seinem Gesichtsausdruck mischte sich Verblüffung mit den Schuldgefühlen eines kleinen Jungen, der bei einem Streich überrascht wurde. Dann löste sich sein Blick mit dem ersten Anflug von Wut von Milo und richtete sich auf Logan hinter ihm. Augenblicklich wurde aus der Verärgerung in seinem Blick echter Hass. Seine Stimme war pures Eis. „Ich dachte, wenn ich es ins Haus schaffe, könnte ich dich aufhalten. Dich dazu bringen, den Artikel zu löschen. Es ist mitten in der Nacht. Vielleicht hat ihn noch keiner gelesen."

Die Neuigkeit hatte sich tatsächlich schnell verbreitet. Milo musste nicht fragen, wovon er redete. Diesmal trat Logan vor und schob Milo hinter sich, um ihn in Sicherheit zu bringen. Unverwandt begegnete er Bryce' hasserfülltem Blick. „Du weißt, dass das unmöglich ist", sagte er. „Selbst wenn ich wollte, könnte ich ihn jetzt nicht mehr zurücknehmen."

Bryce starrte ihn weiter an. Doch plötzlich schwand der Hass aus seinem Gesicht, sein Blick wurde weicher, bis seine Augen beinahe leer wirkten. Ein winziges, entsetzliches Lächeln zeigte sich, verzog seine Mundwinkel. „Dann bin ich also endgültig erledigt."

Logan nickte. „Der Verlag weiß es auch schon." Seine Worte waren sanft und von Mitleid durchzogen. „Es ist vorbei, Bryce. Du kannst jetzt aufhören, eine

Lüge zu leben. Du kannst die Täuschung aufgeben, sie hinter dir lassen und einfach sein, wer du sein solltest."

„Wer ich sein sollte", wiederholte Bryce mit hängenden Schultern und emotionsloser Stimme.

Logan ging einen Schritt auf ihn zu und breitete die Arme zu einer versöhnlichen Geste aus. „Komm mit in die Küche", schlug er vor. „Milo kann deine Hand verbinden und ich koche uns Kaffee. Dann können wir reden."

Es war in diesem Moment, dass Milo die Waffe in Bryce' anderer Hand bemerkte. Es handelte sich um eine kleine Taschenpistole, so winzig, dass sie nahezu unsichtbar in Bryce' Faust lag. Milo erkannte sie als die Raven Arms MP-25 Halbautomatik, die Bryce bereits während ihrer Beziehung besessen hatte. Allerdings sah er sie heute zum ersten Mal außerhalb ihrer Schachtel.

Milo stand da, gefesselt von ihrem Anblick. Es kam ihm vor, als starrte er sie stundenlang an. Dann streckte er eine Hand aus, zupfte an Logans Ärmel, um ihn zu bremsen, und fragte Bryce ruhig: „Was hast du mit der Pistole vor?"

Milos Worte erregten Logans Aufmerksamkeit. Sein Blick zuckte zu der Hand, die Milo ansah. Er erstarrte.

Bryce betrachtete die Pistole in seiner unverletzten Hand, als wäre er selbst überrascht, sie dort zu sehen. Er hielt sie ungeschickt wie etwas, an das er nicht gewöhnt war. Doch sein Finger bewegte sich nicht vom Abzug. „Das wirst du wohl bald genug herausfinden", sagte er grinsend. „Aber anfangs dachte ich, ich könnte euch damit erschrecken. Das machen Leute doch meistens mit Pistolen, oder? Bedrohen? Erschrecken? Einschüchtern? Außerdem habe ich sie benutzt, um die Scheibe einzuschlagen. Trotzdem ist eine Scherbe runtergefallen und …"

Er riss den Blick von der Pistole los, um ihn stattdessen mit merkwürdiger Miene auf seine blutende Hand zu richten, als hätte er soeben erst begriffen, dass das Einschlagen einer Scheibe nicht seine klügste Idee gewesen war. Genau wie die Waffe. Dann sah er wieder Logan an, ganz ohne Wut, lediglich mit einer Art müder Einsicht, dass alles, was er getan hatte, umsonst gewesen war. „Ich dachte nur, ich könnte es verhindern", murmelte er mit heiserer Stimme. „Euch irgendwie so erschrecken … dass ihr es aufgebt."

„Das wird nicht funktionieren", erklärte Logan erneut. „Es tut mir leid. Wie ich schon sagte, ist es jetzt zu spät."

„Ich weiß. Das wusste ich wohl schon, bevor ich hergekommen bin." Bryce lachte bitter, als könnte er allmählich das Komische an der Situation erkennen. „Ein Vögelchen hat es mir gezwitschert."

„Ein Vögelchen?", fragte Milo.

Bryce nickte.

„War es Adrian Strange?", fragte Milo sanft. „Hat er es dir gesagt? Was passiert ist? Ist er über Logans Website gestolpert? Hast du es so herausgefunden?"

„Ja", sagte Bryce seufzend. Er ballte seine verletzte Hand zur Faust, wobei Blut auf den Boden tropfte. Er schien es nicht zu bemerken. „Früher am Abend hat uns ein Anruf geweckt."

„Das war ich", warf Milo ein.

„Oh. Ich hätte es wissen müssen", sagte Bryce mit einem merkwürdigen Lächeln. Dann fuhr er fort: „Adrian schläft nicht gut. Oft ist er nachts wach, läuft in der Wohnung herum oder sitzt am Computer. Er hat Logans Artikel schon Minuten nach der Veröffentlichung gesehen. Und dann ... ist er aus der Wohnung gestürmt." Sein Blick richtete sich auf Logans Gesicht. „Aber erst hat er mich geweckt und gefragt, ob es wahr sei. Da ich wusste, dass weitere Lügen mir jetzt nicht mehr helfen konnten, habe ich ihm alles gestanden. Daraufhin hat er mir gesagt, dass er nichts mehr mit mir zu tun haben möchte. Nicht, nachdem die Wahrheit bekannt geworden ist. Er hat gesagt, er will nicht mit mir in den Abgrund gezogen werden. Dann ist er gegangen. Ohne sich zu verabschieden. Er ist praktisch durch die Tür gerannt und hat sich nicht mehr umgedreht. Er ... er hatte mir gesagt, dass er mich liebt. Auch wenn ich es ihm nicht ernsthaft geglaubt habe. Das sagen Leute schließlich immer, stimmt's? Ich glaube, manchmal füllen sie damit nur Lücken im Gespräch."

Ein trauriges Lächeln hob seine Mundwinkel. „Wahrscheinlich kann ich es ihm nicht vorwerfen. Dass er gegangen ist, meine ich. Er muss seine eigene erbärmliche Karriere schützen. Auf lange Sicht ist das wesentlich wichtiger, als mit einem Plagiator zu schlafen, findest du nicht?"

Bryce musterte Milo. „Soll ich dir etwas Lustiges erzählen? Es war erst heute Abend, dass Adrian mir seine Liebe gestanden hat. Ist das zu glauben?" Seine Augen wurden feucht. „Ich war wohl nicht der einzige Lügner."

„Das mit Adrian tut mir leid. Wirklich", sagte Milo. „Aber weshalb bist du dann hier? Wenn du wusstest, dass es zu spät war, warum bist du gekommen? Und warum hast du eine Pistole mitgenommen?"

Bryce stieß ein unpassendes Kichern aus, während er seine verletzte Hand schüttelte, als schmerzte sie endlich. Dass dabei Blut gegen die Wand spritzte, bemerkte er nicht. Sein Blick richtete sich wieder auf Milos Gesicht und verweilte dort, als die Wut zurückkehrte.

„Oh, ich bin hier, weil ein anderes Vögelchen durchs Internet geflattert ist und den Artikel deines Freundes gesehen hat. Ein Vögelchen mit Ideen."

Milo sah die Pistole an. „Was für Ideen? Was meinst du?"

„Mehr Tote", sagte er mit leuchtenden Augen und neckendem Blick. „Es ist wirklich sehr clever. Eine überraschende Wendung in der Handlung, verstehst du? Vielleicht verstehst du es *nicht*. Jedenfalls noch nicht."

Nun war Milo nicht mehr nur verwirrt, sondern allmählich auch verärgert. Er spie seine nächsten Worte geradezu aus. „Wovon redest du überhaupt? Was meinst du mit mehr Toten? Willst du damit sagen, es wird weitere Morde geben?"

„Er meint uns", sagte Logan leise. „Er meint, dass er uns töten will."

Milo fuhr zu ihm herum. „*Was?*"

Bryce starrte Logan so überrascht an, dass es beinahe komisch war. „Du liegst völlig falsch", sagte er ruhig, *zu* ruhig. „Was heute Nacht in diesem Haus passiert, wird nicht euch passieren. Na ja, nicht direkt." Sein Blick wurde kühl. „Was du getan hast, Logan, lässt sich nicht mehr ändern. Aber ich kann zusehen, wie du dafür bezahlst. Ich kann euch beide dafür bezahlen lassen, indem ich tue, was ich tun muss."

„Rache", lachte Logan. Das Wort entschlüpfte ihm, als er es endlich begriff. „Deshalb bist du hier. Nicht, um dich zu entschuldigen. Nicht, um zu sagen, dass es dir leidtut. Sondern aus Rache."

Bryce schenkte ihm sein charmantestes Lächeln. Es war so frei von Arglist, dass es kurz wirkte, als ob er wieder zur Vernunft gekommen wäre. „Ja, BookHunter. Genau deshalb bin ich hier."

„Das ist doch verrückt", sagte Milo. „Wenn du uns nicht töten willst, wie sollen wir dann bezahlen? Und was meinst du damit, dass du tust, was du tun musst? Wie hängt das mit Rache zusammen?"

Wieder legte sich ein Lächeln auf Bryce' Lippen. Er schien einen endlosen Vorrat davon zu besitzen, jedes etwas anders als das letzte. Dieses schäumte über vor beißendem Spott. „Das wirst du schon sehen", sagte er, während das Blut noch auf den Boden tropfte. „Erst mal verrate ich euch beiden ein kleines Geheimnis. Ich bin hier nicht die einzige verrückte Person. Da gibt es noch jemand Verrückten. Aber verrückt wie ein Fuchs."

„Wer?", fragte Logan. „Wen meinst du? Sag es uns, Bryce. Sonst verstehen wir es nicht."

Milo spürte, dass Logan versuchte, Bryce abzulenken. Er machte sich dazu bereit, sich auf ihn zu stürzen. *Oh Gott, und wenn er dabei erschossen wird?*

Doch in diesem Moment klingelte ein Handy. Der Klingelton klang dumpf und unbekannt, gehörte weder zu Milos noch zu Logans Handy. Es dauerte eine Sekunde, bis Milo begriff, dass er aus Bryce' Tasche kam.

Bryce kicherte. „Ups", flüsterte er kindisch, verschwörerisch. „Wenn man vom Teufel spricht. Ich wette, ich weiß, wer das ist."

„In diesem Fall", antwortete Milo in sarkastischem Tonfall, „nimmst du vielleicht lieber ab." Zumindest würde er so etwas mehr Zeit haben, um über einen Ausweg aus der Lage nachzudenken. Oder Logan davon abzuhalten, etwas Verrücktes zu tun.

Die Hunde, die sich hinter Milo befanden, mussten die zunehmende Anspannung ihrer Herrchen bemerkt haben, denn sie begannen wieder zu winseln, kamen näher und versuchten, sich an Milo vorbeizuschieben. Milo bedeutete ihnen ungeduldig, still zu sein und sich wieder zurückzuziehen.

Währenddessen grinste Bryce ihnen nacheinander ganz unbekümmert zu, als befänden sie sich in einer völlig normalen Situation. Verärgerung und Wut waren erneut aus seinem Gesicht gewichen, um diesmal von einem Ausdruck purer, unverfälschter Fröhlichkeit ersetzt zu werden. Doch bei genauerem Hinsehen bemerkte Milo, dass die Freude nicht ganz seine Augen erreichte. Was er dort stattdessen sah, war eine Mischung aus Angst und einem manisch entschlossenen Leuchten, einer neuen Zielstrebigkeit, die auf Milo beängstigender wirkte als alles, was bisher passiert war. Das Blut durchtränkte nun Bryce' Hosenbein, tropfte auf seinen Schuh. Jeder fallende Tropfen machte ein leises Geräusch, ein unheimliches Horrorfilmgeräusch, bei dem Milo ein Schauer über den Rücken lief. Ohne darüber nachzudenken, schob er sich dichter an Logan, seinen Zufluchtsort, seinen Schutz.

Das Handy klingelte noch.

Bryce wirkte nun fast desinteressiert, als hätte sich seine Stimmung in den letzten fünf Sekunden erneut geändert. „Ja, du hast wohl recht. Ich nehme lieber ab. Das andere Vögelchen könnte ungeduldig werden." Plötzlich funkelten seine Augen fröhlich und er gab auf übertriebene Weise vor, zu erzittern. „Dieses wollen wir nun wirklich nicht verärgern, oder?"

Mit seiner blutenden Hand zog Bryce unbekümmert das Handy aus der Tasche und hielt es sich ans Ohr. Ein Rinnsal aus Blut lief an seinem Handgelenk hinab. Milo warf einen Seitenblick auf Logan, um einschätzen zu können, wie er auf die Situation reagierte, doch er stand lediglich da und starrte Bryce an. Seine Stirn war besorgt gerunzelt, als verspürte er den ersten Anflug von Angst.

Seltsamerweise hatte Milo an Logans Seite absolut keine. Die Situation kam ihm schlicht zu bizarr vor, um sie als echte Gefahr für sich oder Logan betrachten zu können. Nur um Bryce machte er sich ernsthafte Sorgen – sein leerer Blick, kombiniert mit dieser Entschlossenheit, sein verklärter Gesichtsausdruck, der plötzlich von einer Sekunde zur anderen von hysterischem Gelächter durchbrochen wurde, die Wunde, die er einfach bluten ließ, ohne etwas zu unternehmen. Zusammen betrachtet war es … verrückt. Und es war ein tiefer Schnitt. Er tat ganz sicher weh. Warum tat er nichts, um die Blutung zu stoppen oder den Schmerz zu lindern?

Und warum hält er immer noch die verdammte Pistole in der Hand?

Logan machte einen Schritt vorwärts, doch Milo zog an seinem Arm, hielt ihn zurück. „Warte", bat er leise.

Obwohl es ihm offensichtlich widerstrebte, gehorchte er. Er blieb stehen und zog Milo an sich, als könnte er ihn auf diese Weise besser beschützen. Als sich dabei sein Bademantel öffnete, legte er ihn ruhig wieder um sich und bedeckte seine Nacktheit. Während er den Stoffgürtel befestigte, befahl er mit einer Geste seiner anderen Hand den immer nervöseren Hunden, sich von ihnen fernzuhalten. Dann zog er Milo wieder an sich, ohne dabei Bryce aus den Augen zu lassen, der noch mit dem Handy am Ohr am Ende des Flurs stand.

„Wir können ihn überwältigen", flüsterte Logan. „Lass mich die Seite mit der Pistole nehmen."

„Nein!", zischte Milo. „Er wird uns nichts tun. Ich kenne ihn."

Logan wirkte nicht überzeugt. Sein Blick richtete sich wieder auf die Pistole in Bryce' Hand.

Bryce sprach nun mit fröhlicher, vergnügter Stimme in sein Handy, als interessierte ihn nicht, was Logan und Milo flüsterten. „Ja?" Er zog das Wort in die Länge, während er Milo auf unangebrachte Weise zuzwinkerte.

Dann hörte Milo die schneidende, aufgeregte Stimme des Anrufers, die laut in den Raum strömte.

„Tu nicht nur, was du gesagt hast! Bring sie erst um, du Idiot! Bring sie sofort um!"

15

„IDIOT“, FAUCHTE der Reisende.

Mit einem Overall, Latexhandschuhen und Wollmütze bekleidet – falls die Nacht blutig werden sollte, was durchaus möglich war – stand die Gestalt in der Dunkelheit und schob das Handy in eine Tasche, während sie die steile Wand des Canyons musterte und die Umgebung betrachtete.

Das dichte Gestrüpp war um das Haus herum entfernt worden, wobei es sich im dürregeplagten Kalifornien um eine übliche Vorgehensweise handelte, um durch Brände verursachten Schäden vorzubeugen. Das machte es wesentlich leichter, sich zu nähern. Natürlich hätte die große Gestalt einfach zur Haustür gehen und klopfen können. Doch warum hätte sie es riskieren sollen, von den Nachbarn gesehen zu werden, wenn Bryce vielleicht ganz ohne ihre Hilfe tun würde, was getan werden musste?

Sehr wahrscheinlich war es natürlich nicht. Bryce war schwach. Sonst wäre er nicht in die Situation geraten, in der er sich befand. Andererseits war es diese Situation, durch die man ihn so leicht ausnutzen konnte.

Schließlich war es Zeit, die ganze Sache zu beenden, und eine bessere Gelegenheit dazu würde sich nicht bieten. Die Morde hatten genug Aufmerksamkeit erregt. Die Internettrolle hielten sich nun zurück, schrieben weniger grausame Rezensionen und benahmen sich zivilisierter – vermutlich aus Furcht, für ihre schlechten Manieren bestraft zu werden –, was sie auch gefälligst sollten. Damit war das Werk vollendet. Die Zeit war gekommen, es abzuschließen, und das nicht auf dezente Weise, sondern mit einer bedeutenden Botschaft, einem grandiosen, atemberaubenden Finale. Etwas, das so bald nicht vergessen werden würde. Es war Zeit, einen Schlussstrich zu ziehen und zu einem normalen Leben zurückzukehren. Doch damit das möglich war, musste erst ein Sündenbock gefunden werden. Bevor die Polizei davon überzeugt war, den wahren Mörder aufgespürt zu haben, würde sie die Suche nicht aufgeben. Daher war der Zeitpunkt gekommen, dafür jemanden zu opfern. Und dieser letzte aufregende Akt, dieser letzte blutige Tatort, sollte das auf zufriedenstellende Weise erledigen.

Wäre der Holzzaun an der Rückseite des Grundstücks fünfzehn Zentimeter höher gewesen, hätte er ein unüberwindbares Hindernis dargestellt. So kletterte die große Gestalt jedoch einigermaßen leicht auf die andere Seite. Die Menschen im Haus würden nicht auf die dabei verursachten Geräusche achten. Sie hatten andere Probleme und rechneten sicher nicht mit einem weiteren Eindringling, der sich anschlich, nachdem der gute alte Bryce mit dem Feingefühl eines wilden Elefanten durch das Wohnzimmerfenster gekracht war.

Die Terrassenlichter waren am Abend ausgeschaltet worden, doch die Unterwasserbeleuchtung des Pools brannte noch. Durch das schimmernde Wasser gefiltert warf sie ein unheimlich wogendes, grünliches Licht auf die Rückwand des Hauses. Es wirkte beinahe gruselig, denn es erinnerte an das giftgrüne Leuchten eines Radarbildschirms in der dunklen Kommandozentrale tief im Innern eines weit entfernten Schiffs, das einsam das Meer durchpflügte.

Die schlanke Figur lachte leise. Netter Vergleich. Vielleicht ließe er sich irgendwann in ein Buch einbauen. Ein *plagiatfreies* Buch. Und dieser Gedanke entfachte ein weiteres Lachen.

Während die schattenhafte Gestalt vorsichtig den leuchtenden Pool umrundete, hörte sie nun Stimmen, die durch die offene Glastür drangen. Ihr erster Schritt über die Schwelle, mit der sie die Küche betrat, lockte die Hunde an. Die Gestalt wich hastig zurück, woraufhin die Hunde durch die Tür schossen, um ihr zu folgen. Während sie den neuen Eindringling anbellten und anheulten – du liebe Güte, es musste eine aufregende Nacht für sie sein –, ging die Gestalt rasch um sie herum, schlüpfte wieder ins Haus und schloss die Schiebetür, bevor die Hunde ihr folgen konnten. Die klügsten Wachhunde waren sie nicht.

Durch die Scheibe drohte der Reisende ihren wütenden Gesichtern scherzhaft spöttisch mit dem Finger, bevor er sich abwandte und eilig weiter ins Haus ging, ohne sich darum zu kümmern, wie sehr die Hunde bellten, tobten und an der Tür kratzten. Die Bewohner waren zweifellos zu beschäftigt, um sich für andere Dinge zu interessieren, am allerwenigsten für die zwei trotteligen Tölen, die zeterten und zeterten …

… während ein echter Mörder durch die Hintertür ins Haus spazierte.

Die Gestalt blieb stehen und lauschte den Geräuschen aus anderen Teilen des Hauses. Stimmen. Zwei näher, eine weiter entfernt. Die entferntere gehörte Bryce. Warum zum Teufel redete er noch? Er sollte handeln. Die Dinge selbst in die Hand nehmen. Rache üben, wie er es angekündigt hatte. Herr der Lage sein. Nicht zum ersten Mal kam der Gestalt der Verdacht, dass die für das Finale ausgewählte Person der Aufgabe nicht ganz gewachsen war. Bryce' Schwächen machten ihn leicht beeinflussbar, doch diese Schwächen führten auch dazu, dass er unzuverlässig war.

Natürlich war der Plan ohnehin eher eine Auf-gut-Glück-Aktion. Über Logans Artikel zu stolpern war reiner Zufall gewesen. Danach hatte sich ganz leicht die Schlussfolgerung ergeben, dass Bryce darauf brannte, seinen Ankläger zur Rede zu stellen. Ein kurzer Anruf hatte genügt, um herauszufinden, dass Bryce bereits von dem Artikel wusste und dass sein neuer Freund ihn deshalb keine fünf Minuten zuvor verlassen hatte. Adrian Strange war schon immer ein egoistischer kleiner Scheißkerl gewesen. Die in Milos Küche stehende Gestalt wunderte es absolut nicht, dass Strange beim kleinsten Hauch eines Problems verschwunden war und seinen armen jungen Geliebten damit alleingelassen hatte.

Weiter im Haus redeten die Stimmen und redeten. Du liebe Güte, war das ein Kaffeeklatsch?

Es wurde immer offensichtlicher, dass Bryce die zwei nicht umbringen würde. Selbst nachdem der Reisende zu seiner Wohnung geeilt war und ihn wegen der Trennung von seinem Freund getröstet hatte, um dann Stunden damit zu verbringen, ihn von anderen Dingen, *wichtigeren* Dingen zu überzeugen, wurde nun klar, dass Bryce nicht motiviert – oder kaltblütig – genug war, um zu tun, was getan werden musste. Oh, er mochte verzweifelt genug sein, um sich den Kopf wegzupusten – das war schließlich seine Idee gewesen, nicht die des Reisenden –, doch Selbstmord war nur die Hälfte des Plans. Bryce von da aus zu einem Mord zu überreden, war von Anfang an mehr als problematisch gewesen. Wenn er ganz ehrlich war, hatte sich der Reisende keine allzu großen Hoffnungen gemacht. Aber das machte nichts. Letztendlich waren die einzigen Dinge, die vom armen, dummen Bryce wirklich gebraucht wurden, einige Fingerabdrücke, etwas Spurenmaterial und vor allem ein Motiv.

Was es Bryce an Mumm und Talent zum Töten mangelte, würde sein neuer Freund ausgleichen. Mit Vergnügen. Bryce musste lediglich eine frische Leiche und einen geeigneten Strohmann für die Polizei liefern, dem sie die Morde anhängen konnten. Schließlich handelte es sich bei Logan Hunter um einen Rezensenten, genau wie bei den anderen Opfern. Es passte ins Bild. Und was den bedauernswerten Milo Cook anging … nun, er war einfach zur falschen Zeit am falschen Ort gewesen. Trotzdem würde seine blutige Leiche dabei helfen, die letzte große Botschaft zu unterstreichen.

Der Zeitungsartikel schrieb sich praktisch von selbst.

Ein Autor wehrt sich gegen ungerechte Kritiken, indem er drei Menschen tötet, und begeht einen weiteren Mord, als man ihm mit der Aufdeckung eines Plagiats droht. Auch der Lebensgefährte des Kritikers muss dabei sterben, womit die Zahl der Opfer auf fünf steigt.

Die schattenhafte Gestalt stand mit geschlossenen Augen in der nur vom Pool erleuchteten fremden Küche, während sie sich den Aufmacher im *San Diego Union-Tribune* vorstellte, den alle anderen Zeitungen des Landes aufgreifen würden.

Von Schuldgefühlen erfüllt und in dem Wissen, dass er bald seiner Karriere und Freiheit beraubt werden würde, richtete der Autor die Waffe auf sich selbst und beendete das letzte Kapitel seines ganz persönlichen Kriminalromans. Wäre er doch nur in der Lage gewesen, eine so spannende Geschichte zu schreiben, wie er sie gelebt und mit seinem Tod abgeschlossen hatte. Vielleicht hätte er dann niemals auf Plagiate zurückgreifen müssen.

Grinsend machte der Reisende einen leisen Schritt weiter ins Haus, kam den Stimmen im Flur immer näher.

BRYCE SCHOB sein Handy in die Tasche, während er Logan und Milo einen bedauernden Blick zuwarf, wie um sich für die Unterbrechung zu entschuldigen.

„Anscheinend wird da jemand ungeduldig", erklärte er mit einem Grinsen. „Also um sicherzugehen …" Und mit einem amüsierten kleinen Schnalzen hob er die Pistole und richtete sie genau auf Logans Herz.

„Nein!", schrie Milo.

Logan streckte einen Arm aus, um Milo sanft von sich zu schieben. Wenn Bryce ihn erschießen wollte, würde er nicht zulassen, dass Milo dabei ebenfalls verletzt wurde.

Er musterte Bryce' Gesicht, Bryce' Augen. Irgendetwas passte dort nicht zusammen. Der Typ hatte seinen Bezug zur Realität verloren – falls dieser jemals vorhanden gewesen war. Doch was Logan am meisten verstörte, war der Anruf. Und die Worte, die Logan dabei vom Anrufer gehört hatte.

„Wer war das, Bryce? Wer hat dir befohlen, uns zu töten? Wer ist diese Person? Wieso möchte sie, dass wir sterben? Verrat uns wenigstens das!"

Bryce lächelte erst, dann lachte er laut. „Was? Gefällt dir der Gedanke ans Sterben nicht? Ich gebe zu, dass der Plan dadurch etwas weitreichender geworden ist, aber trotzdem – ist es nicht dramatisch? Würde es nicht sehr gut in das letzte Kapitel eines Buches passen? Ist es nicht ein aufregendes *Finis* für unser kleines Drama?"

Während Bryce redete, schob sich Milo wieder näher an Logan, bis seine Schulter fest an Logans gepresst war. So blieb er stehen, als wollte er Logan warnen, ihn nur nicht wieder von sich zu stoßen. Da legte ihm Logan einen Arm um die Taille, akzeptierte seine Nähe, zog ihn an sich.

Dann wandte er sich mit ruhiger, geduldiger Stimme an Bryce, wie man sie bei einem Kind benutzt hätte. „Das hier ist kein Buch, Bryce. Es ist keine Geschichte. Hier geht es um *unser Leben*. Wer hat dich angerufen? Wer hat dich dazu angestiftet? Es ist nicht zu spät zum Aufgeben. Wenn dich jemand dazu gezwungen hat, hast du andere Möglichkeiten. Du kannst dich wehren. Du kannst dich einfach weigern."

Bryce stieß ein gereiztes Schnauben aus. „Für euch mag das schön und gut sein. Rettet euch hübsch den Arsch. Ich hätte allerdings nicht viel davon. Meine Karriere wäre immer noch ruiniert. Mein Leben wäre trotzdem vorbei."

„Nein", sagte Milo. „Dein Leben ist nicht vorbei. Das hier ist nicht das letzte Kapitel, wenn du es nicht willst. Du kannst dir ein ganz neues Leben schreiben. Du kannst von vorn beginnen und es diesmal richtig machen. Ein anderes Ventil für dein Talent finden. Aber das geht nur, wenn du jetzt aufhörst. Wenn du abdrückst und einen von uns verletzt – oder dich selbst –, dann ist es endgültig vorbei. Denk nach, Bryce. Bitte. Denk darüber nach, was du gerade tust."

Logan legte eine Hand auf Milos Rücken und verkrallte die Finger in den Stoff des Bademantels, um ihn im Notfall schnell fortziehen oder aus dem Weg schieben zu können. Dabei wandte er den Blick niemals von Bryce ab. Oder von der Waffe in seiner Hand.

Logan sprach nun ebenfalls, führte Milos Gedanken fort. „Wenn du uns sagst, wer dich dazu zwingt, Bryce, können wir die Polizei rufen. Hör auf Milo. Denk nach! Jetzt hast du die Chance, das Richtige zu tun. Lass dich nicht wegen deiner Fehler von dieser Person ausnutzen. Du bist so entsetzt von den Morden wie wir. Das weiß ich. Du bist ein guter Mensch, Bryce. Lass nicht zu, dass du darin verwickelt wirst."

„Bitte, Bryce", flehte Milo. „Denk nach."

„Das tue ich", antwortete Bryce, als er mit einem feinen metallischen Klicken die Waffe entsicherte.

MIT LEISEN Schritten schob sich der Eindringling durch die Tür links von der Küche, wodurch er ins Schlafzimmer gelangte. Das Bett war zerwühlt, die Decken hastig auf einen Haufen geworfen. Am anderen Ende des Zimmers befand sich eine weitere Tür. Die Gestalt ging geräuschlos um das Bett herum, öffnete sie vorsichtig und sah in den Raum. Es handelte sich um ein Büro. Zwei Schreibtische, zwei Computer – zurzeit ausgeschaltet – und haufenweise Bücherregale, die an jeden freien Platz gezwängt und bis zum Rand mit Büchern vollgestopft worden waren.

Links befand sich der Flur, und die Tür, die hineinführte, stand offen. Aus diesem Blickwinkel waren Logan und Milo zu sehen, die in Bademänteln direkt vor der Tür standen und sich dem armen alten Bryce zugewandt hatten, dem Dummkopf, der eine Pistole besaß, aber sich davor fürchtete, sie zu benutzen.

Der Reisende durchquerte auch diesen Raum, bewegte sich parallel zum Flur durch die Dunkelheit, bis er zu einer weiteren Tür gelangte, die in das große Wohnzimmer führte, welches sich über die gesamte Vorderseite des Hauses erstreckte. An der rechten Seite war der Boden mit Glasscherben gesprenkelt, da Bryce einfach eine Scheibe eingeschlagen hatte und ins Haus getrampelt war. Die Gestalt gab ein leises, verärgertes Schnalzen von sich. Hatte Bryce noch nie von einer Türklingel gehört? Der Vorhang am zerschmetterten Fenster bauschte sich im Nachtwind auf. Die Luft war feucht und kühl. In wenigen Stunden würde es dämmern.

Der Raum war unbeleuchtet. Das einzige Licht kam vom Ende des Flurs, wo Bryce mit dem Rücken zum Zimmer stand …

… und zu der Person, die sich unbemerkt in der Dunkelheit hinter ihm befand.

Die schlanke Gestalt stand regungslos da und hörte zu, wie sich das nächtliche Unterhaltungsprogramm entwickelte. Offen gesagt klang es nicht sehr vielversprechend. Bryce würde diese Leute niemals erschießen. Das war klar ersichtlich. Wie üblich wurde eine festere Hand gebraucht.

Durch die Dunkelheit schob sich die Gestalt näher heran, leise wie eine Katze, immer näher, und zog schließlich eine Pistole aus der Jackentasche.

Diese Pistole, im Gegensatz zu der in Bryce' Hand, fühlte sich kein bisschen ungewohnt an.

Diese Pistole fühlte sich, selbst durch die Latexhandschuhe, wie ein Freund an.

„HÖR MIR zu", flehte Milo. „Steck die Waffe weg. Lass dich von dieser Person nicht zu etwas überreden, das du eindeutig nicht tun willst. Wenn du uns umbringst, wirst du der Hauptverdächtige sein. Du bist die Person, die Logan mit seinem Artikel entlarvt hat. Da müsste die Polizei verrückt sein, um dich nicht zu verdächtigen."

„Keine Sorge, Milo. Ich werde euch nicht umbringen", antwortete Bryce monoton durch ein leeres Lächeln. „Ich habe beschlossen, mich an meinen ursprünglichen Plan zu halten. Danach kann mir die Polizei sowieso nichts mehr anhaben. Danach kann mir *niemand* mehr etwas anhaben."

Das leere Lächeln blieb auf seinem Gesicht, als er die Taschenpistole hob und das Ende des Laufs an seine Schläfe presste. Als fühlte sich das Metall kühl und erfrischend an, als hätte er schon zu lange auf diese Berührung gewartet, lehnte er sich mit dem Kopf der Waffe entgegen und schloss dankbar die Augen.

Milo und Logan keuchten.

Doch in diesem Moment erklang neben Bryce, aus dem Durchgang mit dem Bogen, der zum nächsten Raum führte, eine heisere Stimme, die in einem Singsang aus der Dunkelheit sagte: „Hör mit der Gefühlsduselei auf! Tu es einfach, Bryce! Meine Güte! Ich brauche dich nicht mehr. *Niemand* braucht dich. Drück ab und um den Rest kümmere ich mich selbst."

Noch mit der Pistole an der Schläfe fuhr Bryce überrascht herum.

Kaum hatte er das getan, stürzte Logan auf ihn zu. Doch sein Angriff wurde ebenso schnell wieder unterbrochen, als eine zweite Person mit erhobener Pistole ins Licht trat, die sie wie Bryce zuvor direkt auf Logans Herz richtete.

Logan kam abrupt zum Stehen, wobei Milo gegen seinen Rücken prallte. Milo schlang die Arme um Logan, als sie dastanden und schockiert den zweiten Eindringling anstarrten.

„Sie!", rief Milo ungläubig.

Lois Knight klimperte kokett mit den Wimpern und zwinkerte ihm keck zu. „Hallo, Jungs", sagte sie geziert. „Überrascht?"

OHNE DEM Lauf der Waffe zu gestatten, sich von Logans Herz abzuwenden, sah sie mit einem süffisanten Lächeln Bryce an, der noch wie ein Idiot mit der Pistole an der Schläfe dastand.

„Drück ab, mein Lieber", sagte sie ruhig. „Wenn du es nicht tust, tue ich es." Bevor Bryce darauf reagieren konnte, meldete sich Logan zu Wort, während er erneut versuchte, Milo aus der Schusslinie zu schieben.

„Sie glauben doch nicht wirklich, dass Sie uns alle töten können, oder?"

„Abwarten", antwortete sie. „So schwer dürfte das nicht sein."

„*Sie* haben sie umgebracht!", rief Milo, der endlich die Wahrheit begriff, endlich alles verstand. „Grace und die anderen Kritiker! *Sie* sind die Mörderin!"

„Großer Gott, du hast recht", murmelte Logan kaum hörbar. Währenddessen starrte Bryce die Frau noch verblüfft an.

Lois ignorierte sowohl Logan als auch Bryce, um sich stattdessen lächelnd an Milo zu wenden. „Bitte nennen Sie sie nicht Kritiker. Das ist weitaus mehr, als sie verdienen. Aber ich fürchte, Sie haben recht, ich habe sie getötet. Das war mit langen Reisen verbunden, wie Sie sich vielleicht vorstellen können. Sie müssten mal meine Kreditkartenabrechnung sehen. Aber letztendlich hat es sich gelohnt. Die Trolle haben sich zurückgezogen. Ist Ihnen das aufgefallen? Ich glaube, sie haben etwas über Zurückhaltung gelernt. Oder sie fürchten sich nur davor, wie der arme alte BücherAufRädern einen Eispickel ins Gehirn gerammt zu bekommen. Schauen Sie nicht so schockiert. Ich habe nur getan, was ich tun musste. Sie wissen, was das für Leute waren! Mehr als genug von meinen Büchern wurden durch unfaire Rezensionen schlechtgeredet. Meine Tantiemen haben stark nachgelassen! Warum sollte ich einfach zusehen, während diese Trolle meine Existenz gefährden?"

„Sie hätten stark genug sein sollen, um sie zu ignorieren!", schrie Milo.

„Tja, das bin ich aber nicht!", schrie sie ebenfalls. „Und warum sollte ich das sein müssen? Sie haben genau das bekommen, was sie verdienten, und ich bin froh, dass ich es war, die es ihnen gegeben hat."

Milo konnte kaum glauben, dass er gerade dort stand und sich mit einer Mörderin stritt. Er versuchte, sich an ihre letzte Begegnung zu erinnern. „Beim Treffen des Buchclubs waren Sie doch angeblich so entsetzt über die Morde."

Lois lachte. „Nein. Ich war entsetzt darüber, dass dort von einem verrückten Typen als Täter geredet wurde, als könnte nur ein wahnsinniger Mann zu einer solchen Tat in der Lage gewesen sein. Das war beleidigend und sexistisch." An Bryce gewandt fügte sie mit einem gekünstelten Lächeln hinzu: „Du und Adrian Strange, ihr seid beide aufgeblasene Idioten. Ihr könnt froh sein, dass ihr einander los seid. Nur damit das klar ist."

Dann, als sie sah, was Bryce noch immer tat, schob sie mit einem ungeduldigen Schlag die Pistole von seiner Schläfe. „Ach, steck die endlich weg, wenn du sie sowieso nicht benutzt."

Wieder an Milo und Logan gewandt deutete sie mit dem Daumen in Bryce' Richtung. „Es liegt an solchen Leuten, dass ich allein arbeite. Völlig nutzlos. Ein echter Feigling. Und obendrein noch ein *Plagiator*. Diese Wendung hat selbst mich überrascht. Damit hatte ich absolut nicht gerechnet."

„So war das nicht …", murmelte Bryce.

Doch Lois schnalzte nur missbilligend mit der Zunge. „Ich fürchte, es war *genau* so – und das weißt du."

„Sie haben meinen Artikel gelesen", unterbrach Logan sie.

Sie wandte sich zu ihm um und lachte. „Keine zwei Minuten nach der Veröffentlichung. Das war übrigens hervorragende Arbeit. Gut auf den Punkt gebracht. Ausgezeichnete Grammatik. Wenn Sie eine Karriere zerstören, dann zerstören Sie diese anscheinend richtig. Natürlich wusste ich, dass Bryce Sie da einfach zur Rede stellen *musste*. Erst recht, nachdem ich ihn noch etwas angestachelt hatte. Schließlich hat er dank Ihnen nun nichts mehr zu verlieren. Um Sie zwei Jungs tut es mir leid, aber Logans Exposé über unseren kleinen Bryce hat mir die perfekte Gelegenheit geboten, aus den Mörderspielchen auszusteigen, während es noch möglich ist."

„Mörderspielchen …?", murmelte Bryce mit verwirrtem Gesicht.

„Sie sind verrückt", sagte Logan, wobei er Bryce wie die anderen ignorierte.

Lois lächelte. „Bin ich das? Bryce' Karriere zu ruinieren ist übrigens nicht das Einzige, was Sie erreicht haben. Sie haben ihm außerdem einen Grund zum Selbstmord gegeben, noch dazu vor Publikum. Er glaubt, wenn er sich vor Ihren Augen den Kopf wegpustet, werden Sie und der liebe Milo den Rest Ihres Lebens unter Schuldgefühlen leiden, weil Sie ihn als Plagiator entlarvt haben. Davon habe ich ihn überzeugt. Ich wollte ihn auch davon überzeugen, Sie ebenfalls umzubringen, wenn er schon mal dabei ist, aber das sieht wohl schlecht aus. Offensichtlich ist es ihm lieber, dass Sie sich schuldig fühlen. Ihm scheint nicht klar zu sein, dass der Rest Ihres Lebens nicht sehr lang sein wird. Höchstens einige Minuten."

„Sie können mich mal", sagte Milo.

Sie ließ sich nicht von seiner Verärgerung irritieren, sondern lächelte noch strahlender. „Als Rache ist das ziemlich armselig, ich weiß. Aber offen gesagt ist Bryce nicht mehr wert. Der eigentliche Gewinn ist hier die Tatsache, dass Sie mir einen Sündenbock verschafft haben, mit dessen Hilfe ich das Mordgeschäft an den Nagel hängen und mich in Sicherheit bringen kann. Der Dummkopf war nicht nur schwach genug, um sich diesen verrückten Plan auszudenken, er hat zu der Party sogar seine eigene Waffe mitgebracht. Ist das nicht alles ein verdammt glücklicher Zufall?"

„N-nein", stammelte Bryce. „Wovon reden Sie überhaupt? So war das nicht geplant. Das haben Sie mir nicht gesagt."

Sie schaute von Milo zu Logan und zurück, wobei sie Bryce nicht beachtete, als wäre er völlig unwichtig. „Wenigstens habe ich ihn hergelockt. Das ist schon die halbe Miete. Sonst hätte ich ihn woanders töten müssen – wenn er das nicht selbst erledigt hätte – und ihn dann irgendwie herschleppen. Keine leichte Aufgabe für eine Dame. Aber egal – wo war ich? Ach ja. Die Trolle. Ich wusste, dass meine Arbeit vollbracht war, verstehen Sie? Meine Botschaft war angekommen. Ich hatte diesen drei Arschlöchern eine Lektion erteilt. Wie ich schon sagte, halten sich die Trolle jetzt deutlich zurück. Die Rezensionen sind freundlicher. Natürlich hatte ich nie ein Problem mit professionellen Rezensenten, wie Sie es sind, Logan. Sie waren immer ein Gentleman. Aber einige andere! Wie gehässig die sein konnten! Als ich Ihren Artikel über den armen, dummen Bryce gesehen habe, wusste ich jedenfalls, dass er herkommen würde. Zumindest, um Sie zur Rede zu stellen. Vielleicht noch, um etwas zu jammern und zu flehen. Eine bessere Chance, das letzte Kapitel dieses Melodramas zu beenden und mich zurückzuziehen, könnte es nicht geben. Mit dem armen Bryce, dem ich die Schuld an allem geben kann, konnte ich mir die Gelegenheit nicht entgehen lassen."

„Anstatt zu versuchen, ihn vom Selbstmord abzubringen, haben Sie ihn also davon überzeugt, es hier vor uns zu tun", sagte Logan. „Und wenn es vorbei ist, wollen Sie es aussehen lassen, als hätte er uns ebenfalls getötet. Und die anderen drei Opfer."

Lois lächelte verlegen, als hätte er ihr ein Kompliment gemacht. „Brillant, nicht wahr? Und was Bryce angeht, ist es doch wirklich das Beste. Nachdem er von Ihnen als Plagiator gebrandmarkt wurde, hätte nur ein Leben voller Demütigung auf ihn gewartet. Natürlich hatte ich gehofft, dass er Sie ebenfalls ermorden würde, aber zu diesem Zeitpunkt wirkt das mehr als unwahrscheinlich, finden Sie nicht?"

„Das ist unmöglich!", rief Milo vor Wut schäumend. „Damit kommen Sie nicht durch. Bryce, du musst da nicht mitmachen!"

Bryce' Blick huschte zu Milos Gesicht, kehrte jedoch schnell zu der Frau neben ihm zurück. Hass keimte in seinen Augen auf, in seinem müden, hübschen Gesicht. Mit zusammengebissenen Zähnen starrte er sie an, war unverkennbar empört darüber, wie sie von ihm sprach, ihn *verspottete*, ihn wie etwas Unwichtiges behandelte, als wäre er nicht da. Und vor allem darüber, wie sie ihn manipuliert hatte.

Als er sah, dass Bryce' Wut zunahm, regte sich wie ein Windhauch Hoffnung in Milo. Lois war zu sehr damit beschäftigt, sich zu brüsten, um die anwachsende Verärgerung zu bemerken. Sie sah abwechselnd Logan und Milo an, während das hochmütige Lächeln kein bisschen nachließ.

„Oh, ich komme damit durch", versicherte sie ihnen. „Ich muss nur einige Hinweise neu anordnen. Einige zusätzliche Fingerabdrücke, Schmauchspuren auf Bryce' Hand nach einem letzten verirrten Schuss. Mehr ist nicht nötig. Ich habe Krimis geschrieben", fügte sie weise hinzu. „Ich bin kein Anfänger. Ich weiß, was ich zu tun habe."

Milo rief in flehendem Tonfall: „Bryce, lass nicht zu, dass sie dir das anhängt!"

Da lachte Lois. Mit kaltblütiger Anmut richtete sie die Pistole auf Bryce und presste sie geschickt an seinen Kopf. „Oh, das wird er ganz sicher zulassen. Ihm bleibt keine Wahl. Er wird tot sein. Und wie die Piraten in diesen Seeabenteuern immer zu sagen pflegten: Tote Männer reden nicht. Unser süßer kleiner Bryce hat sowieso beschlossen, sich umzubringen. Warum sollte ich dann nicht davon profitieren?"

Bryce' Augen waren weit geöffnet. Doch obwohl sich darin mittlerweile beinahe atemberaubend heftiger Hass widerspiegelte, bemerkte sie es nicht. Oder es interessierte sie nicht. Seltsamerweise baumelte Bryce' Waffe noch nutzlos zwischen seinen Fingern, als hätte er sie vergessen.

„Erschieß sie!", schrie Milo. „Erschieß sie, bevor sie dich erschießt!"

Doch Bryce tat es nicht. Er stand nur wie benommen da, während sein Gesicht die plötzlich deutliche Einsicht zeigte, dass sie ihn von Anfang an benutzt hatte. Daran ließ seine gequälte Miene keinen Zweifel.

Mit der Pistole an seiner Schläfe betrachtete Lois ihn, als wäre er das Erbärmlichste, was sie je gesehen hatte.

„Sehen Sie?", fragte sie Milo und Logan, ohne den Blick von Bryce abzuwenden. „Sehen Sie, wie leicht es ist? Menschen sehen den Tod kommen und schalten einfach ab. Dass sich jemand wehrt, ist selten. Vor allem bei den Feiglingen."

In gefühllos spöttischem Tonfall, als zweifelte sie nicht im Geringsten daran, dass er ihrer Aufforderung nachkommen würde, sagte sie: „Du hörst jetzt auf mich, nicht wahr, mein Lieber? Heb deine Pistole, Bryce. Heb sie hoch, halt sie dir an den Kopf und drück ab. Wenn du es nicht tust, tue ich es für dich. Ich könnte eine selbst zugefügte Wunde nachahmen, aber wenn die Schmauchspuren direkt an deiner Hand sind, wird für mich alles wesentlich unkomplizierter. Dann benutze ich dieselbe Pistole, um die anderen beiden zu beseitigen. Oder ich erschieße dich und die zwei mit meiner Pistole und lege sie danach in deine Hand. Es ist mehr Arbeit, aber das macht nichts. Wirklich nicht. Du darfst es dir aussuchen, mein Lieber. Entscheide dich nur endlich. Ich habe keine Lust mehr zu warten."

„Bryce!", schrie Milo. „Um Gottes willen, wehr dich! Erschieß sie!"

Bryce wandte den Blick nicht von Lois' Gesicht ab.

Zu Milos Überraschung rollten plötzlich Tränen über Bryce' Wangen. Wie durch ihre Worte hypnotisiert hob er die Pistole.

„Bryce, ich habe dich einst geliebt", sagte Milo flehend. „Tu das nicht. Tu dir nichts an. Ich will dich nicht sterben sehen."

Lois stieß ein Schnauben aus. „Leider betrachtet Bryce Sie nicht mit derselben Hochachtung. Und sich selbst auch nicht. Stimmt's, Bryce? Es ist wirklich besser für dich, wenn du stirbst. Deine Karriere ist ruiniert. Du wirst für den Rest deines Lebens eine Witzfigur sein. Du wirst nie wieder ein einziges Wort veröffentlichen. Was du eigentlich sowieso nicht getan hast. Zumindest nicht deine *eigenen* Worte."

„Sie macht sich über dich lustig", brüllte Logan. „Erschieß sie endlich!"

Doch Bryce stand nur da und hob langsam die Pistole, richtete den Lauf auf sich selbst und bewegte ihn wieder auf seine Schläfe zu, wie sie es ihm befohlen hatte.

„Ich beende das jetzt", zischte Logan in Milos Ohr. Doch bevor er auf Bryce zuspringen konnte, fuhr Lois herum und richtete ihre Waffe diesmal direkt auf Milos Kehle.

„Wenn Sie sich auch nur einen Zentimeter bewegen, hat Ihnen Ihr heißgeliebter Milo zum letzten Mal einen geblasen, weil er nichts mehr haben wird, womit er Ihnen einen blasen *kann*! Andererseits werden Sie dazu vielleicht sowieso nicht mehr viele Gelegenheiten haben. Ich meine, weil Sie ja gleich tot sind und so."

Milo und Logan erstarrten. Im selben Augenblick blinzelte Bryce sich die Tränen aus den Augen und straffte seine Schultern. Er warf einen Blick auf die Waffe in seiner Hand, dann auf die neben ihm stehende Frau.

„Es wird Zeit, dass ich das Richtige tue", sagte er ruhig. Kaum hatte er die Worte ausgesprochen, hob er die Pistole vollständig, drehte sie um und drückte ab.

Bevor Lois' Gesicht das kleinste Anzeichen von Überraschung zeigen konnte, war in ihrer Stirn ein ganz rundes, kirschrotes Loch entstanden. Im selben Moment explodierte eine Rosette aus Blut und Gehirnmasse, wesentlich unschöner als die unauffällige Wunde an der Stirn, aus ihrem Hinterkopf. Der Schuss hallte durch das Haus. Der Schwefelgeruch von Schießpulver erfüllte die Luft, während ein kleines Rauchwölkchen aus dem Lauf der Taschenpistole drang, wie man es manchmal in Filmen sah.

Als hätte der große Puppenspieler ihre Fäden durchtrennt, brach Lois Knight vor Bryce' Füßen zusammen.

Schockiert machten Logan und Milo einen Schritt vorwärts. Nur einen. Denn kaum hatten sie sich bewegt, drehte Bryce sich anmutig um und zielte erneut auf Logans Herz.

„Nein", keuchte Milo. Er klammerte sich flehend an Logans Hand, weigerte sich, ihn loszulassen. „Nein, Bryce. Bitte nicht. Nimm ihn mir nicht weg."

Doch Bryce lächelte nur, während eine Träne über seine Wange rollte, bis sie glitzernd wie ein kleiner Stern sein Kinn erreichte.

Als er sprach, war seine Stimme wieder kräftig und normal. Sie klang beinahe, als wäre nichts passiert. Mit der blutigen Hand wischte er sich die Träne vom Kinn, während sein Gesichtsausdruck weich und sanft wurde.

„Ich habe dich einst auch geliebt, Milo. Eine Zeit lang hast du mich glücklich gemacht, was nicht vielen Menschen gelungen ist." Er hielt inne, als ein Hauch von Traurigkeit seine Augen berührte. Nur ein Hauch. „Was jetzt passiert, ist nicht deine Schuld. Nur meine. Also mach dir keine Vorwürfe. Ich werde so glücklicher sein. Das weiß ich." Als ein letztes, aufrichtigeres Lächeln sein Gesicht erhellte, fügte er scherzhaft hinzu: „Tut mir leid, dass ich deinen Teppich ruiniere. Andererseits hat er mir sowieso nie gefallen."

Während er die Augen mit einem kurz aufblitzenden selbstironischen Lachen zusammenkniff, tat er endlich, was Lois Knight ihm befohlen hatte. Ohne seinen lieblichen Blick von Milos Gesicht abzuwenden, hob er die Pistole, presste den Lauf wieder dicht an seine Schläfe und drückte ein zweites Mal ab.

Dann folgte ohrenbetäubende Stille.

16

exeunt omnes…… und die Darsteller verlassen die Bühne.

LOGAN UND Milo spazierten die Promenade in Seaport Village entlang, sahen auf die San Diego Bay hinaus, während die Abenddämmerung das blaue Wasser allmählich schwarz färbte. Hier und da leuchteten Positionslampen von Segelbooten auf, als die Dunkelheit zunahm. Vor ihnen schaltete sich die Beleuchtung des dauerhaft am Navy-Kai liegenden riesigen Flugzeugträgers namens *USS Midway* ein, der zum Museum umfunktioniert worden war und nun am Ende des Broadway Pier zum Leben erwachte. Der vage an Seeabenteuer und große Schiffe erinnernde strenge Geruch der Ebbe erfüllte die Luft. Als wollten sie sich über ihre Fantasien lustig machen, kreischten die Seevögel über ihren Köpfen dazu ihre rauen Kommentare.

„Hier ist es so schön", murmelte Logan und legte die Finger fester um Milos Hand.

Emerson und Spanky gingen voran. Emerson, selbst im Schlaf niemals ruhig, schlängelte sich spielerisch zwischen Spankys Beinen und unter seinem Bauch hindurch, um mit Absicht ihre Leinen zu verknoten, was er anscheinend sehr unterhaltsam fand. Logan und Milo mussten zum x-ten Mal stehen bleiben, um sie zu entwirren, woraufhin Emerson sich gleich daranmachte, sie wieder zu verknoten.

Als sie Hand in Hand weitergingen, wobei sich ihre Schultern berührten, gesellte sich zum Kreischen der Möwen und dem A-cappella-Gesang einer fröhlich in der Ferne läutenden Glockenboje Milos leise Stimme.

„Hier waren wir bei unserem ersten Date, weißt du noch?"

Logans Blick wurde sanft. „Ja, das weiß ich noch. Ich glaube, ich habe dich schon geliebt, bevor dieser erste Spaziergang vorbei war."

Milo schnaubte. „Nein, das hast du nicht."

Logan lächelte lediglich leicht hochmütig vor sich hin, ohne ihm zu widersprechen. Er wusste, was er wusste. Wenn Milo ihm nicht glaubte, juckte ihn das nicht.

Sie hielten an, um sich an die Ufermauer zu lehnen und über das Wasser zu blicken. Milo kramte zwei Hundekuchen aus seiner Tasche und ließ sie fallen. Emerson und Spanky schnappten sie sich aus der Luft, bevor sie den Boden berührten.

„Ich muss immer an Bryce denken", sagte Milo.

„Ich weiß", stimmte Logan leise zu.

Milo warf ihm einen kurzen Seitenblick zu. „Ist es so offensichtlich?"

Logan hob Milos Hand an seine Lippen. „Du wärst kein Mensch, wenn du nicht daran denken müsstest. Es war von Anfang bis Ende eine traurige Angelegenheit. Lois Knight hat viele Leben zerstört. Ich bezweifle, dass sie gerade im Himmel ein Tässchen Tee genießt."

„Ja", sagte Milo. „Das kann ich mir auch nicht vorstellen." Nach einer kurzen Pause fügte er hinzu: „Bryce hatte übrigens recht, was den alten Teppich anging. Er war hässlich. Mir hat er auch nie gefallen."

Logan antwortete mit einem müden Lachen, während er Milo tröstend eine Hand auf den Arm legte. „Tja, jetzt ist er nicht mehr da, also musst du ihn nicht mehr hassen."

Sie hatten sechs Tage mit zwei Hunden in einem Hotel eingesperrt verbracht. Erst hatte die Polizei sie für drei Tage aus ihrem eigenen Haus geworfen, um den Tatort zu inspizieren. Nachdem die Polizisten verschwunden waren, hatte es weitere drei Tage gedauert, den unrettbar mit Blut durchtränkten Teppich zu entfernen, den Parkettboden aufzuarbeiten und die Möbel wieder an ihren Platz zu stellen. Obwohl sie anfangs darüber nachgedacht hatten, nur den fleckigen Teil im Flur zu erneuern, war Milo zu dem Schluss gekommen, dass der Anblick bei ihm jedes Mal für einen Schwall unangenehmer Erinnerungen gesorgt hätte. Das war das Letzte, was Logan wollte. Nachdem die Arbeiten nun abgeschlossen waren, gefiel ihnen das Parkett ohnehin besser.

„Weißt du, er war kein schlechter Mensch. Ich glaube, Bryce hatte einen grundlegenden Fehler, nämlich Schwäche. Ich glaube, wenn er weitergelebt hätte, wenn er den Traum vom Schreiben nicht aufgegeben hätte, wäre es ihm vielleicht sogar trotz des Plagiats als Schandfleck in seiner Vergangenheit gelungen. Mit genug harter Arbeit hätte er es überwinden können. Eines Tages wäre sein Traum vielleicht wahr geworden. Wenn er nur nicht … getan hätte, was er getan hat."

Als sie weitergingen, schob sich Logan näher an Milo und legte ihm einen tröstenden Arm um die Schultern. „Er wollte nicht, dass du dich deshalb schlecht fühlst. Das hat er doch am Ende gesagt. Und ich glaube, du hast recht. Was ihn umgebracht hat, war seine Schwäche. Er war nicht stark genug, um sich den Folgen seines Handelns zu stellen. Die Schande und Scham des Plagiatsvorwurfs waren zu viel für ihn. Vermutlich hat er nur einen Ausweg gesehen. Wenigstens hat er sich dabei entschieden, dir nichts anzutun. Dafür werde ich ihn immer in guter Erinnerung behalten."

Milo sah Logan an. Dann drehte er sich um und näherte sich ihm, ließ sich von ihm in die Arme schließen, während die Hunde zu ihren Füßen umherliefen.

Logan küsste Milos Haar und atmete den süßen Duft seines Shampoos ein, legte seine Finger in Milos Nacken. So hielt er ihn sanft fest, während Touristen vorbeigingen und bewusst den Blick abwandten.

„Danke, dass du das gesagt hast", flüsterte Milo in Logans T-Shirt. „Dir hat er auch nichts angetan." Er hob den Kopf, um Logan in die Augen zu sehen. „Dafür danke ich Gott jeden Tag."

Logan legte eine Hand an Milos Wange. „Dann hat er am Ende *zwei* gute Dinge getan. Das ist wahrscheinlich mehr, als die meisten von uns zustande bringen."

„Ja", stimmte Milo traurig zu. „Wahrscheinlich."

Dann entzog er sich Logan vorsichtig und sah auf die Hunde hinab. Die Leinen waren wieder verknotet.

„Du wirst Emerson übrigens nach Hause tragen müssen. Es ist zu weit für seine kurzen Beine."

Logan lächelte auf den Yorkie hinunter, der den Blick erwiderte, als ob er wüsste, worüber sie redeten. Niemand ließ sich so gern tragen wie Emerson. „Das macht nichts", antwortete Logan. „Er ist schließlich nicht schwer. Er wiegt ungefähr so viel wie ein Big Mac."

„Ooh", sagte Milo, während er sich den Rest der Tränen aus den Augen wischte. „Gute Idee. Lass uns auf dem Rückweg ein Sandwich oder so was kaufen."

„Wir werden es unterwegs essen müssen. Mit diesen Vierbeinern lässt man uns nirgendwo rein."

„Mich stört es nicht, wenn es dich nicht stört."

Da es damit beschlossen war, gingen sie weiter. Einige Zeit folgten sie noch der Küste, bogen jedoch bald landeinwärts ab auf die Anhöhe zu, die sie nach Hause führen würde. Auf dem Weg würden sie an einem Restaurant der Kette „Jack in the Box" vorbeikommen, bei dem sie sich Sandwiches kaufen konnten.

Milo sah sich ein letztes Mal zum Wasser um. Logan fand, dass er dabei traurig wirkte.

„Logan?"

„Ja?"

„Glaubst du, die Trolle kommen mit aller Macht zurück, wenn sie jetzt wissen, dass sie wieder sicher sind?"

„Ja, wahrscheinlich schon. Aber es gibt da draußen auch viele ehrliche, wohlmeinende Rezensenten. Ich glaube, die meisten Leute sehen den Unterschied. Auch wenn Lois Knight anderer Meinung war, denke ich, dass Leser normalerweise erkennen, ob eine Kritik von Herzen kommt oder aus Eifersucht und Hass geschrieben wurde – oder was die Trolle sonst motiviert. Menschen hassen nicht plötzlich ihr Lieblingsbuch oder lassen ihre Lieblingsautoren im Stich, weil sie ein oder zwei schlechte Rezensionen lesen. Das war noch nie der Fall. Und Schriftsteller dürfen nicht so dünnhäutig sein, wenn sie überleben wollen. Das ist bei dem Beruf, den sie sich ausgesucht haben, einfach nicht möglich."

Erneut fand Logans Hand Milos. Er umklammerte sie, als stellte sie die Rettungsleine dar, an der jedes Gramm Glück seines Lebens hing. Was auch der Fall war.

„Ich liebe dich, Milo Cook. Das weißt du hoffentlich", flüsterte Logan, als die Straßenlaternen über ihren Köpfen aufflackerten.

Milo lehnte sich an Logans Schulter und ihre Finger verflochten sich noch fester miteinander.

„Ja", sagte Milo mit sanftem Blick. „Zufällig weiß ich das."

Logan bückte sich, um Emerson vom Gehweg zu heben. Mit dem kleinen Hund unter dem Kinn zog er Milo dann lächelnd noch etwas dichter an sich.

Die vier wurden kleiner und kleiner, als sie in der Ferne verschwanden. Hinter ihnen kreisten und kreischten die Möwen und das letzte Aufkeuchen der Dämmerung wurde zur Nacht.

So gingen sie Arm in Arm, aus Rücksicht auf Spanky langsam, und unterhielten sich über unwichtige Dinge, während die Erinnerung an ihr grauenhaftes Abenteuer glücklicherweise, überraschenderweise, allmählich verblasste.

Die Dunkelheit umschloss sie, und hinter ihnen erstrahlten die hoch aufragenden Lichter der Stadt. Gelächter und das sanfte Murmeln leiser Worte folgten ihnen den Hügel hinauf.

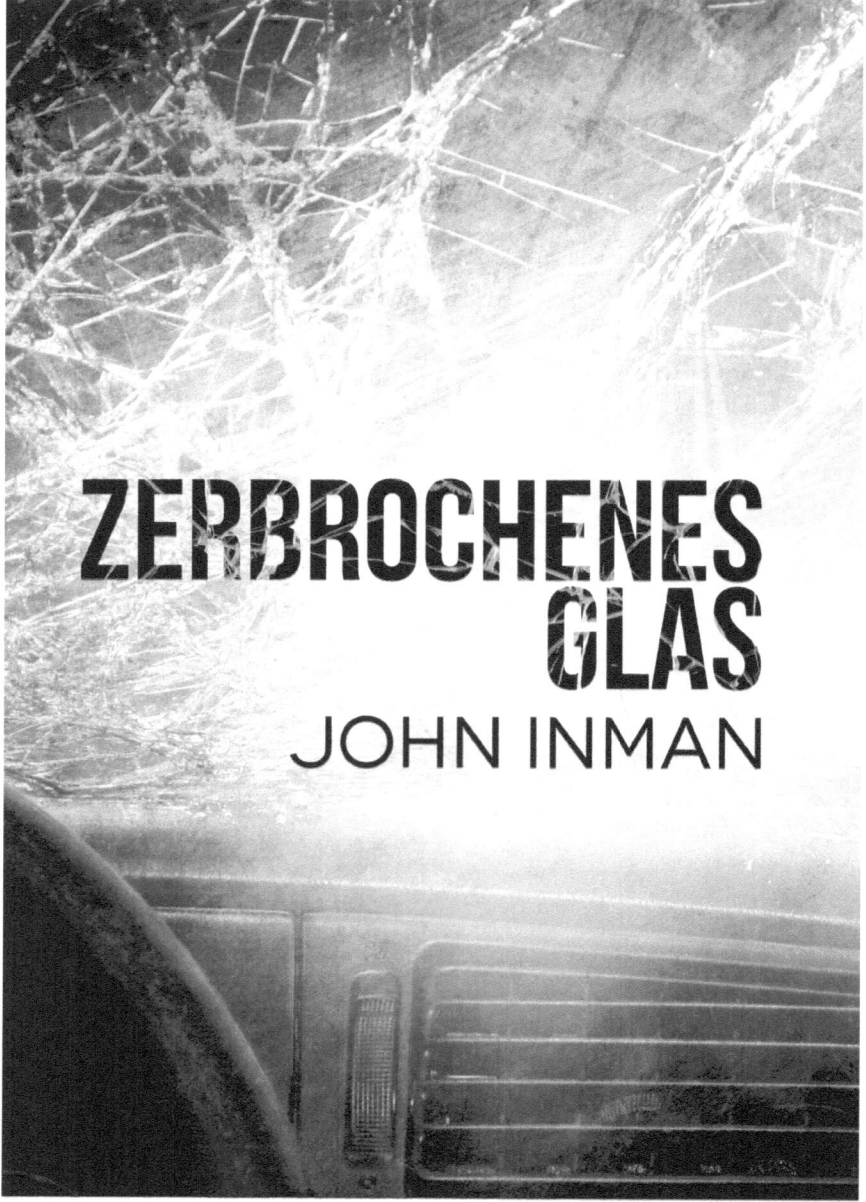

Im Alter von sechsundzwanzig Jahren geht Gordon Stafford davon aus, dass seine Tage gezählt sind. Zumindest hofft er das. Vor zwei Jahren kam durch seine Schuld bei einem Autounfall ein Mann ums Leben. Seither plagen ihn Schuldgefühle und Selbstmordgedanken.

Dann bewahrt ihn Squirt – ein Obdachloser, der sein eigenes Päckchen zu tragen hat – vor einem schrecklichen Schicksal. Über Nacht findet Gordon nicht nur ein neues Licht, dem er folgen kann und vielleicht sogar den Mut, zu leben, sondern er begreift auch, dass vielleicht am Ende des Tunnels die Liebe auf ihn wartet.

Gordon hätte nie gedacht, dass er einen Weg finden würde, sich selbst zu vergeben. Doch indem er das tut, öffnet er sein Herz – für die Liebe eines Mannes, den er am meisten verletzt hat.

www.dreamspinner-de.com

Ein Ständchen für Stanley

Stanley

EIN TITEL DER
BELLADONNA ARMS SERIE

JOHN INMAN

Ein Titel der Belladonna Arms Serie

Willkommen im Belladonna Arms, einem heruntergekommenen Mietshaus auf einem der Hügel in der Innenstadt von San Diego. Es ist das Heim der Verlorenen, der Liebeskranken und der Liebestollen.

Der schüchterne Archäologiestudent Stanley Sternbaum ist gerade erst hier eingezogen. Er verbringt seine Zeit damit, die exzentrischen Nachbarn zu beobachten, seinem Teufelsbraten von Mutter aus dem Weg zu gehen und ansonsten möglichst unbemerkt zu bleiben ... Letzteres erweist sich als das größte Problem – jedenfalls soweit es Roger Jane angeht, der ebenfalls im Belladonna Arms wohnt. Der muskelbepackte Krankenpfleger mit den wunderschönen grünen Augen ist nämlich hoffnungslos in Stanley verknallt und macht ihm unbeirrt den Hof. Doch Stanley hat immer ein ruhiges, zurückgezogenes Leben geführt und ist nie das Risiko eingegangen, sich zu verlieben. Besonders nicht in einen Mann, der so umwerfend gut aussieht wie Roger Jane.

Während Roger versucht, die Mauern um Stanley einzureißen, wendet der sich an seine Nachbarn, um mehr über die Liebe zu lernen: An Ramon, der keine Angst davor hat, sein Herz dem falschen Mann zu schenken; an Sylvia, eine Transsexuelle, die sich nichts mehr wünscht, als endlich eine Frau zu werden; an deren heimlichen Verehrer, der sie so liebt, wie sie ist; an Arthur, die Dragqueen, die sie alle liebt und nie etwas dafür erwartet – und an Roger, dessen Herz schon einmal gebrochen wurde, der aber bereit ist, es für Stanley wieder zu riskieren. Wenn Stanley es nur endlich schaffen würde, seine eigenen Unsicherheiten zu überwinden und ihn einzulassen.

www.dreamspinner-de.com

Als Tyler Powells Leben von einem furchtbaren Verbrechen erschüttert wird, sehnt er sich nach Rache. Während er sich bemüht, die Trümmer seiner Existenz zusammenzusetzen, kann er kaum an etwas anderes denken. Rache.

Wird er diesem Verlangen nachgeben und zu dem werden, was er am meisten hasst? Zu einem Mörder?

Erst mithilfe von Detective Christian Martin, der in Tylers Fall ermittelt, sieht er die Möglichkeit eines neuen Lebens – durch die verblüffende Enthüllung einer Liebe, mit der Tyler niemals wieder gerechnet hatte.

Wird es ihm gelingen, diese Liebe in sein Leben zu lassen, oder ist es bereits zu spät? Ist Rache ihm wichtiger als sein Glück – und das Glück des Mannes, der ihn liebt? Auch wenn Tyler entschlossen ist, seinen Rachedurst zu stillen, ohne dabei jede Hoffnung auf eine Zukunft mit Christian zu opfern, weiß er, dass es sich um ein schweres oder gar unmögliches Unterfangen handelt. Möglicherweise wird er am Ende gezwungen sein, eine unerträgliche Entscheidung zu treffen.

www.dreamspinner-de.com

JOHN INMAN stand bereits auf der Shortlist für den Lambda Literary Award und hat bisher über dreißig Romane verfasst, von unerhörten Komödien über Geschichten von Geistern und Monstern bis hin zu herzzerreißenden Liebesromanen. Er schreibt Geschichten, seit er alt genug war, um einen Stift zu halten. Mit seinem Partner lebt er im wunderschönen San Diego in Kalifornien. Sie teilen eine Leidenschaft für das Theater, Bücher sowie Wanderungen und Radtouren über die Wege und durch die Canyons von San Diego – oder, wenn sie in der Stimmung dafür sind, einfach einen gemütlichen Abend auf dem Sofa mit einem Bier und einem Film. Johns Rat für angehende Autoren? „Plane jeden Tag Zeit fürs Schreiben ein und halte dich daran. Fürchte dich nicht davor, es anderen zu zeigen – Feedback ist wichtig. Wenn du eine Absage im Briefkasten findest, reiß sie durch und versuche es weiter. Schicke immer wieder etwas ein. Schreib weiter und verbessere es und verbessere es ein zweites Mal. Jede Minute Arbeit lohnt sich am Ende, also gib nicht auf. Niemals. Vergiss nicht, dass es mit Verlagen wie mit der großen Liebe ist: Manchmal muss man lange suchen, bis man den richtigen findet."

E-Mail: john492@att.net
Facebook: www.facebook.com/john.inman.79
Website: www.johninmanauthor.com

Von JOHN INMAN

Payback
Zerbrochenes Glas
Worte

BELLADONNA ARMS
Ein Ständchen für Stanley

Veröffentlicht von DREAMSPINNER PRESS
www.dreamspinner-de.com

www.ingramcontent.com/pod-product-compliance
Lightning Source LLC
Chambersburg PA
CBHW022156240626
47153CB00007B/2681